AF221121

Ein Roman von Axel Fischer

Alle Rechte vorbehalten

Die Geschichte sowie alle Personen sind frei erfunden.
Jede Ähnlichkeit mit lebenden Personen ist rein
zufällig.

Copyright © Axel Fischer 2019
Covergestaltung: Heike Fischer
Textbearbeitung: Heike Fischer
E-Mail: manax22@web.de

Herstellung und Verlag:
BoD – Books on Demand GmbH, Norderstedt
ISBN: 9783752830156

Bereits erschienen von Axel Fischer

Ein Neuanfang nach Maß
BoD - Books on Demand GmbH, Norderstedt
ISBN: 978-3-8391-4167-0

Der Schneekrieg
BoD - Books on Demand GmbH, Norderstedt
ISBN: 978-3-8482-2370-1

Späte Rache
BoD - Books on Demand GmbH, Norderstedt
ISBN: 978-3-7386-0720-8

Ihre _____ nce
BoD - Books on D_____ bH, Norderstedt
ISBN: 9_____ 3256-2

B_____ r
BoD - Books on Demand GmbH, Norderstedt
ISBN: 978-3-7347-3045-0

Augen ohne Gesicht
BoD - Books on Demand GmbH, Norderstedt
ISBN: 978-3-7386-1670-5

Autor im Glück
BoD - Books on Demand GmbH, Norderstedt
ISBN: 978-3-8423-5767-9

Sekundanten des Teufels
BoD - Books on Demand GmbH, Norderstedt
ISBN: 978-3-7412-5406-2

Der Tanten Liebling
BoD - Books on Demand GmbH, Norderstedt
ISBN: 978-3-7448-3310-3

Reina
Herstellung und Verlag:
BoD - Books on Demand GmbH, Norderstedt
ISBN: 978-3-7460-9259-1

Mit dem Roman **Tarnung aufgeflogen** ist mir ganz sicher einer der spannendsten Agentenromane gelungen, die ich bisher geschrieben habe. Nun sind die Geschmäcker bekanntlich verschieden.

Vielen Dank an meine Frau Heike Fischer, die mich wie gewohnt mit tollen Entwürfen vor die schwere Wahl gestellt hat, mir aus einer Reihe von Covervorschlägen eines auszuwählen.
Danke auch, liebe Heike, für die vielen Stunden die Du alleine verbringen musstest, während ich am Laptop saß und eifrig schrieb.

Weiterhin danke ich Ulli Grünewald und ihrer Fa. COGITO (www.die-kreative-denkwerkstatt.de) für das sorgfältige Korrekturlesen.

Darüber hinaus auch vielen, lieben Dank an Hildegard Humkamp sowie Hildegard Havers für ihre Ratschläge, was den Text betraf und das ebenfalls akribische Korrekturlesen.

Wer jetzt noch einen Fehler im Text findet, darf ihn behalten.

Nun wünsche ich allen meinen Leserinnen und Lesern viel Spaß und spannende Stunden beim Lesen des Romans:

Tarnung aufgeflogen

1

Carla erwachte vom fröhlich lauten Zwitschern der Vögel, das eher wie ein Auslachen klang. Sicher saßen sie wieder in großen Scharen in den alten Obstbäumen und labten sich an den reifen, üppigen Fruchtbeständen, ohne dass Carla sie je daran hätte hindern können. Eigentlich wollte sie dies auch gar nicht. Sollten sie es sich doch einfach gut gehen lassen, die kleinen Piepmätze. Gerade in diesen Breitengraden Italiens stellten ihnen die Menschen verstärkt nach, um aus ihren kleinen Leibern oder gar nur den Zungen kulinarische Köstlichkeiten zuzubereiten. Carla schüttelte sich bei dem Gedanken.

Langsam reckte und streckte sie sich, um gemächlich das kuschelige Bett zu verlassen. Sie ging zum Fenster und schob die beiden hölzernen Klappläden weit auseinander. Sogleich umschmeichelte sie der Duft frischer Kräuter nebst Jasmin und Lavendel. Die Vögel sangen weiter, ohne sich durch ihre Anwesenheit stören zu lassen. Ein wenig schaute und hörte sie ihnen noch zu, bevor sie im Bad verschwand. Wie jeden Morgen hoffte sie, dass die alte Gastherme ihr wieder zu einem warmen Duschvergnügen verhelfen würde. Ein gutes Jahr wohnte sie jetzt hier im Elternhaus ihrer Vermieterin, die, alleinerziehend mit ihren beiden kleinen Kindern, im erst vor wenigen Jahren erstellten Anbau wohnte.

Deren Mann Francesco, Pilot der italienischen Luftwaffe, war während eines Routinefluges abgestürzt und ums Leben gekommen. Für Carla war es damals ein echter Glücksfall, dass sie während eines Tankstopps mit anschließender Kaffeepause in dem kleinen Bistro hier im Ort Marias Zettel an der Pinnwand las.

Maria suchte eine Mieterin für das alte Häuschen ihrer Eltern, das schon eine ganze Zeit lang verwaist war. Rasch hatte sich zwischen den beiden Frauen eine richtige Freundschaft ent-wickelt, wobei Carla auch ein wenig zum Mutterersatz für Maria und gleichzeitig Oma-ersatz für Roberto und Michaela wurde. Wenn Maria sich selten genug einmal entschlossen hatte, mit einem jungen Mann auszugehen, war sie stets da gewesen, um auf die Kinder aufzupassen. Wie gern hätte sie selbst auch geheiratet und Kinder gehabt. Doch dies hätte ihr Job niemals zuge-lassen. Und dem passenden Mann war sie bisher auch noch nicht begegnet.

Ein wenig fauchend und zischend nahm die alte Therme ihre Arbeit auf, nachdem Carla sich ihr

Shirt über den Kopf gezogen hatte und aus dem Teddyhöschen geschlüpft war. Bevor die Wassertemperatur ein angenehmes Duschen ermöglichte, schaute Carla in den an den Rändern bereits etwas blind gewordenen Spiegel. Sie spielte ein wenig mit ihren eher kleinen Brüsten, die trotz ihrer 42 Jahre frech ihre Spitzen in den Himmel reckten. Ihr Bauch war flach geblieben und auch ihr Po wies keine Orangenhaut auf. „Siehst immer noch ganz gut aus, Carla", sprach sie mit dem Spiegel, der dies jedoch weder bestätigte noch bestritt.

Carla schob den geblümten Duschvorhang zur Seite, den sie bereits mehrfach ob seiner Stockflecken im unteren Bereich ersetzen wollte und stieg in die Wanne. Das warme Wasser tat ihr gut wie es perlend auf ihre Haare und ihren Körper spritzte. Um ihre Therme nicht allzu sehr ins Schwitzen zu bringen, beeilte sich Carla mit dem Shampoonieren ihrer Haare und dem Einseifen. Wie neu geboren verließ sie die Badewanne. Sie nahm sich das duftende Badetuch und trocknete sich ab. Ihre Haare fönte sie nie. Der kurze, dunkelbraune Bob trocknete problemlos von alleine.
Im Augenwinkel bemerkte sie, dass sie ihre Haare und die Augenbrauen in Kürze wieder färben musste. Der blonde Ansatz wurde schon wieder sichtbar. Sie machte dies keinesfalls aus Eitelkeit.

Ohne diese Maßnahmen bestand die Gefahr, dass ihr Inkognito aufflog und dies konnte ihr vorzeitiges Ableben nach sich ziehen.

Carla schlüpfte in einen kleinen Slip und hakte auf dem Rücken ihren BH zu. Ein einfaches T-Shirt sowie eine Shorts und ihre Laufschuhe komplettierten ihr Outfit. Sie steckte noch ihre Geldbörse und den Schlüssel ein und verließ das Haus. Marias Wagen stand nicht mehr im Hof vor dem Haus. Sie war bereits unterwegs, um Roberto in der Schule und Michaela im Kindergarten abzusetzen, um pünktlich ihren Job als Arzthelferin antreten zu können. Carla lief los. Von hier oben bis zu Salvatores Bistro und Kiosk waren es etwa sechs Kilometer, die sie laufend unter die Sohlen ihrer Nikes nahm. Etwa zwanzig Minuten würde es dauern, bis sie die knarrende, alte Holztür, die ganz sicher schon weit bessere Zeiten erlebt hatte, erreichte, um den Messingbeschlag herunterzudrücken.

Als sie die Lokalität betrat, empfing sie der Duft frischer Backwaren. Carla sog ihn tief in sich ein. „Morgen, Carla, oh du meine Rose, die mit ihrem Duft und ihrer Schönheit mein bescheidenes Domizil in einen königlichen Palast verwandelst." „Morgen, Salvatore, hör auf, so Süßholz zu raspeln. Du bekommst mich doch nicht in dein Bett."

Salvatore, der in etwa in ihrem Alter war und durch seinen Dreitagebart und seine schlanke Statur ganz sicher nicht unattraktiv wirkte, zog gekünstelt seine Mundwinkel herunter. Warum Salvatore als gebürtiger Sizilianer hier in diesem gottverlassenen Kaff in der Toskana lebte, konnte sie bisher nicht ergründen. Aber auch er hatte sie nie gefragt, warum eine so schöne Frau mit englischem Akzent sich gerade hierher zurückgezogen hatte.

„Wie immer, Carla?"

„Ja, aber immer doch, Salvatore."

Sofort ließ der Chef des Hauses zischend einen doppelten Espresso in die kleine Tasse sprudeln, während Carla sich mit Blickrichtung auf den kleinen Parkplatz an die Theke stellte. Seit über einem Jahr bot sich ihr jeden Morgen stets der gleiche Anblick: Enzos Dreirad-Piaggio parkte, bepackt mit einer Menge Kisten voller Obst und Gemüse, gleich gegenüber Salvatores Bistro und wartete darauf, dass der Geschäftsinhaber mit seiner Frau die Ware ablud. Heute jedoch forderte eine silbergraue Alfa Guiletta, die direkt neben der Piaggio parkte, ihre Aufmerksamkeit.

„Wem gehört denn der Alfa?"

„Weiß ich nicht, Carla. Der Wagen stand bereits heute in der Früh auf diesem Platz. Ist ein Mietwagen, der am Flughafen von Florenz gebucht wurde."

Sie trat ohne weiter auf Salvatores Angaben einzugehen an das kleine Schaufenster und blickte hinaus. Ohne sich etwas anmerken zu lassen, ließ sie ihren Blick über den Marktplatz schweifen.

„Erwartest du jemanden, Carla?"

„Nicht, dass ich wüsste."

„Dann trink in Ruhe deinen Espresso. Der wird sonst noch kalt und sag nicht, ich hätte dich nicht gewarnt." Salvatore grinste Carla verschmitzt an.

„Ist ja schon gut."

Sie zog ihr Smartphone aus der Tasche und fotografierte das Kennzeichen des Mietwagens. „Der Wagen wurde gestern Abend bei Sixt-Budget am Flughafen gebucht, Carla. Nur für den Fall, dass dich dies interessiert."

„Es ist in der Tat immer gut, genau informiert zu sein. Das erspart unnötige Überraschungen."

„Wo du recht hast, hast du recht, Carla."

„Ich würde heute gern bei dir frühstücken, Salvatore."

„Nichts ist mir lieber als das. Setz dich da vorn hin. Darf ich mich zu dir gesellen?"

„Aber selbstverständlich. Dann lass mal sehen, was dein Kühlschrank so hergibt."

Der ziemlich große Sizilianer verschwand in seiner Küche. Wenig später erschien der Hausherr mit frisch aufgeschnittenem Schinken, einem selbst gemachten Klumpen Butter mit Meersalz verfeinert sowie einer Platte aufgeschnittener Tomaten mit Kräutern und Olivenöl beträufelt.

„Moment noch, ich bringe noch die Mailänder Salami und das Rührei."

Carla staunte nicht schlecht. „Das hätte ich dir nicht zugetraut, Salvatore. Alle Achtung. Ein Frühstück ganz nach meinem Geschmack."

Salvatore balancierte, während Carla ihn über Gebühr lobte, zwei Gläser mit frisch gepresstem Orangensaft heran und setzte sich zu ihr.

„Werde meine Frau, Carla, und ich verwöhne dich jeden Tag. Lass mich einmal für dich kochen und du wünschst dir anschließend zehn Bambinis von mir."

„Ach, du alter Schwerenöter! Dem Alter, um Bambinis zu bekommen, bin ich doch längst entwachsen."

„Dann lassen wir die Kinder weg und vergnügen uns einfach so."

„Jetzt frühstücken wir erstmal in Ruhe."

Der hauchdünn geschnittene Schinken mit der gesalzenen Butter auf den Brötchen schmeckte göttlich. Dazu steckte sich Carla immer wieder eine Gabel mit dem leckeren Kräuterrührei in den

Mund. „Das Frühstück ist einfach vorzüglich, Salvatore."

Der dunkelhäutige Süditaliener zeigte lächelnd eine Menge strahlendweißer Zähne, während er zufrieden lachte. „Ich sage doch: Heirate mich und ich trage dich auf Händen, Carla."

„Das wird dir dann aber sicher nicht mehr lange gelingen, wenn du mich immer so ausgiebig fütterst und ich fett werde wie ein Suppenhuhn." Jetzt mussten sie beide heftig lachen.

Beinahe hätten sie dabei überhört, dass sich quietschend die alte Holztür zu Salvatores Refugium öffnete. Sofort verstummte ihre Unterhaltung als ein schlanker, hochgewachsener Mann um die dreißig, mit gepflegtem Haarschnitt eintrat und am Tisch neben ihnen Platz nahm. In seinem dunkelblauen Anzug, dem strahlendweißen Hemd und der Seidenkrawatte wirkte der neue Gast eher wie ein Banker, Rechtsanwalt oder Notar als ein Tourist auf der Durchreise.

Salvatore erhob sich und trat an den Tisch seines Gastes. „Hallo, was darf ich Ihnen bringen?"

„Einen starken Kaffee und ein einfaches Frühstück, bitte."

Salvatore schaute sich seinen Gast, der mit russischem Akzent sprach, genau an. Anschließend verschwand er in seiner Küche. Wenig später erschien er wieder mit einem Tablett, auf das er einen Teller mit Salami und Schinken sowie zwei

Brötchen, Butter und einen Becher Kaffee gestellt hatte. Zufrieden griff der neue Gast zu. Salvatore setzte sich wieder zu Carla.

Der Russe schien sehr hungrig zu sein, denn bereits nach kürzester Zeit hatte er alle ihm servierten Frühstücksköstlichkeiten verspeist. „Kann ich noch einen Becher Kaffee bekommen?"
„Aber natürlich." Salvatore sprang auf und startete den Kaffeeautomaten. Als er den Becher auf den Tisch stellte, zog der Fremde ein Foto aus der Tasche und fragte: „Kennen Sie diese Frau?"

Salvatore nahm das Foto in beide Hände und schaute es sich genau an. Er erblickte das fröhlich lachende Gesicht einer blonden Frau im Alter von etwa Mitte dreißig. Sie trug ihr Haar zu einem Pferdeschwanz zusammengebunden, der ihr bis auf den Rücken reichte.
„Nein, tut mir leid. Ich kenne diese Frau nicht. Was ist mit ihr?"
„Ich bin Notar und auf der Suche nach ihr. Sie soll hier in dieser Gegend leben. Ihr Onkel ist verstorben und hinterlässt ihr laut Testament ein nicht unbeträchtliches Vermögen, das ich vollstrecken soll. Also, wenn die Lady mal hier vorbeischaut, geben Sie ihr bitte diese Karte von mir. Sie soll mich unbedingt anrufen. Wenn ich sie bis Ende

diesen Jahres nicht gefunden habe, fällt das gesamte Vermögen dem Staat in die Hände."

Salvatore schaute sich das Bild noch einmal genau an und gab es ohne jeglichen Kommentar an den Fremden zurück.

„Ich möchte zahlen, bitte."

Der Hausherr tippte einen Betrag in die Kasse und brachte dem Fremden den Kassenzettel. Der legte Salvatore 20 Euro auf den kleinen Teller und sagte: „Stimmt so." Ohne eine weitere Erklärung verließ er das kleine Bistro.

2

Peter McCord, britischer Agent seiner Majestät der Königin von England, hatte gerade als Dr. James Middlebourgh in Teheran vor der Atomkommission der UN einen einstündigen Vortrag gehalten. Von seinem Referat verstand er zwar selbst nur die Hälfte, das Gremium aber war von seinen Thesen aufgrund seiner bravourösen Vortragsweise fasziniert. Den Fachbericht hatte ein britischer Atomphysiker gegen ein ordentliches Honorar vom MI6 für ihn geschrieben.

Zwar hatte auch McCord ein Ingenieurstudium mit Auszeichnung absolviert, jedoch mit den Fachrichtungen Geologie und Elektrotechnik. Obwohl noch keiner der Kongressteilnehmer jemals etwas von einem Nuklearphysiker namens

Dr. James Middlebourgh gehört hatte, bestand bei allen Anwesenden Gewissheit darüber, dass in dieser Branche alles möglich war und schon häufig völlig unerwartet ein neuer heller Stern am Wissenschaftlerhimmel aufstieg. Bis auf die Teilnehmer Russlands und des Iran waren die meisten Besucher aufgestanden und applaudierten, als Peter McCord mit seinem Vortrag endete. Er musste innerlich fürchterlich lachen, wie leicht sich doch die Teilnehmer dieses Kongresses hatten täuschen lassen.

Es folgte das gemeinsame Abendessen der circa einhundertfünfzig Teilnehmer. Peter McCord unterhielt sich derweil mit einer Menge Leute, die ihm zu seinen gelungenen Thesen gratulierten. Nach zweiundzwanzig Uhr traf man sich dann in verschiedenen, kleinen Gremien zu weiteren Konsultationen. Peter hatte sich offiziell bei insgesamt drei Symposien angemeldet, die er auch abwechselnd besuchte, bis er gegen halb eins in der Nacht in seinem Zimmer verschwand.
Dank seiner besonderen Ausrüstung hatte er gecheckt, dass nur sein Schlafzimmer video- und tonüberwacht wurde. Im Bad hingegen konnte er sich völlig unbemerkt bewegen. Er zog seinen Anzug und die Slipper aus und tauschte den feinen Zwirn gegen ein schwarzes T-Shirt, eine gleichfarbige Jeans sowie schwarze Sneakers.

Darüber zog er seinen Schlafanzug an und ging zu Bett. Der Kamera, die ihn jetzt frontal überwachte, zeigte er, dass er ein Faible für wissenschaftliche Literatur besaß, indem er ihr ständig den Buchtitel einer Abhandlung über Kernphysik vor die Linse hielt. Kurz nach ein Uhr schaltete er die Lampe auf dem Nachttisch aus. Unter der Decke löste er die mit Klettband innen an seinen Schlafanzug befestigte, aufblasbare PVC-Wurst und pustete sie auf.

Als diese in etwa seine Körpermaße angenommen hatte, nutze McCord den toten Winkel der Kamera und ließ sich seitlich aus dem Bett fallen, ohne dass sein Verschwinden aufgezeichnet wurde. Blitzschnell robbte er aus dem Schlafbereich zurück in sein Badezimmer. Sofort stopfte er seinen Schlafanzug in die dort deponierte Segeltuchtasche, in die er schon seinen Anzug gelegt hatte. Daraufhin verließ er sein Hotelzimmer. Peter schlenderte zum Lift, wobei er peinlich darauf achtete, dass ihn keine der Überwachungskameras, die im Flur ihren Dienst versahen, dabei beobachtete.

Er ließ sich vom Aufzug ins Tiefgeschoss bringen, wo der iranische Geheimdienst offensichtlich auf Kameras verzichtet hatte. Dort parkten mehrere schwere Geländewagen, die mit den Hoheitsabzeichen des Militärs versehen waren. Im seitlich untergebrachten Wachlokal brannte Licht. Peter vernahm Stimmen und konnte dann vier Soldaten ausmachen, die ihre Aufmerksamkeit einem Fernseher widmeten. Langsam fingerte er eine Dose aus seiner Leinentasche, deren hochwirksamer Inhalt innerhalb von Sekunden jedes Lebewesen in einem Raum dieser Größe in einen mehrstündigen Tiefschlaf versetzte. Er schob sich einen Nasenclip auf seine Nase und zündete die Dose, die er sofort in den Raum warf. Mit der linken Hand verschloss er die Türe. Durch das Fenster konnte er erkennen, dass die vier Soldaten vom dösenden Zustand der Nachtwache in einen Tiefschlaf versanken.

Peter drehte sich um und sah zwei Soldaten, die in einem ziemlich neuen Geländewagen in Bereitschaft saßen und dort auf Einsätze warteten. Ohne zu zögern und keine Sekunde zu spät schlich er zu dem Fahrzeug hinüber und warf eine weitere Dose in die Kabine hinein. Im Nu waren auch diese beiden Soldaten außer Gefecht gesetzt. Peter öffnete die Fahrertüre und zog einen der Soldaten heraus. Flink legte er diesen hinter einer Säule ab.

Auch der zweite Soldat entging nicht seinem Schicksal und landete neben seinem Kameraden. Mütze und Uniformjacke im Dienstgrad eines Oberleutnants sowie das Koppel mit der Dienstwaffe nahm Peter an sich. Mittlerweile begannen seine Augen zu tränen. Trotz des Nasenclips hatte er wohl durch den Mund ein wenig des Betäubungsmittels eingeatmet. Jetzt musste er schnell handeln und verschwinden für den Fall, dass seine Attacke bemerkt worden war. Peter hielt die Luft an, startete den Toyota Geländewagen und fuhr gleich los. Das schwere Rolltor öffnete sich automatisch, als er sich näherte. Kernig brummend verließ er die Tiefgarage und bog gleich links ab in Richtung Stadtrand. Er ließ alle Seitenscheiben herunter gleiten, um den Wagen ordentlich zu lüften. Sein leichtes Schwindelgefühl ließ allmählich nach. In der Seitentasche der rechten Türe steckte eine ungeöffnete Flasche Mineralwasser, die er aufschraubte und halb leer trank.

Zwei Stunden lang kämpfte er sich über zumeist wenig befahrene Nebenstraßen der iranisch-irakischen Grenze entgegen. Dann sah er plötzlich halb schräg vor sich die Ajatollah Khomeni Kaserne, das eigentliche Ziel seines Auftrages. Hier lagerten die streng geheimen Zeichnungen der Nuklearanlagen und vor allem auch Papiere, die Angaben über die Anzahl möglicher nuklearer Sprengköpfe und taktischer Raketen auswiesen. Peter fuhr rechts ran und zog sich die Jacke, das

Koppel und die Mütze an. Hinsichtlich seiner Hose musste er Abstriche machen.

Er trug keine blaue Tuchhose wie die meisten Armeeangehörigen, sondern seine schwarze Jeans. Aber jetzt im Dunkeln sollte dies nicht weiter auffallen. Das galt auch für seine Haare, die heller waren als die der meisten iranischen Männer. Peter suchte die Flucht nach vorn und hatte verdammtes Glück dabei. Dreimal blinkte er kurz mit den Scheinwerfern auf, woraufhin ihn der Wachsoldat, der den Oberleutnant gut zu kennen schien, einfach passieren ließ.

Der Toyota war offensichtlich mit einer Sensor-kennung ausgerüstet, welche ihn als Fahrzeug des Sicherheitsdienstes auswies. Peter schwitzte stark. Zwar war er im Umgang mit solchen Situationen hundertfach gedrillt worden, doch verhielt sich die Realität stets völlig anders. Nachdem er bereits diverse Einsätze erfolgreich für sein Land und die Nato hier durchgeführt hatte, galt er im Iran als Staatsfeind Nummer eins. Wenn die Sicherheits-kräfte ihn enttarnten und verhafteten, wäre dies sein sicherer Tod.

Laut Plan des Informanten musste er in der Kaserne die zweite Abfahrt rechts wählen und dann etwa einen Kilometer geradeaus fahren, bis er das bunkerähnliche Gebäude erblickte, in dem die geheimen Unterlagen aufbewahrt wurden.

Zielstrebig fuhr er auf das Gebäude zu und dank seiner einfachen arabischen Sprachkenntnisse konnte er auf dem Schild entziffern, wo die Dienstparkplätze zu finden waren. Er parkte rückwärts ein, um im Notfall gleich losfahren zu können. Als er die Fahrzeugtüre geöffnet hatte, lauschte er erst einmal in die Schwärze der Nacht hinein.

Grillen zirpten, die auf den Grasflächen zwischen den Gebäuden heimisch waren und sich scheinbar mehr als wohl fühlten. Bevor er ausstieg schaute er noch einmal auf den Lageplan, den er auf seinem Smartphone abgespeichert hatte. Nachdem er sich kurz orientiert hatte und seine Augen an die Dunkelheit gewöhnt waren, stieg er aus dem Fahrzeug und rannte um das Haus herum, stets die Okulare der Außenkameras im Blick, die ständig wie gierige Finger nach Opfern suchten.

Wie abgesprochen fand er im Tiefgeschoss ein nur angelehntes Toilettenfenster vor. Blitzschnell schob er den Fensterflügel auf und kletterte in das Gebäude. Mit Schrecken stellte er fest, dass der Alarmkontakt des Fensters nur mit Alupapier aus einer Zigarettenschachtel außer Funktion gesetzt worden war und jeden Moment abzuspringen drohte. Vorsichtig drückte er das Papierchen wieder fest.

„Was wollte der Mann von dir, Salvatore?" Carla Vendito hatte sich zwar bemüht, jedes Wort zu verstehen, doch der Fremde hatte recht leise gesprochen.

„Er hat mir ein Bild von einer jungen, blonden Frau gezeigt, nach der er sucht. Er ist wohl Notar und soll ein Testament vollstrecken. Die junge Frau ist angeblich die Alleinerbin eines großen Vermögens."

„Ach so. Hast du noch einen Kaffee für mich?"

„Ja, natürlich. Diesmal einen Cappuccino?"

„Gern."

Zischend und spuckend spritzte der tiefschwarze Kaffee in den Becher bevor Salvatore heiße Milch aufschäumte und seine Spezialität vervollständigte. Er gab noch ein wenig Kakaopulver auf den Milchschaum und servierte Carla den Becher.

„Danke, Salvatore. Der sieht aber lecker aus."

„Und genauso schmeckt der auch."

Salvatore brühte sich auch einen Cappuccino auf und setzte sich wieder zu Carla. Eine ganze Weile saßen sie sich schweigend gegenüber.

„Die Frau auf dem Foto hatte Ähnlichkeit mit dir, Carla. Allerdings warst du etwas jünger."

„Ach, Salvatore, ich habe ein Allerweltsgesicht. Außerdem habe ich keinen Verwandten, der mir ein großes Vermögen hinterlassen könnte."

„Manchmal kennt man seine wirklich reichen Verwandten überhaupt nicht, Carla."

„Heißt das jetzt, du möchtest nur dann mit mir durchbrennen, wenn ich ein großes Vermögen mitbringe?"

„Unsinn, Carla, ich habe genug Geld auf der hohen Kante liegen. Damit kommen wir bis zu unserem Ende aus. Also, wann brennen wir nun durch?"

„Willst du mir jetzt im Ernst weismachen, dass dein Bistro hier so viel Geld abgeworfen hat, dass du damit ein dickes Polster für die Zukunft für uns beide schaffen konntest?"

„Habe ich das gesagt?"

„Genauer betrachtet nicht."

„Siehst du, dann gib dich doch damit zufrieden, dass ich es habe, Carla." Salvatores Augen funkelten.

„Ok, ok, ich denke drüber nach."

„Das sagst du jedes Mal. Gib uns doch einfach eine Chance und probier es aus. Ich stelle mir auch nicht vor, dass wir hier bleiben wollen. Wir fangen ganz woanders neu an. Ein Tapetenwechsel an einen Ort, an dem uns niemand kennt, ist genau das Richtige."

„Eigentlich fühle ich mich hier sehr wohl. Ich habe eine hübsche, kleine, wenn auch einfache Wohnung und ich habe in Maria eine wirklich liebe Vermieterin. Und die beiden Kinder sind mir auch schon ans Herz gewachsen. Gib mir noch etwas Zeit, Salvatore. Was habe ich zu zahlen?"

„Natürlich nichts. Ich liebe dich, Carla, und würde dich auf Händen tragen."

„Nicht das ich dir einmal zu schwer werde, Salvatore. Hier sind 10 Euro für deine hohe Kante."

„Du traust mir nicht, stimmt´s?"

„Ich traue grundsätzlich nur mir selbst. Dann ist die Zahl der Enttäuschungen geringer."

„Und man lebt eventuell länger."

„Wie meinst du das denn jetzt, Salvatore?"

„Na, so wie ich es sage." Ein diabolisches Lächeln legte sich um seine Augen. „Du hältst dich doch auch nicht allzu lange an ein und demselben Ort auf, Carla."

„Das liegt nur daran, weil ich gern an schönen Plätzen auf dieser Welt lebe und mir ständig neue davon aussuche. So, ich muss dann mal wieder. Bis morgen."

„Schönen Tag und denk über uns nach."

„Ich werde nichts anderes tun in den nächsten vierundzwanzig Stunden." Carla winkte Salvatore zu und verließ sein Bistro.

Weil der silbergraue Alfa immer noch gegenüber parkte, beschloss Carla, einen kleinen Umweg einzulegen, um dem Fremden nicht in die Arme zu laufen. Doch der Fremde schien ihre Gedankengänge erraten zu haben. Als sie links um die Ecke bog, um nach Hause zu joggen, stand er plötzlich vor ihr.

„Nicht so eilig, junge Frau. Habe ich Sie nicht schon einmal irgendwo gesehen?"

„Ziemlich plumpe Anmache, finden Sie nicht? Ich habe in dem kleinen Bistro gefrühstückt genauso wie Sie."

„Keineswegs, ist eine rein investigative Frage. Darf ich Sie ein Stück begleiten?"

„Nein, leben Sie wohl." Carla wollte schon loslaufen, als der Mann sie an ihrem T-Shirt festhielt.

„Ich bestimme hier, wann Sie sich in Bewegung setzen und nicht Sie."

„Meinen Sie? Lassen Sie mich auf der Stelle los. Sonst schreie ich um Hilfe."

„Das stört mich nicht sonderlich. Wer sollte Ihnen hier um diese Uhrzeit in diesem gottverlassenen Kaff schon zur Hilfe eilen?"

3

Peter vernahm das Geräusch von Kampfstiefeln, deren Gummisohlen beim Gehen leise auf dem gestrichenen Betonboden quietschten. Dies bedeutete nichts Gutes. Sofort stellte er sich ganz eng mit dem Rücken gegen die Wand hinter die Türe der Toilette. Die Schritte verlangsamten sich. Auf Peter McCords Stirn sammelten sich kleine

Schweißperlen. Wenn sie ihn jetzt und hier erwischten, wäre das sein Todesurteil. Schließlich war im Iran kein Unbekannter und außerdem eine persona non grata. Erst jetzt bemerkte er, dass er sich in der Damentoilette befand. Eine junge Frau in Uniform, sehr schlank und drahtig und etwa 175cm groß betrat langsam die Toilette.

Peter wartete noch ab. Da nicht davon auszugehen war, dass die junge Soldatin ihn übersah, wenn sie die Toilettenkabine verließ, packte Peter zu und griff die junge Frau von hinten an, wobei er ihr gleich den Mund zuhielt. Doch bevor sich Peter McCord versah, lag er rücklings auf dem Boden. Ein schwarzer Kampfstiefel, der ihm die Luft zum Atmen raubte, stand fest auf seiner Brust.

„Was haben uns die Tommys denn da für einen schlaffen Krieger geschickt? Major McCord, wenn ich richtig liege?", flüsterte Peter eine kehlige Frauenstimme zu, wie sie für arabische Frauen typisch ist. Peter nickte nur.

„Mein Name ist Mina Rafjani. Ich bin Leutnant einer iranischen Elitekampfeinheit und Ihr Verbindungsmann oder besser Ihre Verbindungs-frau. Pssst, da kommt jemand."

Die junge Soldatin zog Peter auf die Beine und gleich in einen der Toilettenräume. Im letzten Moment verschloss Mina die Türe. Mittels Zeichensprache bedeutete sie Peter, sich auf die

Toilettenschüssel zu stellen, während sie sich so setzte, als ob sie sich erleichtern wollte. Wenn jetzt jemand unter der Türe hindurch in die Kabine hinein schaute, war nicht erkennbar, dass sich auch Peter darin aufhielt.

Recht geräuschvoll wurde die Türe der Nachbarkabine zugeworfen. Nach kurzer, eindeutiger Geräuschkulisse öffnete sich die Türe nebenan unter heftigem Quietschen wieder. Wasser rauschte. Die Toilettenbenutzerin wusch sich noch die Hände und verließ die Nasszelle. Plötzlich wurde es wieder ganz still in der Damentoilette.

„Komm, Peter, wir müssen runter ins Tiefgeschoss, wo die geheimen Papiere gelagert werden."

Peter nickte nur und folgte der jungen Offizierin. Katzengleich bewegte sich Mina den Gang entlang zu einer Stahltüre, die sie mit einem Spezialschlüssel sowie ihrer Codecard, die sie um den Hals trug, öffnete. Völlige Dunkelheit schlug ihnen entgegen.

„Da rechts ist der Lichtschalter", flüsterte Mina. Peter tastete sich vor und fand ihn. Mit einem Knipser sorgten diverse Neonröhren für eine kalte, jedoch für Kellerräume typische Atmosphäre. Im Laufschritt rannten Peter und Mina die Treppe herunter.

„Wir müssen hier rechts weiter", sprach Mina immer noch eher leise.

Peter bestätigte durch kurzes Kopfnicken, dass er verstanden hatte und folgte der jungen Frau, bis plötzlich eine gewaltige und stählern glänzende Panzertüre vor ihnen auftauchte.

„Die bekomme ich mit meinen Mitteln aber nicht auf, Mina."

„Brauchst du auch nicht, Peter, ich habe heute für acht Stunden die Codes zum Öffnen. Deshalb musste die Aktion gerade heute und zu dieser Zeit stattfinden."

Peter schwieg, während Mina bereits die Finger ihrer rechten Hand wie eine Klaviervirtuosin über die Tasten einer Zugangstastatur streichen ließ. Als sie ihre Codecard durch den Scanner gezogen hatte, fuhr die etwa einen Meter dicke Stahltüre auf.

Gleichzeitig vernahmen sie Schritte. Ziemlich heftig schubste Mina Peter McCord in den Raum, den die gewaltige Sicherheitstüre bis eben noch verschlossen hielt. Er betrat den Raum und verbarg sich sofort hinter dem ovalen Stahlkoloss. Beinahe ohne zu atmen lauschte er hinter der Türe, bereit sofort einzugreifen, falls dies erforderlich wurde.

„Guten Tag, Colonel Anedschad, Leutnant Rafjani meldet keine besonderen Vorkommnisse bei der Überprüfung der Sicherheitsanlagen."

„Stehen Sie bequem, Leutnant. Ich bin wirklich mit Ihren Leistungen und Ihrer Zuverlässigkeit zufrieden. Anfang nächsten Jahres werde ich Sie zum Oberleutnant befördern. Sie werden es noch weit bringen in unserer Einheit. Frauen wie Sie brauchen wir, um uns vor den Imperialisten des Westens wie auch den Ungläubigen zu schützen. Kommen Sie doch nachher einfach mal auf mein Zimmer. Dort machen wir es uns ein wenig gemütlich. Sie wissen doch, dass meine Befürwortungen, wenn es um Beförderungen oder sonstige Vergünstigungen wie zum Beispiel ein Fahrzeug, das Sie auch privat nutzen dürfen, geht, im Generalstab immer sofort Gehör finden."

„Bitte nicht hier, Colonel. Au, Sie tun mir weh. Verschieben wir das auf später. In etwa zwei Stunden habe ich Pause und dann komme ich Sie in Ihrer Stube besuchen."

Peter, der diese Art von sexueller Nötigung hasste wie die Pest, machte sich schon zum Einschreiten bereit. Da er jedoch Schritte einer sich langsam entfernenden Person vernahm, verhielt er sich weiter ruhig. Als Mina den gepanzerten Raum betrat, sah Peter, dass ihr Vorgesetzter ihr offensichtlich recht barsch den Reißverschluss ihrer Kampfkombination heruntergezogen hatte. „Alles ok?"

„Ja, geht schon. Ist leider Gang und Gäbe, dass man hier als Frau ständig angegrapscht wird. Das soll jetzt aber nicht dein Thema sein, Peter. Wir haben nicht viel Zeit. Also fang an. Dort steht das Datenterminal."

Peter nahm sofort auf dem Stuhl vor dem Terminal Platz. Mina half ihm und schon bald flackerten drei große Bildschirme auf.

„Hier sind die Passworte, um die streng geheimen Dateien zu öffnen."

Peter McCord, der gleich nach seinem Ingenieurstudium beim MI6 angeheuert hatte und dem der Umgang mit jeglicher Elektronik keinerlei Probleme bereitete, begann, sich ins System einzuloggen. Er schob zwei USB-Sticks in die entsprechenden Slots und startete den Datentransfer. Nach etwa zwanzig Minuten näherte sich die Datenübertragung ihrem Ende entgegen, als sie erneut Schritte auf dem Gang vernahmen.

„Verdammt, dass ist die Wache, die ihren Rundgang macht. Hoffentlich sind es zwei Soldatinnen aus meinem Zug. Wenn es zwei Kerle aus der Nachbareinheit sind, müssen wir sie umlegen. Die wollen mir ganz bestimmt gleich an die Wäsche."

Die Schritte kamen rasch näher. „Versteck dich hinter der Türe, Peter."

„Seien Sie sich da mal nicht allzu sicher. Und jetzt lassen Sie mich gefälligst los." Grinsend stand der Hüne vor Carla.

Mit einem Ruck drückte er sie in den Eingangsbereich einer halb verfallenen Kate hinein.
„Und jetzt wirst du erst einmal ganz lieb zu mir sein, bevor ich dich umlege."

Bevor Carla überhaupt reagieren konnte, hatte der Fremde ihren Hals gepackt. Mit brachialer Gewalt drückte er ihren Oberkörper bäuchlings auf den verstaubten, wackeligen Küchentisch. Carla ekelte sich vor dem Staub und den Spinnweben um sie herum. Der modrige Geruch, der durch den verfallenen Küchenbereich waberte, ließ sie würgen. Mit einem Ruck zog der Fremde ihr plötzlich ihre Shorts samt Slip herunter. Carla begann zu schwitzen und doch reagierte sie sofort.
Mit einem Griff zog sie das als Kugelschreiber getarnte Messer, dass sie stets unter ihrem Oberteil trug hervor. Der Fremde bekam davon nichts mit. Er war zu sehr damit beschäftigt, seine Hose zu öffnen. Als Carla seinen stark erigierten Penis an ihren Oberschenkeln spürte, der nur noch darauf wartete, in sie eindringen zu können, stach sie zu.
Sie wusste ganz genau, an welcher Stelle man einem Gegner ein Messer in den Körper rammen musste, um diesem den größtmöglichen Schmerz zuzufügen und ihn so kampfunfähig zu machen. Auch wenn die Klinge lediglich eine Länge von acht Zentimetern aufwies, zeigte Carlas Abwehr-

verhalten sofort Wirkung. Mit schmerzverzerrtem Gesicht zog sich der Fremde zurück. Carla drehte sich abrupt um und nutzte gleich den Schwung ihres eher zierlichen Körpers, dem Fremden ihren Fuß in den Unterleib zu rammen.

Obwohl sie rasch zur Seite sprang, traf sie eine Blutfontäne, die dem Fremden aus der Wunde im Nierenbereich spritzte. Als sie sah, dass ihr Gegner trotz seines Todeskampfes noch seine Pistole zog, um sie zu erschießen, trat Carla erneut zu. Die Waffe polterte zu Boden. Ohne weitere Reaktionen des Fremden abzuwarten, stieß Carla ihm ihr Messer mitten ins Herz. Unmittelbar erlosch das Lebenslicht des Hünen. Mit gebrochenem Blick sackte er in sich zusammen. Sofort griff sie nach der Pistole des Fremden, die sie gleich in Reichweite bereit legte.

Carla ging in die Hocke, um in den rechten Bein-ausschnitt ihres Höschens und der Shorts zu steigen, als sie einen Luftzug hinter sich spürte. Unmittelbar wurde sie ganz ruhig. Wie von einer gewaltigen Feder angetrieben griff sie nach der Waffe, während sie sich gleichzeitig umdrehte und in Combatstellung in den Knien federnd stehen blieb.

„Ich bin es nur, Carla. Als ich den Miet-Alfa draußen stehen sah und du nicht Richtung Heimat gelaufen bist, wollte ich nachsehen, ob alles in

Ordnung ist. Wie es scheint bist du keine Frau, die auf schnellen Sex steht."

„Probier es aus, Salvatore."

„Lieber nicht, Carla, ein paar Jährchen möchte ich noch mit dir irgendwo abhängen, wo es schön ist. Jetzt müssen wir erst einmal überlegen, wie wir diesen Riesen hier verschwinden lassen können. Oder soll ich die Polizei rufen?"

„Nein, bitte nicht. Das müssen wir anders erledigen. Hast du eine Idee?"

„Die beste Lösung dürfte sein, dass wir den Kerl, wenn es dunkel geworden ist, in den alten Stollen werfen. Da sucht niemand nach ihm und auftauchen wird er daraus auch nie wieder."

Carla schaute Salvatore tief in die Augen. Sie wusste nicht, ob sie ihm trauen konnte. Würde er das, was er eben gesehen hatte, gegen sie verwenden oder sie gar erpressen?

„Ich weiß, was du denkst, Carla. Aber ich bin auf deiner Seite. In der kommenden Nacht entsorgen wir den Kerl für alle Ewigkeit im Stollen."

Carla legte den Kopf leicht schief. „Wenn man dich so reden hört könnte man meinen, dass dieser Russe hier nicht die erste Leiche ist, die du dort im Stollen entsorgst."

„Schau doch nach."

Carla musste das erste Mal lächeln, seit sie von dem Unbekannten angegriffen wurde.

„Ok, und was machen wir mit dem Wagen?"

„Ein Freund von mir ist mir noch etwas schuldig. Ich denke, er wird den Alfa abholen, in seine Einzelteile zerlegen und gewinnbringend verkaufen. Jetzt gehen wir erstmal ins Bistro, damit du nicht mit dem blutbeschmierten T-Shirt herumlaufen musst. Lass mich mal nachsehen, ob die Luft rein ist."

Salvatore winkte ihr zu. Sie zog die Türe der alten Kate soweit als möglich zu und lief ins Bistro.

4

Die quietschend schmatzenden Geräusche – verursacht von zwei Paar Kampfstiefeln auf dem Betonboden - nahmen rasch an Intensität zu. Mina stellte sich an das Kommandopult mit den drei Bildschirmen. Rasch tippte sie den Auftrag ans System, ein Update durchzuführen. Sofort wanderten gewaltige Zahlenreihen auf den Bildschirmen hin und her.

„Hi Mina, bist du fleißig?"

„Hallo, ihr Beiden. Ja, ich mache gerade einen Testlauf und überprüfe das System. Gibt es etwas Besonderes?"

„Nein, alles ruhig. Was soll hier in diesem Bunker schon geschehen? Hier kommt niemand ungesehen herein."

„Da hast du allerdings recht, Leyla."

„Wir machen uns dann wieder auf und drehen eine weitere Runde. Bis später, Mina."
„Ja, bis später."

Als die Geräusche der Gummisohlen nicht mehr vernehmbar waren, stellte Mina den Testlauf ein.
„So, mein Krieger. Wir haben alles, was wir brauchen und jetzt hauen wir hier ab."
„Wieso wir?"
„Weil du mich mitnehmen musst. Wenn das hier auffliegt, wissen gleich alle, dass nur ich diesen Verrat begangen haben kann. Sie würden mich suchen, festnehmen und ohne Verfahren zu Tode strangulieren. Und das nur, wenn ich Glück habe. Colonell Anedschat ist ein perverses Schwein. Ganz sicher würde er mich tagelang vergewaltigen und zum guten Schluss von der A-Kompanie steinigen lassen. Ist ein beliebtes Tötungsprocedere hier. Niemand erfährt davon, weil die Leiche des Delinquenten in der Wüste vom LKW fällt und von den wartenden Raubtieren und Geiern vollends verputzt wird."
„Was für ein glanzvolles Ende."
„Genau und deshalb wirst du mich mitnehmen."
„Ok, dann lass uns schleunigst von hier verschwinden."

Dank der guten Ortskenntnisse von Mina zogen sie sich rasch durch verschiedene unterirdische

Gänge zurück, bis sie an einen engen Aufstieg in einer Röhre gelangten. Mina kletterte als erste die zwanzig Steigeisen hoch, bis sie den Verschlussdeckel erreichte. Sachte hob sie den Stahldeckel an, bis sie genau erkennen konnte, wohin gerade die Überwachungskameras ihre Okulare richteten. Plötzlich setzte sie den Deckel in seiner Führung ab.

„Jeder Schwenk dieser Kamera dauert knapp fünf Minuten. Das bedeutet für uns, dass wir nicht gemeinsam den Schacht verlassen können. Der Geländewagen, mit dem du hergekommen bist, steht etwa fünfzig Meter von hier in fünfzehn Uhr. Ich werde als erste loslaufen und mich hinter das Steuer setzten. Dort warte ich auf dich. Ich habe hier einen gefälschten Fahrbefehl. Wenn du neben mir sitzt, fahren wir los und verlassen die Kaserne. Falls am Tor jemand fragt, haben wir den Auftrag zum Kongressgelände zu fahren. Das ist zurzeit nichts Besonderes. Alles drin in deinem Kopf?"

„Jawohl, Frau Leutnant."

Mina musste lachen.

„Dann starten wir jetzt. Gleich ist die Kamera vorüber. Drei, zwei, eins. Bis später."

Schon war Mina aus dem Tunnelschacht geklettert und im Dunkel der Nacht verschwunden. Peter wartete ab, bis die Kamera erneut am Tunneleingang vorbeischwenkte. Jetzt sprang auch er aus dem Schacht. Rasch schob er den Deckel wieder zurück in seine Führungen, bevor er zum Geländewagen rannte und auf der Beifahrerseite Platz nahm. Sofort startete Mina den schweren Dieselmotor und rollte vorschriftsmäßig der Kasernenausfahrt entgegen. Ein eher verschlafener Sergeant schaute kurz hoch, als der Militärwagen an der Schranke anhielt.

Als der junge Unteroffizier Mina am Lenkrad erkannte, betätigte er gleich den elektrischen Schlagbaumheber. Dann waren sie außerhalb des eingezäunten Geländes. Schon nach wenigen Kilometern verließ Mina die Hauptstraße in Richtung afghanischer Grenze.
„Wir wollen doch sicher nach Afghanistan?"
„Ja, nur von dort aus haben wir eine Chance, hier wirklich weg zu kommen."
„Aber wir haben auch noch etwa sechshundert Kilometer vor uns quer durch unbewohntes Land."
„Ich weiß. Da müssen wir jetzt durch. Auf der Rücksitzbank liegen vier Flaschen Mineralwasser und sechs Packungen Kekse. Der Tank ist randvoll. Mehr Komfort kann ich dir nicht bieten."
„Ich komme damit schon klar, Peter. Ich dachte da eher an dich." Mina grinste Peter an.
„Du hältst mich wohl für völlig verweichlicht?"
„Nun ja, mal schauen, was du so drauf hast."

Nach etwa zweihundert Kilometern über Stock und Stein suchten sie nach einem Ort, wo sie den Wagen für Hubschrauber und Suchflugzeuge unsichtbar abstellen konnten.

„Da vorn liegt ein kleiner See. Am Ufer stehen sehr dicht gedrängt eine Menge Zedern. Lass uns dort Rast machen."

Peter war ein wenig eingenickt und schreckte hoch, als er Minas Stimme vernahm.

„Ja, sieht doch gut aus. Die nächsten zweihundert Kilometer fahre ich dann."

Mina fand schnell mehrere Zedern, deren Kronen ein nur schwer einsehbares, natürliches Zeltdach bildeten. Dorthin lenkte sie den Geländewagen. Lachend schob Mina die Wagentüre auf.

„Was für ein schönes Fleckchen Erde", sagte sie und verließ, sich heftig reckend und streckend, den Wagen. Peter schaute zuerst nach dem Funkgerät des Wagens. Er riss es aus der Halterung und warf es in den See.

„Sicher ist sicher", sagte er.

„Hier, nimm dieses T-Shirt. Es wird dir sicher passen. Deins werde ich gleich verbrennen, um keine DNA-Spuren zu hinterlassen."

Carla schaute Salvatore von der Seite an. Immer mehr wurde ihr klar, dass er irgendein Geheimnis aus seiner Vergangenheit vor ihr verbarg.

„Du kennst dich aber gut aus. Schaust du nur viele Krimis oder ...?"

„Oder was, Carla?"

„Ich sage mal ... oder du hast es wirklich faustdick hinter den Ohren."

„Das hast du sehr schön und liebevoll formuliert. Aber so wie du mit einem Messer umgehen kannst, glaube ich nicht, dass du dies in einer Garküche beim Kartoffeln schälen gelernt hast."

Carla lachte. „Das ist wohl wahr."

„Dann haben wir es also beide, wie hast du es bezeichnet, faustdick hinter den Ohren?"

„Wie es scheint." Carla drehte sich um und streifte sich das blutige T-Shirt über den Kopf.

„Schaust du mir gerade auf meinen Hintern?"

„Keineswegs. Solange du im Besitz eines Messers bist, erscheint mir dies als viel zu gefährlich."

Carla musste wieder lachen.

„Ich mag Männer, die mich zum Lachen bringen."

„Ich sage doch, dass es für unser beider Leben schöner wäre, würden wir gemeinsam durch-brennen."

„Denkst du das wirklich? Wenn du mich nur mal vögeln möchtest, um mich dann wieder wegzu-legen wie eine kleine Hure, könnte dies deine letzte Nummer sein, Barista."

„Würdest du mir das wirklich zutrauen?"

„Ich traue keinem Mann mehr, Salvatore."

„Ich werde dich vom Gegenteil überzeugen und dir auf ewig treu bleiben."

„Jetzt schau mich nicht so an wie ein Bernhardiner, der einem Verschütteten ein Fässchen Rum kredenzt. Auch die schönsten braunen Augen können lügen."

„Genauso wie ein Mann im schönsten Blau weiblicher Augen ertrinken kann. Gib uns eine Chance, Carla."

Sie nickte nur.

„War das jetzt ein Ja?"

„Nein, ein Nicker dafür, dass ich wie versprochen darüber nachdenke. Was machen wir mit dem Auto?"

„Hier werden doch gegen 22 Uhr die Bordsteine hochgeklappt. Wir bringen den Wagen heute Nacht zurück zum Flugplatz und stellen ihn auf dem Parkplatz der Autovermietung ab. Nach Mitternacht arbeitet da keiner mehr und stellt Fragen. Wir werfen die Papiere und die Schlüssel des Alfas in den Briefkasten von Sixt-Budget. Damit sieht es so aus, als wäre der Russe zurückgeflogen und das zu einer Zeit, wo niemand den Wagen mehr in Empfang nehmen konnte. Ich glaube, das wird besser sein, als wenn mein Kumpel den Wagen holt und zerlegt.

Wir hinterlassen sonst zu viele Spuren und wie sagtest du doch eben: Du traust niemandem. Sehe ich ähnlich."

„Ok, und die Leiche?"

„Geht heute Nacht den Weg alles Irdischen und verschwindet auf ewig im Stollen."

„Einverstanden, wann soll ich am Flughafen sein, um dich abzuholen?"

„Wenn du gegen Mitternacht losfährst, bist du gegen ein Uhr in der Nacht in Florenz. Das reicht völlig. Ich erwarte dich vor dem Ankunftsgebäude des Flughafens Amerigo Vespucci. Ich warte bis 1:15 Uhr. Wenn du bis dahin nicht eingetroffen bist, gehe ich davon aus, dass dir etwas dazwischen gekommen ist und nehme ein Taxi in die Innenstadt."

„So machen wir es. Ich werde pünktlich sein. Jetzt jogge ich erst einmal nach Hause."

„Mach das, Carla, und vergiss nicht nachzudenken."

„Werde ich machen. Ich tue nichts anderes. Bis heute Nacht."

5

„Wir müssen den Geländewagen so schnell wie möglich loswerden."

„Stimmt, Mina. Laut meinem GPS sind es von hier aus ungefähr hundert Kilometer westlich, wo in einem verlassenen Bauernhof eine Geländemaschine für mich bereit steht."

„Ich hoffe doch für uns, Peter?! Wenn du mich nicht mitnimmst, ist das mein Todesurteil."

„Natürlich nehme ich dich mit."

„Danke, Peter, ich möchte nach London. Dort lebt eine gute Freundin von mir."

„Dann haben wir ja den gleichen Weg. Wollen wir wieder los?"

„Ja, warte, ich ziehe mir nur eben die Uniform aus."

Mina stieg aus dem Overall, nachdem sie ihre Kampfstiefel bereits ausgezogen hatte.

„Jetzt schau nicht so. Das ist keine Importjeans. Die hätte ich mir niemals leisten können."

„Ich kaufe dir in London eine echte Wrangler."

„Ist das jetzt dein Ernst?"

„Natürlich. Warum sollte ich dich anlügen?"

„Weil ihr Kerle immer nur eins im Kopf habt."

„Ja, stimmt, Mina, Hosen kaufen."

„Du bist so doof, Peter McCord." Mina warf ihm ihren Militäroverall an den Kopf.

„Typisch, das ist dann der Dank dafür."

Gerade als sie lachend in den Geländewagen einsteigen wollten, vernahmen sie Geräusche am Himmel wie sie nur schwere Hubschrauber mit ihren Rotorblättern erzeugen.

„Komm schnell, wir springen da vorn in den Graben. Das ist ein SIL MI 35 Kampfhubschrauber russischer Bauart. Wenn die Piloten nach uns suchen, finden sie uns. Da kannst du ganz sicher von ausgehen. Sie werden hier mit ihren Raketen und Bordwaffen die Erde umgraben und alles, was aufrecht steht, verbrennen."

Mina drängte sich ganz nah an Peter heran. Sie zitterte. Peter vermied jedwede dumme Bemerkung, weil ihm ebenfalls die Vorzüge des SIL MI 35 bestens bekannt waren.

Mina flüsterte. „Der ist auf einem Routineflug und hat uns nicht gesehen. Wir müssen sofort aufbrechen, wenn er weitergeflogen ist. Es wird allmählich hell. Trotz des beigebraunen Lacks sind wir mit dem Toyota weithin sichtbar. Also nix wie weg hier."

Diesmal übernahm Peter das Lenkrad. Er klemmte das GPS ans Armaturenbrett und gab Gas. Nach etwa einer halbe Stunde Fahrt war Mina eingeschlafen. Selbst die größten Bodenwellen, von denen es hier nur so wimmelte, änderten nichts an ihrem Zustand.

Auch Peter kämpfte gegen die einsetzende Müdigkeit an. Irgendwann sorgte ein Sekundenschlaf für totale Unaufmerksamkeit, bis ein kräftiger Stein ihn wieder hochschrecken ließ. Auch Mina erwachte. Peter rieb sich die Augen und hielt an.

„Was ist los?"

„Ich glaube, ich bin kurz eingenickt."

„Soll ich weiter fahren?"

Peter schaut kurz auf das GPS. „Nein, lass nur. Wenn das Teil hier richtig tickt, sollten wir in etwa drei Kilometern am Ziel sein. Wir müssen nur noch dort über die Hügelkette fahren."

Sachte fuhr Peter die Anhöhe hoch, bis er den Hügelkamm erreichte. Im Schritttempo ließ er die allradgetriebene Vorderachse den Kamm überqueren.

Völlig unerwartet blies ihnen eine gewaltige Sandfontäne entgegen. Doch der Verursacher war kein Sturm, sondern die Rotorblätter des SIL MI 35. Nur wenige hundert Meter von ihnen entfernt tanzte die Kampfmaschine vor ihren Augen hin und her und präsentierte ihre mit Raketen und Maschinenkanonen ausgerüsteten Stummelflügel. Mina schrie laut auf. „Was machen wir jetzt, Peter?"

Salvatore schaute Carla hinterher, wie sie gleichmäßig und ziemlich austrainiert ihrer Wohnstatt entgegen joggte.

„Was ist das nur für eine geheimnisvolle Frau", sprach er vor sich hin, während er Schritt für Schritt die Kellertreppe herunter lief. Diffuses Licht empfing ihn. Ganz rechts im Regal fand er sofort, wonach er suchte. Sogleich griff er nach dem großen Jutesack. Er schüttelte ihn erst einmal aus, damit auch der letzte Achtbeiner seine Schlafstatt verlassen konnte. Zufrieden packte sich

Salvatore das naturbelassene Behältnis unter den Arm. Ohne Eile trottete er die Treppe hoch zurück in sein Bistro. Er warf den Sack hinter die Theke und wusch sich seine Hände.

Weil er jetzt einen Kaffee brauchte, setzte er seinen Automaten in Gang. Zischend und pfeifend sprudelte ein rabenschwarzer Kaffee in seinen Becher. Er gab ein Stück Zucker und etwas Milch dazu und setzte sich an einen Fensterplatz mit Blickrichtung zu dem Alfa Romeo schräg gegenüber. Der Wagen stand immer noch so da, wie er von dem Russen abgestellt wurde. Gedankenverloren schlürfte er an seinem Becher. Ganz genau ging er im Kopf das Szenario seiner für den Abend geplanten Vorgehensweise durch. Schließlich war er Perfektionist und wahrscheinlich war dies auch der Grund, dass er noch lebte.

Carla war derweil zu Hause eingetroffen. Sie rannte sofort hoch ins Schlafzimmer und zog ihren Rollkoffer vom Schrank. Mit wenigen Handgriffen packte sie alle ihre Habseligkeiten zusammen und verteilte sie ordentlich in ihrem Gepäckstück. Nachdem sie die beiden Halbschalen zusammengelegt und die Reißverschlüsse versuchsweise geschlossen hatte, ging sie ins Bad. Die alte Gastherme schien Mitleid mit ihr zu haben und sorgte rasch für angenehm warmes Wasser. Blitzschnell hüpfte Carla aus ihrer Sportkleidung sowie der Unterwäsche hinein in die betagte Badewanne mit dem wenig ansehnlichen Duschvorhang. Das warme Wasser tat ihr gut, wie es gleichmäßig über ihren Körper perlte.

Als sie jedoch die Augen schloss, während sie ihr Haar shampoonierte, tauchte sofort die furchtbare Szene vor ihrem inneren Auge auf. Sie sah wieder die Blutfontäne auf sich zu spritzen, die dem Russen aus seiner Niere herausschoss und ihr wurde bewusst, dass sie eben einen Menschen getötet hatte, wenn auch in Notwehr. Sie begann zu weinen. Ihr Schluchzen durchzuckte sie regelrecht und sorgte für eine Gänsehaut. Wenig später drehte sie das Wasser ab. Sie griff nach dem Badetuch und trocknete sich ab. Entgegen ihrer sonstigen Gepflogenheit überließ sie diesmal dem Fön das rasche Trocknen ihres Bobs. Carla lief ins Schlafzimmer, wo sie sich Unterwäsche und einen Jogginganzug anzog. Wenig später legte sie sich auf ihr Bett und schloss die Augen. Wieder tanzten die furchtbaren Bilder von heute Morgen an ihren Augen vorüber, doch sie begannen bereits zu verblassen.

Peter schob den Schaltknüppel in Stellung R wie Rückwärtsgang und gab Vollgas. Der Toyota machte einen gewaltigen Satz nach hinten und verschwand hinter dem Felskamm. Dort bremste Peter den Geländewagen ab. Mina und er hörten

bereits das Kreischen der Triebwerke des Kampf-
hubschraubers näher kommen. Obwohl der SIL
für seine absolute Wendigkeit bekannt war,
mussten die Piloten doch einige Manöver fliegen,
um der rasanten Rückwärtsbewegung des
Geländewagens folgen zu können.

Als Peter den Kampfhubschrauber im Rückspiegel
erkannte und die erste Salve der Maschinen-
kanone über ihre Köpfe hinweg pfiff, schob er den
Wahlhebel des Getriebes auf D und trat wieder
beherzt auf das Gaspedal. Er forderte dem Motor
alles ab, was zu geben dieser bereit war und das
hatte es in sich. Mit einem Satz flog der Toyota
vorwärts wieder über die Bergkante.

„Spring nach rechts raus, Mina, in den Graben
und versteck dich. Hier scheppert es gleich ganz
furchtbar."

Mina riss die Wagentüre auf und ließ sich über
ihren Rücken in den bewachsenen Graben
abrollen. Peter tat es ihr gleich, während der
Geländewagen ungebremst den Berghang herab-
raste. Peter und Mina hatten gerade ihre Köpfe
eingezogen, als etwa zweihundert Meter von
ihnen entfernt das Inferno begann.

Der Waffenoffizier im Hubschrauber hatte sich für
das Abfeuern von zwei Raketen entschieden, die
den Geländewagen in wenigen Sekunden mit
einem gewaltigen Knall in beinahe alle seine
Einzelteile zerlegten. Peter konnte nicht erkennen,

wohin sich Mina verzogen hatte. Die Luft stank penetrant nach Sprengstoff, brennendem Diesel und verschmorten Kunststoff. Mehrfach überflog der Hubschrauber die schwarz verbrannte Fläche, auf der gerade noch ein ziemlich neuer Toyota Geländewagen gestanden hatte. Die starken Wirbel des Rotors fachten das Feuer noch einmal kräftig an, bis wirklich kaum noch etwas zu erkennen war. Der Kampfhubschrauber drehte noch einmal eine große Runde über dem Gelände, bevor er sich auf seinen Heimflug begab. Sein Kerosinvorrat ging offensichtlich zur Neige.

Peter nahm immer noch ein sonores Summen in seinen Ohren wahr, das der laute Knall nach den Raketeneinschlägen ausgelöst hatte. Vorsichtig hob er seinen Kopf. Von Mina war weit und breit nichts zu sehen. Als er zu dem Schluss gelangte, dass die Luft rein zu sein schien, erhob er sich. Rasch bewegte er sich dem Punkt im Graben entgegen wo er Mina vermutete. Dort sah er die junge Offizierin liegen. Er sprang zu ihr herunter und hob sie auf.
Nur ganz allmählich kam Mina wieder zu Bewusstsein. Aus einer großen Wunde am Ober-schenkel blutete sie.
„Bleib ruhig, Mina, ich bringe dich jetzt in Sicherheit."

Peter trug die Soldatin zu dem winzigen Waldstück und lehnte sie mit dem Rücken gegen einen Baumstumpf, so dass sie aufrecht sitzen konnte. Mina stöhnte ein wenig vor Schmerzen.

„Lass uns nachschauen, ob die Blutung steht."

Mina öffnete den Knopf am Hosenbund und den Reißverschluss, während Peter ihr die Schuhe von den Füßen zog. Auch wenn Peter kein Arzt war, erkannte er doch sofort, dass es sich um eine ziemlich tiefe Schürfwunde handelte.

„Ein steriles Verbandpäckchen wäre jetzt nützlich."

„Haben wir aber nicht. Blutet es denn noch aus der Wunde?"

„Nicht wirklich. Ich möchte die Wunde aber mit irgendetwas abdecken."

„Dann nehmen wir einen Ärmel von meiner Bluse."

„Ok, das könnte gehen."

Peter griff an seine Wade und zog ein mittleres Kampfmesser hervor.

„Hoffentlich kannst du damit umgehen, sonst benötige ich nachher noch einen neuen Arm."

Mina lächelte gequält.

„Das krieg ich schon hin."

Behutsam trennte Peter den Ärmel der Bluse ab.

„Ist auch nicht gerade eine sterile Wundauflage. Aber wenn nichts anderes vorhanden ist, muss es halt der Ärmel tun."

Vorsichtig legte er den Blusenärmel über die Wunde. Mina zuckte ob des Schmerzes leicht zusammen.

„Ist es auszuhalten?"

„Es muss gehen. Sonst wäre ich besser im Dienstwagen sitzen geblieben und hätte mich von den Raketen des Hubschraubers in die Umlaufbahn blasen lassen."

Wieder folgte ein schmerzverzerrtes Lächeln. Langsam erhob sie sich.

„Komm, ich helfe dir in die Hose."

„Geht schon, danke."

Peter drehte sich weg, damit Mina nicht den Eindruck gewann, er wolle sich an ihrem hübschen Anblick satt sehen.

„Dann lass uns losgehen." Peter legte seinen rechten Arm um ihre schlanke Taille, während Mina ihren linken Arm um seine Schultern legte.

„Und wohin laufen wir jetzt?"

„Laut meinem letzten Blick auf das GPS etwa zwei Kilometer in westlicher Richtung. Dort muss sich ein alter Bauernhof befinden, wo ein Motorrad auf uns wartet."

Beinahe zwei Stunden irrten sie durch die Gegend, bis Peter in der Ferne die Umrisse einer Ruine entdeckte.

„Da vorn scheint die Kate zu liegen."

Nach einer weiteren guten halben Stunde erreichten sie endlich das alte Gemäuer. Peter setzte Mina etwa hundert Meter vor der Kate auf einem Felsbrocken ab. Er zog die Pistole aus dem Hosenbund, die er dem iranischen Soldaten abgenommen hatte, lud sie durch und trat vor den Eingang des arg heruntergekommenen Hauses. Im letzten Moment erkannte Peter, dass er eine schwarze Kobra beim Nickerchen gestört hatte. Vorsichtig zog er sich zurück, während die Giftschlange das Weite suchte.

Mit dem Lauf der Pistole öffnete Peter die nur noch aus wenigen Brettern bestehende Holztür, deren Scharniere sich eher unwillig zeigten. Quietschend schob er die Türe auf und betrat den einzigen Raum. Erfreut stellte er fest, dass in der rechten Ecke unter einer Plane ein Zweirad verborgen stand. Sofort zog er die Plane weg. Bei dem Motorrad handelte es sich um eine schon recht betagte Honda Enduro.

Ihr optischer Zustand ließ jedoch wenig Mut aufkommen, hier rasch und heil wegzukommen. In den beiden, ledernen Packtaschen fand er zwei Flaschen Mineralwasser sowie zwei Einsatzpäckchen der britischen Streitkräfte für den Kampfeinsatz.

„Alles klar?", vernahm Peter in seinem Rücken. Mina hatte sich in die Kate geschleppt.

„Ich denke schon. Wenn die Maschine anspringt, sind wir ein Stück weiter. Hier ist etwas zu essen und zu trinken. Einsatzverpflegung der britischen Streitkräfte. Nichts für Gourmets, aber immer besser als verhungern."

Peter packte das Paket aus.

„Hier sind ein Verbandpäckchen, Kekse, 2 Teebeutel, Zucker und Milchpulver und zwei Fertigmahlzeiten ‚Bohneneintopf mit Speck'. Bist du Muslimin?"

„Nein, wieso? Ich bin Koptin."

„Was für ein Glück! Der Speck im Eintopf stammt nämlich vom Schwein."

Binnen fünfzehn Minuten war es draußen dunkel geworden.

6

Salvatore schloss gegen zweiundzwanzig Uhr sein Bistro zu und löschte die Außenbeleuchtung. Um diese Zeit verirrten sich ohnehin nur noch wenige Touristen auf der Durchreise in sein kleines, gemütliches Refugium, um einen Abendsnack zu sich zu nehmen oder einfach nur einen Schlaftrunk zu schlürfen.

Er griff nach dem großen Jutesack unter der Theke und verließ durch die Hintertüre das Bistro. Hier parkte sein kleiner, alter Fiat Kastenwagen. Ohne Hast ließ er den Motor an. Behutsam rollte er zweimal um die Ecke herum bis er vor der Türe der Ruine eintraf, in der die Leiche des Russen lag. Salvatore stieg aus. Lautlos öffnete er die Tür. Er hätte die Taschenlampe eigentlich nicht einschalten müssen, weil das Summen tausender Fliegen bereits akustisch auf den Lageplatz der Leiche hinwies.

Im Gegensatz zu zwei Ratten, die sich bereits an der Wade des Toten festgebissen hatten und diesen Festbraten nur widerwillig aufgeben wollten, schwirrte das Heer der Fliegen gleich hoch, als er sich über die Leiche beugte.

Mit dem rechten Fuß trat er nach den Nagern, die dann doch das Weite suchten. Die Leiche wies bereits stark olfaktorisch auf ihre Anwesenheit hin. Salvatore streifte sich Einmalhandschuhe über und begann damit, die Füße des Toten in den Sack zu stecken. Geschickt schob er den zusammengerollten Jutesack Stückchen für Stückchen hoch, bis die Leiche ganz darin verschwunden war.

Für einen Außenstehenden konnte dabei der Eindruck entstehen, dass Salvatore diese Handlung nicht zum ersten Mal vollzog. Mit nur wenigen Handgriffen verschloss er den Jutesack und schleppte ihn zu seinem kleinen, betagten Fiat Kastenwagen. Er klappte die beiden Türflügel rechts und links auf. Dank seiner enormen Kräfte hob er die Leiche auf und legte sie in das Transportabteil, das mit einer Plastikwanne versehen war. Sofort zog er die Handschuhe aus und warf die Türen zu.

Ohne Licht einzuschalten fuhr er die Nebenstraße hoch zum alten Bergwerksschacht. Wenn nichts quer auf der Straße lag wie Felsbrocken oder umgestürzte Baumstämme, sollte er in ca. 30 Minuten den versteckt liegenden Zugang zur alten Mine erreichen. Plötzlich jedoch flammten Scheinwerfer auf und das Blaulicht auf dem Fahrzeug begann sich zu drehen. Eine rot aufleuchtende Kelle bedeutete ihm anzuhalten.

Salvatore spürte, wie ihm der Schweiß den Rücken herunter lief. Jetzt hieß es cool bleiben. Sogleich trat er auf die Bremse.

„Buonasera. War ich zu schnell?", fragte Salvatore den jungen Carabinieri, als er an seine Fahrerseite trat.

„Buonasera, nicht wirklich. Sie fahren jedoch ohne Licht."

„Das kann doch gar nicht sein. Ich habe den Wagen erst vor wenigen Tagen in der Inspektion durchchecken lassen. Heute wollte ich prüfen, ob die Bremsen richtig gemacht wurden und jetzt das."

Salvatore schaute auf den Schalter und tat völlig verdutzt.

„Ups, ich habe das Licht überhaupt nicht eingeschaltet. Ich schalte es sofort ein."

Er drückte auf den Taster und sofort leuchteten die beiden Scheinwerfer auf.

„Sehen Sie, geht doch."

„Das macht dann 30 Euro."

„Oh, bitte, nein. Nur weil ich vergessen habe, den blöden Schalter zu betätigen, soll ich jetzt soviel Geld zahlen? Bitte drücken Sie ein Auge zu."

Der Carabinieri wollte schon einen Strafzettel ausstellen, als die Scheinwerfer des Streifenwagens aufblinkten.

„Ok, hauen Sie ab und denken Sie ab jetzt daran, Ihr Licht einzuschalten, wenn Sie losfahren."

„Mache ich ganz bestimmt. Danke."

Salvatore ließ den Wagen an und schaltete sofort wieder das Fahrlicht ein. Langsam fuhr er weiter den Hügel hinauf. Als er den Streifenwagen passierte, erblickte er im Augenwinkel eine hübsche, schwarzhaarige Polizistin, die sich gerade ihre Bluse auszog.

„Na dann mal viel Spaß, ihr Beiden", murmelte Salvatore leise vor sich hin. „Das ging der Lady wohl zu langsam. Mir soll es recht sein."

Schmunzelnd fuhr er weiter, bis er den Zugang zum Stollen erreichte. Dies war keineswegs der offizielle Eingang zum Bergwerk. Diesen hatten die Betreiber gleich nach dem Krieg zugemauert. Er hatte sich für seine Zwecke einen Luftschacht freigelegt. Blitzschnell setzte er zurück und verschwand im Gestrüpp. Mit wenigen Handgriffen hatte er den Holzdeckel abgeschraubt. Dreimal holte er noch tief Luft, bis er sich die Leiche des Russen über die Schulter warf und diese mit dem Kopf zuerst in den Schacht schob. Es dauerte eine ganze Weile, bis er das Auftreffen des Leichnams auf das Grundwasser vernahm. Sofort verschloss er wieder den Luftschacht. Jetzt nahm er sich allerdings vor, einen kleinen Umweg zu fahren, um die beiden Polizisten nicht bei ihrem Schäferstündchen zu stören.

„Wir sollten hier übernachten. Es ist schon dunkel. Mit dem Motorrad werden wir ohne gute Sicht nicht weit kommen. Aber jetzt machen wir dir erst mal einen neuen Verband auf deine Wunde." Mina zog sich ihre ziemlich zerrissene Jeans herunter, während Peter den Minikocher anwarf, der nicht nur Wärme für die Mahlzeiten erzeugte, sondern auch für ein wenig Licht sorgte. Mina zuckte heftig zusammen, als Peter den zum Verband umfunktionierten Blusenärmel abriss. „Beginnt schon zu heilen. In ein paar Tagen hast du den Vorfall vergessen."
Peter bemühte sich beim Wickeln der Mullbinde über der Wundauflage möglichst nicht ihren Genitalbereich zu berühren.
„Fertig. Ist zwar nicht gerade das Meisterstück eines Mediziners, aber bis du richtig behandelt werden kannst, dürfte der Verband reichen."

Vorsichtig zog Peter ihre Jeans wieder hoch, bis sie den Bund selber fassen konnte. Als Peter vor ihr stand, legte sie ihm völlig unerwartet ihre Arme um den Hals.

„Danke, Peter, dass du mich mitgenommen hast und dass du dich wie ein Gentleman verhältst. Die meisten Kerle hätten ganz sicher die Situation ausgenutzt und mich vergewaltigt."

„Fühl dich da mal nicht zu sicher. Ich werde dann eben später zum Tier."

Peter machte dazu ein Gesicht wie ein Klosterschüler, was Mina zum Lachen brachte.

„Du bist schon so ein verrückter Kerl. Weißt du was?"

„Nein, aber du wirst es mir sicher jetzt sagen."

„Ich freue mich schon darauf, mit dir in London shoppen zu gehen."

„Ja, das könnte schon lustig werden. Und ich werde dich dann auch mal richtig zum Essen ausführen. Meine erste Einladung erfolgt aber jetzt."

Mina musste lachen als sie sah, wie sich Peter an der Aluschale des Bohneneintopfes ordentlich die Finger verbrannte.

„Oh, mein armer Held", folgte ihr Kommentar. Auch Peter musste lachen, nachdem sich der erste Schmerz verzogen hatte. Weil ihnen nur ein Löffel zur Verfügung stand, übernahm Mina ihre Fütterung und steckte im Wechsel sich und dann

Peter immer eine Portion in den Mund. Nach dieser opulenten Mahlzeit kochten sie sich noch einen Tee mit viel Zucker aus dem Mineralwasser und den Teebeuteln.

Gegen dreiundzwanzig Uhr schaute Peter auf seine Uhr. Mina lag auf dem Boden und schlief bereits. Peter nahm die Motorradplane und deckte die junge Soldatin damit zu, während er sich auf einen dreibeinigen Hocker setzte und vor sich hin döste. Gegen vier Uhr in der Nacht erwachte Peter aus seinem Dämmerschlaf. Es war bitterkalt geworden. Sein Atem bildete beim Ausatmen kleine Wölkchen vor dem Mund. Er verließ die Kate und trat nach draußen. Millionen von Sternen standen am wolkenlosen Firmament.

Irgendwann spürte er zwei Arme, die sich von hinten um seine Taille legten.

„Ist dir auch so kalt?"

Peter zitterte sogar ein wenig. „Ja und wie."

„Dann lass uns mit den letzten beiden Teebeuteln einen Tee aufsetzen."

Sie frühstückten, indem sie die harten Kekse in den stark gezuckerten Tee tauchten und auf-schlürften. Peter schaute sich noch einmal seinen am Abend gelegten Verband an und zeigte sich nach wie vor zufrieden.

Mit vereinten Kräften schoben sie die schwere Enduro ins Freie. Nach unendlich vielen Startversuchen sprang der Motor an. Da es keine Helme gab, nahmen beide gleich Platz auf der Sitzbank. Peter legte den ersten Gang ein und ihre Fahrt konnte beginnen. Nachdem sie gut eine Stunde störungsfrei vorangekommen waren, erblickten sie in der Ferne eine Militärpatrouille. Peter lenkte die Maschine gleich hinter einen großen Felsen. Glücklicherweise hatten die Soldaten sie nicht gesehen.

„Wohin fahren wir eigentlich?"

„In Richtung Zabol, um das Motorrad zu betanken. Von dort aus geht es weiter nach Sarandsch, wo ich die Grenze nach Afghanistan überqueren möchte."

Als die Patrouille außer Sichtweite war, fuhren sie weiter. Doch leider reichte ihr Sprit nicht annähernd bis zu dem grenznahen Ort. Mit einmal starb der Motor ab. Die Enduro verbrauchte einfach mehr Treibstoff als sie gedacht hatten. Dies lag vermutlich auch daran, dass die Maschine ständig zwei Personen über hügeliges Gelände transportieren musste.

Salvatore parkte sein eher träges Vehikel wieder hinter dem Haus. Rasch entnahm er dem Gepäckfach die Plastikwanne und spülte sie in seinem Garten mehrfach aus. Er schaute auf seine Armbanduhr. Ging er mal davon aus, dass er den Alfa binnen einer guten halben Stunde nach Florenz zum Flughafen über die Serpentinen jongliert bekam, blieb jetzt noch Zeit für einen Kaffee. Während sein Kaffeeautomat seinem Wunsch zischend und gurgelnd nachkam, schüttete er all die Habseligkeiten, die er dem Russen aus seinen Taschen genommen hatte, aus dem kleinen Plastikbeutel heraus auf die Theke.

Er fand den Schlüssel des Alfas, ein Mäppchen mit Kreditkarten und seine Brieftasche sowie seine Geldbörse. Alles in allem kamen etwa 500 Euro an Bargeld zusammen, dass er sich gleich in die Tasche steckte.

Salvatore gab noch etwas Milch in den Kaffee und trank den Becher in großen Schlucken leer. Anschließend spülte er den Becher ab. Wieder durch den Hinterausgang verließ er sein Bistro und setzte sich in den Alfa. Alle Papiere lagen im Handschuhfach, was die Situation erheblich erleichterte. Salvatore startete den Diesel und brauste los.

Schon nach wenigen Minuten hatte er das Fahrzeug völlig unter Kontrolle. Es bereitete ihm einen Riesenspaß, den Wagen mit dem sportlich abgestimmten Fahrwerk durch die Kurven driften zu lassen. Am Flughafen eingetroffen, lenkte er den Alfa gleich zum Parkplatz des Autovermieters. Salvatore stieg aus. Er komplettierte kurz alle nötigen Daten im Abgabeformular. Dann nahm er sich den Vertrag aus der Mappe heraus und imitierte die Unterschrift des Russen, was ihm gar nicht mal so schlecht gelang. Im Vorbeigehen warf er alle Papiere in den Briefkasten der Verleihfirma. Dabei stellte er sich so, dass sein Gesicht von den Beobachtungskameras nicht aufgezeichnet werden konnte.

Zufrieden lief er die Treppen hoch zum Ankunftsterminal. Keine zehn Minuten später rollte ein älteres Model eines Fiat Cinquecento auf ihn zu und blinkte mit der Lichthupe.

„Pünktlich, so mag ich es."

„So bin ich eben. Hast du den Russen entsorgt?"

„Alles erledigt. Wann hauen wir ab?"

„Gegenfrage: Wohin hauen wir ab? Den Faktor Zeit haben wir doch schnell ausgemacht oder etwa nicht?"

Salvatore lachte. „Du lebst immer aus dem Koffer heraus nicht wahr?"

„Nicht immer, aber ich bin eine Frau von schnellem Entschluss. Stets hoch flexibel. Je nachdem bin ich ganz schnell verschwunden. Jetzt frag nicht weiter. Ich werde es dir ohnehin nicht auf die Nase binden, Barista."

Wieder zeigte Salvatore lachend seine strahlend weißen Zähne.

„Was sagst du zur Westküste Portugals, etwa 70 Kilometer nördlich von Lagos?"

„Ok und was machen wir da den lieben langen Tag?"

„Na, Liebe, Carla."

„Liebe? Das wird mir zu eintönig. Was machen wir, wenn wir das gesamte Kamasutra rauf und runter ausprobiert haben?"

„Wir könnten ein kleines Restaurant eröffnen."

„Ist das nicht zu gefährlich?"

„Ach, da oben landen nur junge Leute, die surfen wollen. Die sind harmlos. Wann starten wir?"

„Von mir aus morgen."

„Lass uns noch bis Freitag warten, Carla. Ich muss noch ein paar Sachen regeln."

„Ok, dann Freitag."

Carla drosch den kleinen Fiat die Straße hoch zurück in das gottverlassene Kaff, wo sie Salvatore zu Hause absetzte.

„Kommst du morgen früh zum Frühstück?"

„Aber natürlich. Alles geht seinen gewohnten Gang."

7

„Und was machen wir jetzt, Peter?"

„Wir müssen zusehen, dass wir irgendwoher Benzin bekommen."

„Aber ich kann nirgendwo eine Tankstelle entdecken."

„Es wird ohnehin schwer werden, in dieser Region Superbenzin zu bekommen. Die meisten Fahrzeuge werden hier mit Diesel betrieben. Außerdem brauchen wir auch Wasser und etwas zu essen. Hinter dem Hügel auf zwei Uhr sollte nach meiner Kartenkenntnis eine kleine Ortschaft liegen."

„Dann lass uns laufen."

„Nein nicht jetzt, Mina. Dafür ist es viel zu heiß. Lass uns bis zum späten Nachmittag warten."

Gute drei Stunden lang dösten sie im Schatten einer Zeder. Dann blies Peter zum Aufbruch. Bis zur Hügelkette schoben sie die Maschine. Dort jedoch versteckten sie das Motorrad im Unterholz einiger Sträucher. Ohne hastige Bewegung marschierten sie auf den Hügel. Peter lag völlig richtig. Etwa zwei Kilometer entfernt befand sich ein kleines Dorf. Selbst auf die Distanz hin waren Autos zu erkennen.

„Wo es Autos gibt, bekommt man auch Benzin."

„Ich vermute, nur Diesel, Mina. Schauen wir uns das Kaff mal an."

Peter und Mina schlenderten langsam durch den Ort. Da sie beide etwas abgerissen aussahen, hielt man sie für Backpacker und niemand nahm sie besonders in Augenschein.

Tatsächlich fanden sie eine Tankstelle, die aus zwei Säulen Treibstoff verkaufte. Der alte Tankwart feilschte ein wenig mit Mina um den Preis. Hierbei kam ihnen zu Hilfe, dass Mina den einheimischen Dialekt perfekt beherrschte. Letztendlich erwarben sie zwei 5-Liter-Kanister des begehrten Superbenzins. Eineinhalb Stunden später saßen sie wieder auf der Enduro. Ohne ein Risiko einzugehen oder gewagte Manöver zu fahren, ließ Peter die Geländemaschine der Grenze entgegen laufen.

Gegen 21 Uhr dämmerte es. Peter stoppte plötzlich. Er streckte den Arm aus und deutete auf eine kleine Stadt hin.

„Das sollte Sarandsch sein. Wir umfahren die Stadt weiträumig und suchen etwa zehn Kilometer westlich nach einem Loch im Grenzzaun. Wenn unser Informant Wort gehalten hat, werden wir einen vorbereiteten Durchgang finden."

Nach einem großzügigen Bogen um die Stadt Sarandsch cruisten sie am Grenzzaun entlang, bis sie in der Ferne eine Grenzpatrouille erblickten. Peter hielt sofort an und stoppte den Motor. Da sie aus einer kleinen Mulde heraus kamen, konnten die Grenzsoldaten sie nicht sehen.

„Das war knapp, Peter."

„Stimmt. Leider habe ich kein Fernglas. Aber so wie es auf den ersten Blick aussieht sind es vier Soldaten. Wir müssen warten, bis sie Dienstschluss haben. Mit nur einer Pistole gegen deren automatische Waffen sind wir den Männern hoffnungslos unterlegen."

Als es dunkel wurde, bestiegen die Soldaten ihr Fahrzeug und fuhren davon.

„Glück gehabt, Peter, sie haben Feierabend."

Als die Heckleuchten des Militärfahrzeuges nicht mehr auszumachen waren, bestiegen sie wieder ihre Maschine. Ohne Licht und sehr langsam fuhren sie jetzt nah am Zaun entlang. Als sie kurz anhielten, um sich zu orientieren, marschierte mit erhobenem Stachel ein schwarzer Skorpion auf Peters Fuß zu. Doch er machte den Fehler, über vertrocknete Blätter zu laufen. Mina vernahm das Geräusch und schlug den giftigen Angreifer in die Flucht.

„Danke, Mina."

„Keine Ursache. Ich wollte nur vermeiden, dass mir meine Shoppingtour mit dir durch die Lappen geht."

Peter musste lachen. Trotz der Dunkelheit konnte er das verschmitzte Grinsen in Minas Gesichtszügen erkennen. Wenn sie auf diese Weise grinste, zog sie ihre Stirn kraus, was ihr ein hübsches Aussehen verlieh.

„Was hast du?"

„Du hast ein hübsches Lächeln."

Ob Mina nun rot geworden war, konnte er natürlich nicht erkennen, da es mittlerweile stockdunkel geworden war. Letztlich war es ihm auch gleich.

Endlich fanden sie das ersehnte Loch im Zaun. Einerseits waren sie froh, jetzt hier wegzukommen. Andererseits passte das Motorrad nicht hindurch. Die enge Öffnung im Zaun war einfach zu schmal. Peter versuchte noch, mit seinem Messer die eine oder andere Masche zu durchtrennen, doch der stählerne Zaun gab sich unnachgiebig.

„Dann müssen wir jetzt wohl laufen. Es sei denn, du möchtest mich tragen, Mina"

„Dir scheint die Sonne nicht bekommen zu sein. Ich bin froh, dass ich mit meiner Beinwunde überhaupt einigermaßen gehen kann. Was schätzt du wie weit wir gehen müssen, bis man uns abholen wird?"

„Das kann ich dir nicht sagen. Wenn wir uns etwas von der Grenze entfernt haben, schalte ich den Peilsender in meiner Uhr ein. Dann heißt es warten."

Da sie wegen der Dunkelheit nicht weiterlaufen konnten, zogen sich Mina und Peter in den Schutz einer großen Baumwurzel zurück, die wahrscheinlich einmal ein ordentlicher Blitz von ihrer Krone getrennt hatte. Mit der kleinen Taschen-lampe schauten sie genau nach, ob sich keine ungebetenen Gäste dort aufhielten. Es wurde sehr schnell lausig kalt. Mina kuschelte sich ganz eng an Peter. Wenig später war sie eingeschlafen. Auch Peter sank sehr rasch in einen tiefen Schlaf. Als es dämmerte, wachten sie beinahe gleichzeitig auf. Mina erhob sich und reckte ihre Arme in den Himmel.

„Ich habe gut geschlafen. Sag mal, du könntest mal duschen."

Mina bog sich vor Lachen, als sie Peters verdutztes Gesicht sah.

„Also, du duftest auch nicht gerade wie eine Verkäuferin in einer Parfümerie."

„Ich habe Hunger, Peter, und Durst."

„Sehe ich aus wie ein Kiosk? Hunger und Durst habe ich auch. Aber hier ist kein Ort in der Nähe, wo wir etwas kaufen könnten."

„Und in welche Richtung laufen wir jetzt?"

„Dort lang, Richtung Westen."

Langsam trotteten Mina und Peter über einen Trampelpfad eine kleine Anhöhe hinauf. Mina erreichte als erste den Kamm und schrie plötzlich auf. „Schau mal, Peter!"

Carla fand nicht in den Schlaf. Immer wieder wälzte sie sich hin und her. Jedes Mal wenn sie glaubte, endlich einschlafen zu können, sah sie diesen ekelhaften Russen vor sich, wie er sich auf sie stürzen wollte und dann den Blutstrahl, der ihm aus der Niere schoss, als sie ihm das Messer in den Leib gerammt hatte.

Gegen neun Uhr erhob sie sich aus den Federn. Sie fühlte sich wie erschlagen. Das Frühkonzert der Vögel hatte sie bereits verpasst. Ohne Umweg verschwand sie im Bad und duschte. Als die Lebensgeister wieder gänzlich Besitz von ihr ergriffen hatten, zog sie sich an und joggte zu Salvatores Bistro.

Lässig lehnte der Patron mit einem Becher Kaffee in der Hand an der Eingangstüre.

„Guten Morgen, schöne Frau. Haben Sie gut geschlafen?"

„Morgen Salvatore. Überhaupt nicht. Mich hat die ganze Nacht die russische Mafia verfolgt."

„Ehrlich? Für so ängstlich halte ich dich gar nicht." Ein scharfer Blick traf Salvatore.

„Hab ich etwas Falsches gesagt?"

„Du hältst mich für eiskalt, nicht wahr?"

„Ach Unsinn, aber wenn ich darüber nachdenke, wie du dich gegen den Russen durchgesetzt hast, gewinnt man leicht diesen Eindruck. Kaffee, komplettes Frühstück?"

„Ja, ich habe Hunger wie ein Bär."

„Dann setz dich. Bin gleich wieder da."

Zehn Minuten später balancierte der Chef de Cuisine Rührei mit Speck, Schinken, Marmelade und frische Brötchen auf einem Tablett sortiert an ihren Tisch.

„Kaffee und frischer Orangensaft kommen auch gleich."

„Mach dir keinen Stress. Ich habe heute nichts Besonderes mehr vor außer ..."

„Außer?"

„Na, wir müssen unsere Reisepläne besprechen."

„Soll heißen, wir brennen zusammen durch?"

„Ja, aber lass mir noch etwas Zeit mit deiner Frage nach einer Beziehung."

„Kein Problem. Heißt das, dass du hier so schnell wie möglich verschwinden möchtest?"

„Ja, aber frag mich jetzt bitte nicht."

„Habe ich etwas gesagt? Dann bleibt es bei Übermorgen?"

„Ja, Freitag ist ein guter Tag. Hast du ein Auto oder fahren wir mit deiner Transportkiste?"

„Du denkst an meinen Leichenwagen?"

Carla nickte, aber sie lächelte nicht über seine Bemerkung.

„Ich habe einen Kombi. Da bekommen wir alles hinein. Hast du viel Gepäck?"

„Zwei Koffer und einen Rucksack."

„Das kriegen wir alles weg."

„Und wohin reisen wir?"

„In die Nähe von Aljezur, einem Surferparadies. Ich spreche recht gut portugiesisch. Ein Bekannter von mir schuldet mir noch etwas. Außerdem lebt dort auch ein entfernter Verwandter von mir. Wir können direkt am Strand ein kleines, hübsch eingerichtetes Restaurant übernehmen. Ein Wohnbereich mit 70 Quadratmetern Wohnfläche gehört zum Restaurant dazu. Alles zusammen kostet 300 Euro Pacht."

„Die sollten wir schon aufbringen können." Salvatore grinste. „Wenn du angeln gehst, brate ich für unsere Gäste den Fisch."

Endlich lächelte Carla mal wieder. „Wie lange werden wir mit dem Auto dahin fahren?"

„Rechne mal mit gut zwei Tagen, eher länger. Es liegen ungefähr 2.400 km vor uns mit ziemlich großen Verkehrsknotenpunkten. Wir sollten uns ohnehin Zeit lassen und die schönen Aussichten genießen. Außerdem sind wir dann mal für ein paar Tage unauffindbar. Wir dürfen keinerlei Spuren hinterlassen. Übernachten sollten wir nur in kleinen Pensionen ohne große Anmeldezeremonien und Formulare. Unsere Rechnungen zahle ich ausschließlich cash, also keine Kreditkartenzahlungen."

„Du kennst dich wirklich sehr gut aus, Salvatore. Den Rest übernehme ich."

„Ok, dann hole ich dich gegen sechs Uhr in der Früh ab."

„Ja, sehr gut. Dann fahren wir in den Tag hinein. Ich werde Maria sagen, dass ich für eine Weile nach Amerika gehe. Das wird sie mir so abnehmen."

„Das denke ich auch."

„Ich werde den Kindern fehlen."

„Das mag wohl sein, aber die Russen haben noch viel mehr Killer, die gern nach Italien reisen, um Blondinen zu töten, nachdem sie diese erstmal flachgelegt haben. Wirst du mir irgendwann verraten, warum die Russen hinter dir her sind?"

„Vielleicht irgendwann einmal. Lass uns jetzt über andere Dinge reden."

8

Vor ihnen lag eine kleine Oase mit einem winzigen See, umwachsen von Buschwerk und Dattelpalmen. Mina wollte gleich losrennen. „Langsam, Mina. Lass uns erst einmal erkunden, ob die Luft da unten rein ist." Peter machte sich ein oberflächliches Bild von dem vor ihnen liegenden Kleinod. Zufrieden nahm er als Erster den Abstieg in Angriff. Nach gut einer Dreiviertelstunde standen sie endlich am Ufer des kleinen Sees. „Das sind Dattelpalmen, Peter." „Das sehe ich." An einigen Stellen hingen die Fruchtstämme so tief, dass sie sich gleich davon bedienen konnten. „Iss nicht zu viele Datteln,

Mina. Du wirst furchtbare Bauchweh bekommen."

„Ich bin es gewohnt, Datteln in großen Mengen zu verspeisen und großen Hunger habe ich obendrein."

Auch Peter bediente sich ordentlich.

„Was machst du?"

„Ich habe jetzt den Peilsender in meiner Uhr gestartet. Im Laufe des Tages werden wir sicher von meinen Leuten oder den Amerikanern hier abgeholt. Wir haben für solche Situationen speziell ausgebildete Rescue-Teams. Damit bergen wir zum Beispiel abgeschossene Piloten. Ich schaue mich hier mal ein wenig um."

„Ok, ich lege mich dort vorn in den Schatten."

Peter marschierte los, um zu inspizieren, wie sicher der Ort wirklich war und ob er sich eventuell dazu eignete, hier auszuharren bis sie abgeholt werden. Nach einer halben Stunde kehrte er zurück.

Doch von Mina war weit und breit nichts zu sehen. Sofort vergewisserte er sich, ob seine Beutepistole noch im Hosenbund steckte. Wenn Mina in die Hände von Beduinen oder maro-dierenden Banden der Warlords gefallen war und gefangen genommen wurde, hatte sie schlechte Karten. Man machte mit weiblichen Gefangenen, gerade wenn sie aus dem Iran stammten, kurzen Prozess. Sie wurden immer wieder vergewaltigt, gefoltert und dann entweder als Sklavinnen verkauft oder einfach im Sand eingegraben, bis nur noch der Kopf herausschaute und anschließend vergessen. Vor allem bewegten sich diese Trupps lautlos. Sie waren bestens mit den räumlichen Gegebenheiten vertraut und somit immer im Vorteil. Peters Sorgenfalten glätteten sich erst wieder, als er Mina im See badend antraf. „Da bist du ja wieder. Komm auch ins Wasser. Es ist herrlich warm."

„Ich dachte, ich könnte hier jetzt etwas von dem Wasser trinken. Aber weil du darin badest, ist es mit der Genießbarkeit des Wassers natürlich vorüber."

Minas große schwarze Augen mutierten zu Seh- schlitzen. Peter wand sich um, weil er in der Ferne das Kreischen von Flugzeugturbinen vernahm. Eine Linienmaschine überflog startend den See. Mina hatte den Moment von Peters Unacht- samkeit ausgenutzt und stürmte lautlos aus dem Wasser auf ihn zu. Noch bevor Peter die Gefahr erkannte, hatte die junge Soldatin ihn in den Ufersand geworfen und sich splitternackt wie sie war auf seine Brust gesetzt.

„So, mein lieber Agent Peter McCord. Jetzt gehst du auch ins Wasser und badest erst einmal. Du stinkst nämlich wie ein räudiger Ziegenbock."

Peter starrte Mina nur an ohne sich zu bewegen. „Was ist? Hast du noch nie ein nacktes Mädchen gesehen? Los, komm mit."

Noch bevor Peter antworten konnte, spürte er bereits ihre zarten Hände an seinem Hemd. Blitzschnell hatte sie sein Hemd aufgeknöpft. Mina sprang auf und zog ihn hoch.

„Jetzt erwarte ich natürlich einen heißen Strip, Peter." Peter grinste und zog sich ebenfalls ganz aus.

„Hübscher Knackarsch, aber dein Rücken ist ja voller Narben."

„Berufskrankheiten."

„Mein Gott, wo hast du dich denn überall rumgetrieben?"

„An allen möglichen Orten dieser Welt und ganz sicher immer dort, wo du nicht mal tot über den Zaun hängen möchtest. Lass uns baden gehen."

Peter rannte zum Ufer und stürzte sich mit einem Satz in die angenehm warmen Fluten. Mina schaute ihm hinterher.

„Willst du da Wurzeln schlagen? Ein zweites Bad wird dir sicher nicht schaden. Also komm ins Wasser."

Wieder zog Mina ihre Augen zu Schlitzen zusammen. „Warte ab, Peter McCord. Gleich hab ich dich in meinen Fängen."

Mina stürzte Peter hinterher und schwamm ihm nach. Recht bald hatte sie ihn eingeholt und eine handfeste Rangelei war die Folge, bis sich irgendwann ihre Lippen berührten. Es folgte ein liebevoller Kuss.

„Ich könnte mich an dich gewöhnen, Agent 17 und 4."

„Warte nur ab, Mina, bei mir halten es die Mädels nie lange aus. Ich bin oft lange fort und weiß nie, wann und in welchem Zustand ich zurückkomme."

„Ich würde auf dich warten."

„Schauen wir mal."

„Könnte ich mich nicht beim MI6 als Agentin ausbilden lassen?"

„Stell dir das mal nicht so leicht vor. Die meisten von uns haben ein Hochschulstudium hinter sich, sprechen mindestens drei Sprachen akzentfrei und sind fit wie ein Turnschuh. In deinem Fall ist ein einwandfreies Englisch schon ein Problem. Und ob wir so alte Ladies wie dich einstellen bezweifle ich doch ganz stark."

„Was hast du gerade gesagt? Alte Lady? Ich gebe dir gleich alte Lady. Ich bin ausgebildete Einzelkämpferin. Mit dir nehme ich es immer auf."

Peter hatte sich bereits aus ihrer Umklammerung gelöst und schwamm mit schnellen Zügen dem Ufer entgegen.

„Du entkommst mir nicht, Peter McCord", rief sie ihm nach.

Nach einigen heftigen Küssen klopften sie sich gegenseitig den Sand vom Körper. Mina schien ihre Beinverletzung wieder vollends vergessen zu haben, so wie sie mit Peter herumgebalgt hatte. Als sie beide wieder komplett angezogen waren und beschlossen weiterzulaufen, vernahm Mina Geräusche wie sie nur Hubschrauber im Lande-anflug erzeugten.

„Hörst du, Peter, wir werden abgeholt. Komm, wir laufen ihnen entgegen."

„Halt, Mina. Lass uns erstmal schauen, wer da landet und wo."

„Aber wieso?"

„Weil in meinem Geschäft jeder mit Haken und Ösen spielt und du nie weißt, mit wem du es zu tun bekommst."

Mina stand etwas verwundert da. Sie schaute Peter nach, der sich am Waldrand hinter einem Baum verbarg, um zu checken, wer da gelandet war. Blitzschnell kam er zurück gerannt.

„Das sind zwei iranische Transporthubschrauber, begleitet von zwei SIL M 35. Sie haben ihre Landeskennzeichen übermalt. Wir müssen uns hier irgendwo verstecken."

Ohne Zeit zu verlieren krabbelten sie in einen großen Busch hinein. Peter konnte den Sender seiner Uhr nicht abstellen, damit sie auch wirklich nur von ihren eigenen Leuten gefunden werden konnten.

Die Soldaten kamen immer näher. Mina übersetzte Peter die Befehle, die in iranischer Sprache gegeben wurden. Die Männer trugen keine Hoheits-abzeichen an ihren Kampfanzügen. Dies war ein Partisaneneinsatz und ganz sicher keine offiziell angemeldete Übung. Die Stimmen der Männer kamen immer näher. Da sie keine Hunde mit-führten bestand noch Hoffnung, dass man sie hier in dem dichten Gebüsch nicht fand.

Peter hatte die Armeepistole aus dem Hosenbund gezogen, die er dem Soldaten abgenommen hatte. Zwar wusste er genau, dass er gegen die Über-macht der automatischen Waffen der Soldaten nicht den Hauch einer Chance besaß, aber kampflos würde er sich nicht einfangen lassen. Die Soldaten schwärmten in Vierergruppen aus und betraten das kleine Waldstück.

„Tust du mir einen großen Gefallen, Peter?", flüsterte Mina Peter ins Ohr.

„Ja sicher. Was möchtest du?"

„Wenn uns die Soldaten hier finden, musst du mich unbedingt erschießen. Wenn ich denen lebend in die Hände falle, erwartet mich die Hölle. Sie werden mich vergewaltigen, dann halb tot-schlagen und mir zum Schluss die Kehle durch-schneiden, was einer Erlösung nahekommen wird."

Als Peter und Mina versuchten, noch tiefer in den großen Busch einzudringen, um größtmögliche Deckung zu finden, gab völlig unerwartet der

Boden nach. Ungebremst fielen sie in ein tiefes Loch hinein.

„Ja, wir sollten jetzt präzise unsere Flucht planen, Carla, damit es später keine bösen Über-raschungen gibt."

„Flucht? Wir wollen doch nur umsiedeln und in Portugal gemeinsam neu anfangen."

„Na, du hast ja die Ruhe weg, Carla. Schließlich hast du gestern einen Menschen getötet."

„In Notwehr, vergiss das bitte nicht, Salvatore. Der Kerl wollte mich vergewaltigen und dann töten."

„Ist ja gut, ich sage ja schon nichts mehr. Du wirst wissen, was du tust und was richtig oder falsch ist."

„Genauso ist es. Also, welche Route werden wir nehmen?"

Salvatore zog einen Zettel aus seiner Hemdtasche und legte ihn auf den Tisch. Es handelte sich dabei um einen Kartenausdruck mit einer mit einem Filzstift eingezeichneten Fahrtroute.

„Von Florenz aus starten wir Richtung Genua. Von dort aus geht es weiter immer an der Küste entlang durch Monaco vorbei an Cannes, Nimes und Montpellier. Irgendwann überqueren wir dann die Grenze nach Spanien. Wir fahren weiter immer an der Mittelmeerküste entlang über Girona, Barcelona, Tarragona bis Valencia.

Dort verlassen wir die Küstenrouten und durchqueren Spanien vorbei an Cordoba, Sevilla bis Huelva. Ein Stück hinter Huelva überqueren wir mit der kleinen Fähre den Grenzfluss nach Portugal. Von dort aus geht es weiter über Vila Real, Tavira, Estoi, Almancil, Boliqueime, Pera, Portimao, Bensafrim bis Aljezur. Wenn wir dort eingetroffen sind, haben wir es geschafft. Ganz in der Nähe von Aljezur Richtung Küste liegt das Dorf, wo zumeist junge Surfer Urlaub machen und für ihre Surfgigs trainieren. Wir fahren ausschließlich über Landstraßen an den Küsten entlang, um nicht an den Autobahnstationen registriert zu werden, an denen man Gebühren entrichten muss."

„Ich merke schon, du befindest dich auch nicht das erste Mal auf Wanderschaft."

„Nein, in der Tat bin ich auch schon oft durch Europa getingelt."

„Berufsbedingt?"

„Solange du mir nichts von dir erzählst, Carla, werde auch ich mich mit Infos zu meinem Vorleben zurückhalten. Ist das ok für dich?"

„Ja, damit habe ich kein Problem. Mit der Zeit wird sicher das Vertrauen füreinander steigen."

„Das sehe ich auch so."

„Was nehmen wir an Proviant mit?"

„Darum brauchst du dich nicht zu kümmern, Carla. Mineralwasser, ein paar Brote und etwas

Obst für eine Pause zwischendurch besorge ich für uns."

„Wie sieht es mit Bargeld aus?"

„Sollten wir auf jeden Fall so viel mitnehmen, dass wir unsere Hotelzimmer wie auch das eine oder andere Essen unterwegs begleichen können, ohne das nachvollziehbar wird, wohin wir unterwegs sind. So, und jetzt frühstücken wir erst einmal in Ruhe."

Carla verspeiste noch die Reste des bereits abge-kühlten Rühreis mit Speck. Salvatore schmierte sich derweil zwei Brötchenhälften mit Butter und selbst gemachter Orangenmarmelade. Auch Carla stieg nach dem Verzehr der leckeren, herzhaften Eierspeise auf Marmeladenbrötchen um. Ganz allmählich fasste sie Vertrauen zu Salvatore. Beinahe vergnügt plauderten sie albern herum, als ein vorbeiziehender Schatten am Schaufenster des Bistros für Unbehagen sorgte.

Eine tiefschwarze Limousine mit abgedunkelten Scheiben rollte mit verhaltenem Tempo an Salvatores Bistrofenster vorüber.

„Erwartest du Besuch, Carla?"

„Eigentlich nicht, du etwa?"

„Auch nicht wirklich. Der Wagen hat russische Kennzeichen mit dem CD Zusatz. Das ist ein Fahrzeug der russischen Botschaft, das ganz sicher der KGB nutzt. Wird Zeit, dass wir hier verschwinden."

„Ja, das ist ein Wagen des KGB."

„Woher weißt du das?"

„Ich weiß es eben. Du hattest versprochen, nicht immer alles zu hinterfragen."

„Bin schon still. Der Mercedes verlässt gerade unser Dorf in südlicher Richtung."

„Dann fährt er in meine Richtung. Ich werde nachher eine andere Route nehmen, wenn ich nach Hause jogge."

„Möchtest du lieber hier schlafen?"

„Ich schaue mir erst einmal an, was die Russen vorhaben und ob sie wirklich zu mir wollen. Kannst du erkennen, wie viele Männer im Wagen sitzen?"

„Gelenkt wird der Wagen von einem Mann. Neben ihm sitzt eine ziemlich attraktive, blonde Frau mit kurzen Haaren. Ob im Fond jemand sitzt, kann ich wegen der schwarz getönten Scheiben leider nicht feststellen."

„Das könnte Olga Metjedwa sein?"

„Du kennst die Frau, Carla?"

„Ja. Wenn sie es wirklich ist, und ich habe mich selten geirrt, hat der KGB mich als Staatsfeindin mit Priorität eins eingestuft. Die Metjedwa ist die wohl gefährlichste und skrupelloseste operative Auslandsagentin des KGB was heißt, das sie mich jagen wird, bis sie mich gefunden hat, um mich auszuschalten. Und eins steht fest, sie ist verdammt nah dran.

Olga hat eine besondere Einzelkämpferausbildung genossen und wurde gleichfalls als Sniper ausgebildet. Sie bewegt jede Maschine zu Lande, zu Wasser und in der Luft und es gibt kein Waffensystem, mit dem sie nicht umzugehen versteht und das sie ohne mit der Wimper zu zucken einsetzt. Olga Metjedwa ist eine Kampfmaschine und wahrscheinlich die Beste, die zurzeit auf dem Markt ist."

„Und wieso kennst du sie?"

„Weil wir schon mehrfach das Vergnügen hatten gegeneinander anzutreten."

„Dann bist du also genauso gut wie sie und auch eine Topagentin?"

„Wer weiß das schon. Ich bin aber schon lange nicht mehr im Geschäft. Mehr werde ich dir aber nicht erzählen, Salvatore. Versteh das bitte und sei mir nicht böse."

„Nein, ich bin dir nicht böse. Wir wollen sehen, dass wir unsere Zukunft zusammen genießen und ganz schnell hier verschwinden."

„Ich weiß nicht, ob das so gut ist. Es tut mir auch sehr leid, dass ich dich da mit reingezogen habe, Salvatore. Du ahnst nicht im Geringsten, was jetzt abgehen wird. Man wird uns jagen wie die Hasen bei einer Treibjagd."

„Dann gehen wir eben gemeinsam vor die Hunde, Carla. Ich bin unsterblich in dich verliebt und werde dich unterstützen, wo ich nur kann und dich niemals hängen lassen."

„Das ist deine Entscheidung. Jetzt weißt du aber schon mal in etwa, mit wem du es bei mir zu tun hast."

Salvatore grinste. „Da wird es mir wohl auch nicht nutzen, nachts mit einer Pistole unter meinem Kopfkissen zu schlafen."

Carla lächelte ebenfalls. „Nein, Salvatore, wenn ich es will, bist du tot."

„Was für herrliche Aussichten für eine liebevolle Beziehung."

„Du hast es so gewollt, Barista. Ich jogge jetzt zurück zu meiner Behausung und packe alles zusammen. Komm so schnell du kannst. Meine Handynummer hast du ja."

„Ok, dann bis später, 007."

9

Carla nahm den Weg durch den Weinberg, der zwar beschwerlicher und länger, aber für den Autoverkehr ungeeignet war. Außerdem dienten die Reben als Sichtschutz. Als sie von weitem das alte Häuschen mit dem hübschen Anbau sah, hielt sie an. Bis jetzt hatte sie sich hier in dem kleinen Kaff in der Toskana so wohl und heimisch gefühlt, dass sie eigentlich ihren Lebensabend hier verbringen wollte.

Doch ihre Vergangenheit hatte sie wieder einmal eingeholt, wie schon so häufig. Irgendwann musste doch einmal Schluss damit sein. Jetzt gab es nur zwei Möglichkeiten: Entweder nahm sie den Krieg gegen Olga Metjedwa an, dessen Ausgang jedoch völlig ungewiss war oder sie verschwand klammheimlich mit Salvatore nach Portugal. Doch sie war kriegsmüde geworden und bei weitem auch nicht mehr so fit wie zu ihren Glanzzeiten. Schließlich hatte sie erst vor wenigen Wochen ihren zweiundvierzigsten Geburtstag gefeiert.

Ihre Kontrahentin hatte über zehn Jahre weniger auf dem Buckel. Sie war sehr froh, diesmal nicht alleine fliehen zu müssen, denn auch das hatte bisher immer wieder ihre alleinige höchste Aufmerksamkeit erfordert. So hatte sie wenigstens einen für ihre Bedürfnisse nicht ganz uner-fahrenen Kerl an ihrer Seite, der ihr darüber hinaus auch noch sehr gut gefiel. Langsam lief sie weiter. Doch ihre Gedanken plagten sie ohne Unterlass und gingen ihr nicht mehr aus dem Kopf.

Zog sie Salvatore da in ihre Angelegenheiten rein, die sein Leben kosten konnte? Sie hatte es ihm gesagt. Doch wie er äußerte schien ihm die Gefahr nichts auszumachen. Im Prinzip hing er ja bereits mit drin, nachdem er die Leiche des Russen entsorgt hatte. Dem KGB schien aber aufgefallen zu sein, dass ein Agent aus der zweiten Reihe ihr immer noch nicht gewachsen war und deshalb hatten sie Olga auf ihre Fährte gesetzt. Sie besaß die Spürnase eines Bluthundes und sie hatte sie auf Anhieb gefunden.

Etwa fünfzehn Minuten später erreichte Carla die Zufahrt zu dem kleinen Anwesen inmitten der Weinberge. Weil sie nicht wusste, ob die Russen sich noch in der Nähe aufhielten, verbarg sie sich hinter dem großen Regenfass. Dies war keine Sekunde zu früh. Plötzlich raste die große Mercedes Limousine an ihr vorüber der asphaltierten Straße entgegen. Carla zog rasch den Kopf ein. Erst als die Staubwolke sich verzogen hatte, trat sie aus ihrer Deckung hervor. Rasch lief sie zu ihrem Haus. Mehrfach schaute sie sich um. Es wäre nicht das erste Mal, dass man versuchte, sie auf diese Weise zu täuschen. Doch die Metjedwa hatte das Anwesen in der Limousine verlassen.

Carla untersuchte genau ihr Türschloss und den ganzen Eingangsbereich. Aber Drähte, die zu einer Sprengfalle führten, wurden nicht auffällig. Sie schob den Schlüssel ins Schloss und verschwand in ihrem Eingangsbereich. Wie es schien, waren weder die Metjedwa noch ihr Fahrer bei ihr eingedrungen.

Carla spurtete in die Küche. Sogleich setzte sie sich an den Küchentisch. Mit beiden Händen tastete sie den Unterboden der Tischplatte ab und wurde fündig. Mit ihrer rechten Hand ertastete sie die Neun Millimeter Pistole, die sie mit Klebeband unter der Tischplatte befestigt hatte. Sie nahm sie in beide Hände und lud sie durch. Jetzt standen ihr wenigstens 15 Patronen zur Verfügung, mit denen sie sich bis zur letzten Kugel verteidigen wollte, falls dies erforderlich wurde.

Sie bemerkte etwas, dass ihr bisher noch niemals zuvor aufgefallen war. Ihre Hände zitterten. Erschrocken schob sie die Waffe in den Hosenbund. „Du wirst alt, Mädchen", sprach sie zu sich selbst und ging nach nebenan zum Anbau, um nachzuschauen, ob Maria zu Hause war. Die Türe war nur angelehnt. Carla stockte der Atem, als sie den Wohnbereich betrat und sah, was geschehen war.

Peter fiel als erster die etwa acht Meter tief in den dunklen Schlund. Ziemlich hart traf er auf den Lehmboden auf, obwohl eine Menge Blattwerk und Stroh, das wohl die Schachterbauer ausgelegt hatten, seinen Aufprall erheblich abfederten. Härter traf ihn Minas Absturz, den er eher unfreiwillig abfederte. Mina wollte aufschreien, doch Peter hielt ihr sofort den Mund zu. Nur per Handzeichen machte er ihr klar, dass die iranischen Soldaten gerade an ihrem Versteck vorbei schlichen.

Etwa dreißig Minuten verharrten sie ohne etwas zu sagen. Dann lösten sie sich allmählich aus ihrer Starre und lauschten.

„Sie scheinen weiter gezogen zu sein."

„Hoffen wir es mal."

„Was mag das hier unten sein, Peter?", flüsterte Mina.

„Es könnte sich um einen Schmugglerstützpunkt handeln oder aber es ist eine geheime Verbindung zwischen dem Iran und Afghanistan über die Waffen geliefert werden."

Mina griff in ihre Hose und entnahm dieser ein Feuerzeug. Als sie es anknipste, standen Peter die Haare zu Berge.

„Mach das Ding aus! Schau, dort vorn lagern Massen an Waffen, Munition und Sprengstoff und wenn du uns nicht in die Umlaufbahn jagen willst, mach sofort das Feuerzeug aus."

In einer Ecke erkannte Peter einen Karton mit staub- und wasserdichten Militärstablampen.

„Hier, nimm zwei von den Lampen."

Mina war ein wenig erschrocken. Peters rechter Oberschenkel schmerzte ziemlich, nachdem Mina genau darauf gefallen war.

„Du bist ganz schön schwer."

„Soll das jetzt heißen ich bin zu fett?"

Peter erkannte am Funkeln ihrer Augen, das er einen wunden Punkt getroffen hatte.

„Natürlich nicht. Das war ein Scherz. So und jetzt schauen wir mal, wohin der Gang führt."

Draußen herrschte absolute Stille. Langsam liefen sie gemeinsam leicht gebückt vorbei an Massen von Kisten gefüllt mit Waffen und Munition aller Art. Selbst einige Kisten mit modernen Flugabwehrraketen vom Typ „Stinger" erkannte Peter. Er entnahm einer Kiste ein russisches Sturmgewehr und drei Magazine, die er aufmunitionierte. Auch Mina griff sich ein Gewehr und füllte mehrere Magazine mit Patronen auf. Lautlos liefen sie weiter den Gang entlang, bis sie auf eine türähnliche Öffnung trafen. Mit dem Gewehrkolben drückte Peter die Türe auf. Sofort blendete sie das gleißende Sonnenlicht.

Sie hielten sich ihre Hände flach vor die Stirn bis sich ihre Augen an das helle Licht gewöhnt hatten. Aus der Ferne vernahmen sie das Brummen von Transporthubschraubern sowie das Pfeifen der Turbinen von Kampfhubschraubern. Blitzschnell kreisten zwei Apache Helikopter über ihnen, während sich die beiden Transporthubschrauber noch zurückhielten. Sie schienen warten zu wollen, bis die Luft rein war und sie taten gut daran.

Zwei SIL MI 35 Kampfhubschrauber rasten mit Höchstgeschwindigkeit auf den amerikanischen Hubschrauberverband zu und eröffneten bereits das Feuer. Von zwei Raketen schwer getroffen fiel einer der Apaches wie ein Stein vom Himmel. Peter stürzte zurück in den Höhlengang. Mit Macht schubste er Mina an die Seite, die wie versteinert dastand. Als hätte er nie etwas anderes in seinem Leben getan, machte er routiniert eine Stinger Flugabwehrrakete scharf und rannte zurück ins Freie.

Sofort nahm er den nächsten SIL Hubschrauber ins Visier und drückte ab. Es folgte eine gewaltige Explosion. Der Kampfhubschrauber russischer Bauart schlug schwer getroffen auf dem Wüstenboden auf und fing sofort Feuer. Mina gab Peter Rückendeckung, als sie die heraneilenden Soldaten aus den beiden iranischen Transporthubschraubern mit den überklebten Hoheitsabzeichen sah, wie sie aus allen Rohren feuernd auf den Tunneleingang zuliefen.

Mina verstand sich sehr gut im Umgang mit der Kalaschnikow und darüber hinaus beherrschte sie die Kunst des Schießens. Sie verschwendete keinerlei Munition und brachte eine Menge Gegner zur Strecke, bis Peter ihr zur Hilfe eilte. Auf einmal wurde es still, totenstill. Der Gestank nach brennendem Kerosin und glimmendem

Kunststoff nahm ihnen beinahe jede Luft zum Atmen.

Dann plötzlich überflogen die beiden amerikanischen Transporthubschrauber den Tunneleingang und landeten gleich daneben. Aus jedem Helikopterrumpf sprangen zwanzig schwer bewaffnete GI's, um das Gelände zu sichern.

„Alles ok, Major?", vernahm Peter hinter sich die Stimme eines Kaugummi kauenden amerikanischen Soldaten. „Captain Floyd mein Name, hallo Major. Ich bringe Ihnen Ihr Taxi nach Hause."

„Hallo Captain, danke für Ihre Hilfe. Lassen Sie die Uhr des Taxameters aus oder fliegen wir nach Tarif?"

Die beiden Männer lachten. Ein großgewachsener britischer Offizier gesellte sich zu ihnen.

„Major McCord?"

Peter nickte und antworte: „Ja Sir".

„Colonell Boyle mein Name. Ich bin der Verbindungsoffizier zwischen den amerikanischen und den britischen Einsatzkräften hier in Afghanistan."

„Das ist Leutnant Mina Rafjani, die meine Aktion im Iran erst möglich gemacht hat."

„Hallo Leutnant. Ich habe Anweisung, Sie ebenfalls mit nach London zu bringen. Aber zuerst fliegen wir Sie nach Kandahar. Dort betreiben wir mit den Amerikanern zusammen eine Base, von wo aus wir Sie morgen Mittag nach London fliegen werden."

„Danke, Sir."

„Ist mein Auftrag, Major. Folgen Sie mir zum Helikopter."

Plötzlich schoss im Tiefflug eine Staffel F16 Kampfflugzeuge über ihre Köpfe hinweg.

„Die Amis haben wirklich alles aufgeboten, um auch den letzten Abschnitt ihrer Aktion zu sichern, Major", schrie der Colonell.

Doch Peter hatte nur Bruchteile seiner Aussage verstehen können, so laut kreischten die Triebwerke der Kampfflugzeuge.

Im Laufschritt rannten Mina, Peter und der Colonell zum nächsten Transporthubschrauber, der sie sogleich aufnahm. Als auch die GI's eingestiegen waren, hoben die Helikopter, gefolgt vom noch einsatzfähigen Apache, sofort ab und flogen Richtung Kandahar.

Aus der Luft bot sich Peter ein furchtbares Szenario. Überall verstreut lagen zerfetzten Körper von Soldaten. Der schwarze Qualm, der über den brennenden Hubschrauberwracks stand, vernebelte ein wenig den grausigen Anblick. Die Amerikaner hatten die beiden gefallenen Apachepiloten geborgen. Ob die iranischen Streitkräfte ihre gefallenen Soldaten gleichfalls bergen würden, blieb abzuwarten. Niemand würde sie jedenfalls daran hindern. Fest stand jedoch, dass alle Mädels und Jungs umsonst gestorben waren.

Peter hasste dieses brutale Geschäft immer mehr, wenngleich er damit auch seine Brötchen verdiente. Doch bereits mehrfach hatte er darüber nachgedacht, aus diesem Gewerbe auszusteigen. Der richtige Moment dafür würde sicher bald kommen. Vielleicht sollte er wieder zu seinen Eltern in die Highlands nach McCord Manor ziehen und eine Familie gründen. Er schielte bei dem Gedanken zu Mina herüber, die eher teilnahmslos in ihrem Sitz lag.

10

Maria saß gefesselt und ohnmächtig auf einem Küchenstuhl. Die Eindringlinge hatten ihr die Bluse und den BH vom Leib gerissen und sie mit Salzsäurespritzen gefoltert. Carla befreite Maria sofort von ihren Fesseln und fing den eher schmächtigen Körper ihrer Vermieterin mit beiden Händen auf. Ohne zu zögern legte sie sich Maria über die Schulter und trug sie ins Schlafzimmer. Vorsichtig legte Carla sie auf dem Bett ab.

Noch während sie Maria zärtlich auf ihre Wangen schlug, damit sie aufwachte, besah sie sich die drei von der Säure verätzten Wundmale. Wie es schien hatten sie die Säure nur oberflächlich auf die Haut gespritzt, sodass sie nicht tiefer ins Gewebe eingedrungen war. Olga hatte es anscheinend sehr eilig, wenn sie schon bei eigentlich Unbeteiligten so resolut vorging, um an Informationen zu gelangen. Dass sie über Leichen ging, wusste Carla zur Genüge.

„Wo bin ich? Was ist geschehen und wo sind die Kinder?"

„Hallo Maria, ich bin bei dir. Du liegst in deinem Bett."

Maria wurde ein wenig ruhiger. Doch mit einmal setzte sich die junge Frau auf die Bettkante.

„Wir müssen die Kinder finden. Diese Frau wollte ihnen Säure in die Augen spritzen, wenn ich nicht rede. Aber ich wusste doch gar nichts."

„Leg dich wieder hin. Ich sehe nach den Kindern."

In Carla wuchs ein riesiger Stein im Magen. Sie kannte Olga. Sie würde auch vor unschuldigen Kindern keinen Halt machen, wenn sie ihre Belange durchsetzen wollte. Carla lief sofort los und schaute in die Kinderzimmer. Die beiden Kinder lagen schlafend in ihren Bettchen. Der beißende Geruch von Äther lag in der Luft und in einer der Zimmerecken lag ein Lappen, von dem der Gestank ausging. Carla nahm ihn auf und warf ihn einfach aus dem Fenster.

„Es geht ihnen gut, Maria. Sie haben die Kinder nur mit Äther betäubt."

„Oh Gott, bin ich froh."

Nachdem Carla die Verätzungen von Maria, soweit ihr dies möglich war, behandelt hatte und die Kinder noch etwas benommen in ihren Zimmern spielten, setzte Carla einen Tee auf. „Setz dich, Maria, ich mache Tee für uns. Sag mal, wie viele Leute waren es, die hier eingedrungen sind?"

„Ein Mann und eine sehr sportliche Frau. Er hieß Iwan und sie sprach er mit Olga an."

„Was wollten die Beiden von dir?"

„Sie haben nach dir gefragt. Wollten wissen, wo du dich gerade aufhältst. Ich habe ihnen gleich gesagt, dass ich gerade aus der Stadt komme, weil ich meine Kinder von der Schule und dem Kindergarten abgeholt hätte. Sie haben gesagt, dass sie mir das nicht glauben. Dann hat mir plötzlich die Frau meine Bluse und den BH heruntergerissen. Dieser Iwan fesselte mich im Anschluss hier auf den Stuhl ... Die Frau hat mir dann diese Säure auf meine Haut gespritzt. Es hat höllisch wehgetan. Als sie mir das Zeug auf meine Brustwarze spritzte, wurde mir vor lauter Schmerzen schwarz vor Augen. Ich habe immer wieder geschrien, dass ich nichts weiß. Auch nicht, wo du dich gerade aufhältst.

Dann haben sie Roberto geholt und ihm die Spritze an sein rechtes Auge gehalten. Daraufhin wurde ich ohnmächtig. Was sind das für Leute, Carla, und was hast du mit ihnen zu schaffen?"

„Das ist eine sehr lange Geschichte, Maria. Damit sie nicht zurückkommen, werde ich morgen früh von hier verschwinden. Du bekommst von mir noch die Miete bis Ende des Jahres bezahlt und mein Auto schenke ich dir. Auch meine wenigen Möbel lasse ich hier. Es war eine sehr schöne Zeit hier bei euch. Aber ich kann nicht länger bleiben. Das wäre viel zu gefährlich für euch."

„Aber warum wendest du dich nicht an die Polizei? Mein Schwager ist Polizeichef in Florenz. Wir könnten ihn bitten uns zu helfen."

„Auf gar keinen Fall, Maria. Wir dürfen nicht noch andere in diese Sache hineinziehen."

„Aber wer ist denn mächtiger als die Polizei?" Carla schaute Maria nur stumm an. „Die Mafia?"

„Maria, ich darf dir nichts sagen. Das wäre alles viel zu riskant."

„Du bist mittlerweile meine beste Freundin, Carla."

„Genau und deshalb werde ich dir nichts erzählen. Vielleicht kann ich eines Tages wieder hierher kommen."

„Das Häuschen steht dir immer zur Verfügung."

„Versuch lieber, einen neuen Mieter dafür zu finden. Du kannst das Geld sicher gut brauchen."

Die beiden Frauen hatten sich zwischenzeitlich auf die Terrasse gesetzt, schlürften ihren Tee und schauten den Kindern beim Toben zu. Sie schienen den Vorfall ohne Nachwirkungen überstanden zu haben. Am späten Nachmittag erhob sich Carla von ihrem Stuhl.

„Ich muss jetzt rüber und packen. Ich werde dir den Schlüssel in den Postkasten werfen. Über die Dinge, die ich nicht mitnehme, kannst du frei verfügen. Ich lege dir auch einen Kaufvertrag für mein Auto hin, damit du ihn problemlos weiter-verkaufen kannst."

Jetzt flossen die Tränen und auch Carla musste sich sehr zurücknehmen. Sie wäre liebend gern hiergeblieben. Dann verschwand sie im kleinen Häuschen.

Carla setzte sich an ihren Küchentisch und heulte. Aber sie hatte gelernt, ihre persönlichen Bedürf-nisse ganz zurückzustellen. Als nächstes tastete sie unter der Küchentischplatte nach der dort mit Klebefolie befestigten 9mm Pistole und den beiden gefüllten Ersatzmagazinen. Alles zusammen legte sie auf den Küchentisch. Sie steckte sich die Waffe in den Hosenbund und lief die Stiege hoch ins Schlafzimmer, wo sie noch die wenigen persön-lichen Dinge, die sie besaß, in ihre Koffer und den Rucksack stopfte.

Zufrieden, wenn auch ohne Euphorie, kniete sich Carla im Schlafzimmer rechts am Fenster auf den Boden. Sie zog ihr Messer aus der Scheide, das sie stets am Körper trug und steckte die Spitze in eine Fuge des hölzernen Bodens. Rasch hatte sie zwei Bretter angehoben und im Nu einen flachen Aktenkoffer hervorgeholt. Sie öffnete die beiden Scharniere und den Deckel.

Der Koffer war prall gefüllt mit amerikanischen Dollarnoten, Schweizer Franken sowie Euro-scheinen in diversen Stückelungen. Außerdem lagen darin vier Pässe. Sie nahm den Pass, der auf den Namen Carla Vendito ausgestellt war, an sich und schob ihn in den Rucksack. Das übrige Geld wie auch die Pässe verstaute sie ebenfalls zu gleichen Teilen in ihrem Gepäck. Ihr wurde aber auch bewusst, dass sie in Kürze mal wieder an einem Geldautomaten mit einer ihrer diversen Karten Geld ziehen musste. Doch vorerst war sie ausreichend liquide.

Den Aktenkoffer legte sie zurück in das Geheim-fach und verschloss es, indem sie die Bretter zurück an ihren Platz legte. Vom Schlafzimmer aus lief sie in ihr winziges Arbeitszimmer. Sie setzte sich an die kleine Schreibtischplatte und schaute hinaus.

Idyllisch lag das Tal mit den vielen Weinbergen vor ihr und wieder füllten sich ihre Augen mit

Tränen, als sie dem nahenden Sonnenuntergang zuschaute. Wie gern wäre sie hier bei Maria und den Kindern geblieben. Doch wenn sie blieb, würde sie damit nur die Menschen in ihrer Umgebung gefährden. Plötzlich fuhr ihr der Schrecken in die Glieder. Sofort begann sie heftig zu schwitzen. Was würde wohl mit Salvatore geschehen, wenn Olga ihn als nächstes besuchen würde? Sie gestand sich ein, einen gewaltigen Fehler begangen zu haben. Sie griff nach ihrem Smartphone und gab Salvatores Rufnummer ein. Immer wieder vernahm sie das Tuten des Freizeichens, bis eine automatische Stimme daraufhin hinwies, dass der Teilnehmer vorübergehend nicht erreichbar sei.

Wenn Olga und dieser Iwan von hier aus gleich zu Salvatore gefahren waren und er sich jetzt nicht meldete, war dies ein sehr schlechtes Zeichen. Carla wusste nur allzu gut, mit welchen Methoden die Agenten des KGB vorgingen, wenn es um den Erhalt von Informationen ging. Was sollte sie jetzt machen? Zu ihm ins Dorf fahren und nachschauen? Andererseits war ihr bewusst, dass sie sich mit einer solch unüberlegten Aktion, die nur auf ihren Gefühlen zu Salvatore fußte, in Lebensgefahr bringen würde.

Sie beschloss, hier zu bleiben und einfach zu warten, ob er morgen in der Früh bei ihr aufkreuzte. Tat er dies nicht, würden die Karten ganz neu gemischt und was für ein Blatt sie dann in Händen halten würde, musste sich zeigen. Carla zog den Block aus der kleinen Schublade und schrieb Maria ein paar Zeilen. Sie legte noch die Miete für ein Jahr im Voraus in das Kuvert sowie ihre Fahrzeugpapiere und einen selbst verfassten Kaufvertrag für den kleinen, noch gut erhaltenen Fiat dazu.

Als die Sonne sich vom Horizont in ihre Nacht-ruhe verabschiedet hatte, sah Carla in ihren Kühlschrank. Erst jetzt stellte sie fest, dass sie seit dem Frühstück nichts mehr gegessen hatte. Sie nahm sich die Wurst- und Käsereste sowie die Butter und machte sich ein paar Brote. Die letzten beiden Tomaten entnahm sie noch ihrem Gemüse-korb und schnitt sie ebenfalls fürs Abendessen auf. Eher lustlos kaute sie auf den Broten herum und spülte jeweils den zerkauten Brei mit Mineralwasser herunter. Ihr Diner dauerte etwa zwanzig Minuten, bis sie aufstand und das Küchenfenster öffnete.

Sie ließ heißes Wasser zum Spülen in das Becken laufen. Der Duft von Kräutern aus dem Garten, die auch die Kühle des Abends zu genießen schienen, stieg ihr in die Nase. Zum dritten Mal versuchte sie Salvatore per Handy zu erreichen, doch sie hörte immer wieder die gleiche Ansage. Carla trat ans Becken und begann die wenigen

Teile zu spülen, als sie einen feinen Windzug im Nacken spürte, der nur dann auftreten konnte, wenn die Haustüre geöffnet wurde. Sie wusste, dass ihr jetzt nicht mehr viel Zeit zu reagieren blieb.

Blitzschnell trocknete sie ihre Hände ab und zog ihre Neunmillimeter aus dem Hosenbund. Mit dem Daumen entsicherte sie ihre Waffe. In den Knien federnd ging sie in Stellung in Erwartung ihres Mörders. Schweiß lief ihr den Rücken herunter. Jeder Schritt im Flur verursachte ein mahnendes Knirschen auf dem Holzboden.

11

Nach einem dreiviertelstündigen Flug mit einem kurzen Tankstopp irgendwo in einer abgelegenen und streng geheimen Ecke der Region setzten die Hubschrauber in Kandahar auf. Noch bevor die Amerikaner sich Peter und Mina bemächtigen konnten, rollte ein britischer Geländewagen vor, in den der Colonell sowie seine beiden Gäste einstiegen. Sofort drehte der Wagen ab und fuhr zum britischen Teil der Basis. Mina und Peter wurden gleich nach ihrer Ankunft vom Chef der Basis begrüßt und natürlich zum erfolgreichen Ausgang des Auftrages beglückwünscht.

Nach einer kurzen Ansprache und einem guten Kaffee durften sich Peter und Mina zurückziehen.

Ihnen wurden zwei benachbarte Zimmer im Offiziersheim zugewiesen. Nach einer ausgiebigen Dusche und dem Genuss einer halben Flasche Wasser legte sich Peter auf seine Pritsche. Er wollte schon wegdämmern, als sein Handy summte.

„McCord?"

„Hallo Peter, schön, dass Sie es mal wieder geschafft haben und gesund zurück sind. Wie geht es Ihnen?"

„Guten Tag, Mister Sharp. Danke der Nachfrage. Ich muss neidlos anerkennen, dass ich dies ohne die Mithilfe von Leutnant Rafjani nicht geschafft hätte."

„Halten Sie die Frau für integer?"

„Ja, Sir, sie hat mir das Leben gerettet."

„Nun, ist sie hübsch, Peter?"

„Das auch, Sir."

Simon Sharp, der Chef des MI6, lachte laut.

„Sie möchte sich nach unserer Rückkehr in London als Mitarbeiterin für operative Aufgaben bewerben. Sie spricht gut Englisch, mehrere arabische Dialekte und ein wenig Französisch."

„Sie hat Ihnen ja richtig den Kopf verdreht, Peter." Wieder lachte Simon Sharp. „Ok, ich lasse sie von den Kollegen auf Herz und Nieren überprüfen und wenn sie zu uns passt, bilden wir sie aus. Neue, unverbrauchte Gesichter sind stets willkommen. Nur passen müssen sie halt eben."

„Sie wird sich sicher freuen, wenn ich ihr das erzähle. Ich schicke Ihnen später alle mir vorliegenden Informationen über sie, damit wir abklären können, ob sie auf unserer Seite steht."

„Ok, Peter. Sie sind ja doch etwas skeptisch, was den Leutnant betrifft."

„Nein, Chef, das sicher nicht, aber sicher ist doch sicher."

„Da haben Sie natürlich recht. Heute ist Donnerstag, Peter. Wenn Sie morgen zurück in London sind, kommen Sie bitte gleich kurz ins Haus und übergeben mir den Stick. Dann haben Sie das Wochenende frei und Montag sehen wir uns zur Besprechung wieder hier in der Zentrale."

„Ja, Sir, ich lasse mich vom Flughafen Stansted aus gleich in die Zentrale bringen, damit auch nichts verloren geht. Der Einsatz hat genug Menschen das Leben gekostet."

„Ich weiß, Peter, und ich bin der Letzte, der in so einem Fall von Kollateralschäden spricht. Doch es ist für die westliche Welt sowie für Israel von äußerster Wichtigkeit zu erfahren, wie weit das militärische Atomprogramm des Iran wirklich fortgeschritten ist. Wir sehen uns. Bis morgen."

Peter erwiderte kurz noch den Gruß, doch sein Chef hatte wie gewöhnlich bereits aufgelegt.

Bevor er sich wieder hinlegte, um sich eine Mütze Schlaf zu gönnen, griff er sich seinen linken Schuh.

Vorsichtig drehte er den Absatz zur Seite und vergewisserte sich, dass der Stick mit den geheimen Informationen noch vorhanden war. Das Versteck war ganz bestimmt nicht neu, aber immer noch effektiv. Beruhigt stellte er den Schuh wieder zurück neben sein Bett.

Gegen neunzehn Uhr erwachte Peter. Er stieg in den Overall, der keinen militärischen Dienstgrad aufwies und verließ sein Zimmer. Vorsichtig klopfte er an Minas Stube. Sie trug ebenfalls einen Overall.

„Hi, gehen wir etwas essen?"

„Au ja, ich habe einen riesigen Hunger."

Sie folgten der Beschilderung zum Offizierskasino. Der Speiseraum, der nur den Offizieren vorbehalten war, zeigte sich nur mäßig besucht. Mina und Peter suchten sich einen ruhigen Platz. Sie fanden einen Sechsertisch und bestellten Steaks mit Gemüse und Pommes Frites. Eine große Flasche Mineralwasser sollte ihren Durst löschen. Die Verpflegung konnte man als wirklich gut bezeichnen. Zum Abschluss nahmen sie noch Kaffee.

„Hast du auch etwas geschlafen, Peter?"

„Ja, ich war einfach total kaputt. Vorher habe ich noch mit meinem Chef telefoniert. Ich habe ihm erzählt, dass du gern ins operative Geschäft möchtest. Er hat mit zugesichert, dass du alle Tests durchlaufen sollst und man dann am Ende entscheiden wird, ob du die nötige Zuverlässigkeit besitzt, für das MI6 zu arbeiten und ob deine Eignung reicht."

„Das werde ich schon schaffen. Schließlich habe ich mit Auszeichnung mein Offizierspatent im Iran erworben."

„Warten wir es ab, Frau Kollegin in spe."

Mina lachte. „Wollen wir noch ein wenig spazieren gehen?"

„Ja gern, etwas Bewegung wird uns nicht schaden, Mina."

Bevor sie das Gebäude verlassen durften, erhielten sie jeder eine Pistole mit zwei Reservemagazinen, ein Koppel, eine schusssichere Weste, einen Helm und eine kurze Einweisung über Verhaltens-maßregeln im Camp bei Notfällen. Als sie die Schleuse nach draußen öffneten, schlugen ihnen die Reste der Tageshitze entgegen. Peter spürte schnell, wie ihm der Schweiß den Rücken herunter lief. Ein wenig drückte ihn auch der Stick, den er sich in seinen Slip geschoben hatte. Sicher ist sicher, dachte er.

„Weißt du schon, wie es weitergeht?"

„Wenn alles nach Plan verläuft, fliegen wir morgen um 11 Uhr mit einer amerikanischen

Militärmaschine nach Frankfurt in Deutschland. Dort tanken wir auf und fliegen von da aus nonstop nach London Stansted. In London werden wir von einem Firmenwagen übernommen und auf direktem Weg in die Zentrale gebracht. Hier treffen wir meinen Chef, übergeben ihm den Stick und dann haben wir das Wochenende frei."

„Und Samstag gehen wir shoppen?"

„Habe ich dir doch versprochen und was ich verspreche halte ich auch."

„Kann ich denn ein paar Tage bei dir wohnen?"

„Ja klar. Ich suche ohnehin noch eine Raumpflegerin, eine Haushälterin und eine gute Köchin. Außerdem stehen noch drei Maschinen Wäsche bereit, die auf das Bügeleisen warten."

„Ihr Kerle seid wirklich überall auf der Welt gleich. Aber ich kriege das schon hin."

„Das war ein Scherz, Mina."

Nach einer Stunde waren sie genug gelaufen. Langsam bewegten sie sich zurück zum Offiziersgebäude, als plötzlich zwei Granaten in unmittelbarer Nähe des Lagers explodierten. Mina und Peter rannten dem Gebäude entgegen. Ziemlich entspannt nahmen ihnen die beiden Militärpolizisten ihre Pistolen und die Ausrüstung ab.

„Wir werden hier abends häufig beschossen. Doch zumeist gibt es keine Treffer. Außerdem sind unsere Gebäude mit Splitterschutz versehen. Höchst selten, dass hier wirklich mal eine Granate einschlägt. Angenehme Nachtruhe, Major. Leutnant."

„Euch auch, Jungs."

Peter und Mina suchten ihre Stuben auf.
„Ich denke, wir sollten gegen 8 Uhr frühstücken. Ich hole dich ab, wenn ich zum Speisesaal gehe. Schlaf gut, Mina."
„Du auch, Peter."
Peter wurde das Gefühl nicht los, dass Mina ihm jetzt gern auf seine Stube gefolgt wäre. Doch für irgendwelche zwischenmenschlichen Spielchen war er jetzt einfach zu müde. Außerdem war dies auf jedem Stützpunkt untersagt, zumal Peter und Mina militärische Dienstgrade trugen.

Lautlos bewegte sich Carla etwas zur Seite. Da sie barfuß unterwegs war, fiel ihr dies nicht schwer. Plötzlich stand Roberto in der Türe und schaute sie an. Sofort schob Carla die Waffe zurück in den Hosenbund.
„Warum schleichst du dich denn so an, mein großer Krieger?"
Carla spürte, wie allmählich ihr Adrenalinspiegel wieder Normalniveau erreichte.

„Mama meinte, du würdest vielleicht schlafen und ich sollte dich nicht stören. Warum fährst du weg, Tante Carla?"

„Ich habe noch einige Dinge zu erledigen. Vielleicht komme ich ja irgendwann wieder."

Roberto begann zu weinen. Carla zerriss es nahezu das Herz und ihr Hass auf Olga wuchs ins Unermessliche.

„Wir haben dich alle so sehr lieb, Tante Carla. Ich habe für dich ein Bild gemalt, damit du uns nicht vergisst."

Carla nahm den kleinen Jungen in ihre Arme. Obwohl sie es nicht das erste Mal bereute, in diesem Gewerbe gearbeitet zu haben, wurde ihre Abscheu dagegen jetzt noch größer.

„Das ist aber sehr lieb von dir. Keine Sorge, ich werde euch niemals vergessen. Es war eine sehr schöne Zeit hier bei euch."

„Jetzt aber ab nach Hause und in die Falle mit dir, großer Krieger. Ich bringe dich noch rüber."

Roberto drückte ihr noch einen dicken Kuss auf die Wange, bevor er im Dunkel des Hauseinganges verschwand.

Carla ging zurück und weinte. Irgendwie brach jetzt alles aus ihr heraus. Als sie sich wieder beruhigt hatte, verschloss sie alle Türen und Fenster und legte sich in ihr Bett, obwohl an schlafen einfach nicht zu denken war. Jedes

Geräusch ließ sie hochschrecken und die Sorge um Salvatore, den sie immer noch nicht erreicht hatte, ließ den Begriff Nachtruhe zur Nachtunruhe mutieren.

Als ihre kleine Uhr auf der Anrichte fünfmal geschlagen hatte, stand sie aus ihrem Bett auf. Sie gab ihrer Kaffeemaschine ein letztes Mal den Auftrag, für sie Kaffee zu kochen, bevor sie duschen ging. Eine halbe Stunde später saß sie an ihrem kleinen Küchentisch. Immer wieder nippte sie an der Tasse mit dem heißen Milchkaffee, um die beiden Brote mit Schinken herunter spülen zu können.

Kurz vor sechs drehte sie noch einmal eine letzte Runde durch ihr Häuschen. Es schien so, als wollte sie nur für einige Zeit fortfahren oder Urlaub machen. Carla verschloss alle Fenster, sie machte ihr Bett, spülte noch ihr Geschirr ab und verließ dann ihre liebgewonnene Wohnstatt. Sie warf Maria noch die Schlüssel und das Kuvert in den Briefkasten, bevor sie mit dem Rucksack auf dem Rücken und ihren beiden kleinen Koffern in der Hand das Anwesen verließ.

Sie nutzte den alten Olivenbaum an der Straße als Sichtschutz und pflanzte sich daneben auf einen Baumstumpf. Gegen kurz nach Sechs vernahm sie ein Motorengeräusch in der Ferne und zwei Scheinwerfer, die auf sie zu fuhren. Erfreut stellte sie gleich fest, dass das herannahende Auto nicht die S-Klasse von Olga sein konnte, die ganz sicher mit modernen LED-Scheinwerfern ausgerüstet war. Erst als sie den Dieselmotor des Mercedes Kombi genau identifizieren konnte, trat sie aus ihrer Deckung. Der Wagen hielt an und Salvatore sprang heraus.

„Guten Morgen Carla, du hattest ein Taxi nach Aljezur bestellt. Da bin ich."

„Hallo Salvatore. Wo warst du denn die ganze Zeit? Ich habe mehrfach versucht dich zu erreichen, aber du bist nicht ans Handy gegangen."

„Das ist wohl wahr, Carla. Aber deine Freundin, diese Olga, im Übrigen ein geiles Geschoss, stand plötzlich vor dem Bistro und wollte hinein. Ich hatte allerdings mein Schild „Heute Ruhetag" an die Türe gehangen. Doch davon alleine ließ sich die Lady keinesfalls überzeugen. Ich habe durch meinen Geheimgang das Bistro verlassen und mich den Rest des Tages abseits davon versteckt. Wollen wir dann los?"

Salvatore öffnete sodann die Heckklappe und half ihr beim Einladen ihres Gepäcks. Langsam rollten sie dem Ausgang des Dorfes entgegen. Dann sahen sie die S-Klasse rechts am Straßenrand stehen. Die beiden Russen schienen im Auto zu kampieren. Mit ganz wenig Gas rollten sie leise an der Luxuslimousine vorbei. Danach allerdings gab Salvatore Gas. In Rekordzeit erreichten sie Florenz. Ohne eine Pause einzulegen nahmen sie die Küstenstraße Richtung Genua. Als Salvatore die Augen zufielen, übernahm Carla das Volant, die es ebenfalls verstand, zügig und risikolos Auto zu fahren. Kurz vor der Grenze nach Monaco tankten sie den Diesel bis zum Rand voll. Zwei Kaffee to go und zwei Schinken-Sandwiches komplettierten ihren Einkauf. Dann ging es weiter. Sie kamen sehr gut voran. Salvatore hatte wieder das Lenkrad übernommen, während Carla schlief. In einem Kaff zwischen Cannes und Nimes suchten sie sich ein kleines, aber schmuckes Hotel. Der Wirt schien kein Freund von Steuerzahlungen an das Finanzamt zu sein und verzichtete gern auf eine offizielle Anmeldung seiner Gäste, zumal sie nur eine Nacht bleiben wollten.

Um sich ein wenig die Beine zu vertreten, wanderten Carla und Salvatore durch das Örtchen. Recht bald trafen sie auf ein kleines Restaurant, das Fischgerichte auf der Tageskarte führte. Sofort betraten sie die einladende Auberge und wurden sehr herzlich empfangen. Sie gönnten sich als Vorspeise jeweils eine halbe gegrillte Languste und als Hauptgericht eine auf dem Grill zubereitete Seezunge mit Salzkartoffeln und Salat. Als Dessert gab es noch reichlich Espressi und eine selbstgemachte Schokoladencreme.

Als sie zum Hotel schlenderten, spürten sie doch ein wenig den köstlich, süffigen weißen Hauswein, von dem sie einen Liter aus einem hübsch bemalten Tonkrug zu sich genommen hatten.

„Wenn wir jetzt sterben müssen, so haben wir wenigstens noch hervorragend gegessen."

„Das ist wohl wahr, Carla."

Als sie die Stiege zum ersten Stock ihrer Unterkunft erklommen hatte, betraten sie ihr hübsches, geräumiges Zimmer. Carla war irgendwie froh, dass ihre Betten auseinander aufgestellt waren und sich dazwischen eine Kommode mit den Nachttischlampen befand. Die Situation mutete beide ein wenig merkwürdig an. Sie hatten bisher noch niemals zusammen in einem Zimmer, geschweige denn in einem Bett geschlafen.

Salvatore verschwand als erster im Bad und kam nur mit seiner Unterhose bekleidet zurück und ließ sich in sein Bett fallen. Carla griff sich ihren Rucksack und verschwand ebenfalls im Bad. Nur mit einem dünnen, kurzen Schlafanzug bekleidet ging auch sie zu Bett. Salvatore hatte sich auf die von ihr abgewandte Seite gedreht. Als er hörte, dass sie die Nachttischschublade kurz öffnete und wieder verschloss, drehte er sich noch einmal um.

„Hast du deine Kanone dort hineingelegt?"

„Ja, wieso?"

„Ich habe meine unters Kopfkissen getan. So kommst du ganz sicher schneller dran."

„Hast ja recht. Ob das wohl irgendwann einmal enden wird?"

„Wenn ich das wüsste, Carla. Schlaf gut."

Salvatore drehte sich wieder auf seine linke Seite und schon bald schlief er tief und fest. Aber auch Carla genoss die tiefe Stille des Hotels und schlief rasch ein. Gegen neun Uhr in der Früh erwachte Carla vom Rauschen des Wassers in der Dusche. Da sie dringend zur Toilette musste, blieb sie stocksteif im Bett liegen, bis Salvatore in Poloshirt und heller Jeans erschien. Sein volles Haar war noch nass. Er schien nichts vom fönen zu halten.

„Guten Morgen, Carla. Hast du gut geschlafen?"

„Ja, sehr gut sogar. Ich muss nur mal ganz dringend auf die Toilette."

„Warum hast du denn nichts gesagt? Dann hätte ich etwas schneller gemacht."

Zwanzig Minuten später saßen sie am Kaffeetisch und gönnten sich ein eher karges französisches Frühstück mit viel Milchkaffee. Carla zahlte die 100 Euro für die Übernachtung mit Frühstück und schon ging es weiter.

Am Nachmittag sahen sie von der Landesstraße aus in der Ferne Barcelona liegen. Da sie sich vorgenommen hatten, die großen Städte zu meiden, suchten sie sich wieder ein kleines Haus in einem Ort weit vor der Metropole. Da auch dieser Wirt über seine große Steuerlast in Spanien klagte, verzichteten sie gegenseitig auf die vorgeschriebenen Formalien und erhielten sogar noch einen kleinen Rabatt auf den Zimmerpreis. Ihr Zimmer hatte vier Sterne Niveau und auch an diesem Abend beschlossen sie, ein wenig zu bummeln.

Die kleine Bodega, die es ihnen hier angetan hatte, wartete mit äußerst verlockenden Fleischgerichten auf. Carla und Salvatore orderten 300 Gramm Rumpsteaks mit Kräuterbutter und Salat. Dazu wählten sie eine Karaffe mit kräftigem Landrotwein. Nur mit Mühe schafften sie zum Dessert noch die vom Wirt besonders angepriesene Creme de Caramel.

Ganz allmählich gewöhnten sich Carla und Salvatore aneinander und ihr Vertrauen dem anderen gegenüber wuchs. Den Rückweg zum Hotel legten sie bereits Hand in Hand zurück. Als sie ihr Zimmer betraten, schauten sie sich eine ganze Weile in die Augen, bis Carla den Anfang machte, ihre Arme um Salvatores Hals legte und ihn küsste.

Während ihr Kuss etwas vorsichtig und zögerlich begann, schmiegte sich Carla schon bald ganz eng an ihn heran. Als er seine kräftigen Hände auf ihren Po drückte und sie seine Erektion spürte, befreite sie ihn von seinem Hemd. Rasch warfen sie ihre Kanonen in den Sessel. Carla begann, Salvatores Hose zu öffnen. Er machte sich bereits an ihrer Bluse zu schaffen, die rasch zu Boden glitt. Carla öffnete ihren BH und reckte ihm frech ihre Oberweite entgegen, die er gleich zu liebkosen begann. Carla ließ ihre zarten Hände an seinem Körper heruntergleiten. Auf diesem Wege nahm sie gleich seinen Slip mit, der abwärts zu Boden rutschte. Sie verzichteten auf ein romantisches Vorspiel, weil beide daran offensichtlich nicht interessiert waren. Mit einem Schubs warf er sie rücklings aufs Bett. Ohne Umschweife schob er ihre Schenkel auseinander und stieß heftig in sie hinein. Carla schrie vor Lust kurz auf, während er immer wieder in sie hineinstieß. Es dauerte nicht lange und sie fanden durch einen heftigen Orgasmus große Entspannung.

„Das war wirklich nicht schlecht fürs erste Mal."

„Ich wusste gar nicht, dass du noch Jungfrau warst."

„Du bist ein Kindskopf. Du weißt schon, was ich meine."

„Ja, ich weiß es. Aber ich liebe dich, Carla, und das schon sehr lange. Die Art wie du redest, wie du gehst und deine Gestik hatten es mir schon bei unserem zweiten Treffen im Bistro angetan."

Carla kuschelte sich in seine Armbeuge, während seine rechte Hand sanft mit ihrer rechten Brustwarze spielte, die sich bereits wieder aufstellte.

„Willst du es etwa noch einmal versuchen? Und das in deinem Alter?"

Carla hatte ihre linke Hand fest um seinen Penis gelegt und ihn ordentlich massiert. Diese Behandlung schien ihn sichtlich aufzuheitern.

„Ich werde dir helfen ,in deinem Alter'."

Salvatore wollte sich schon auf Carla stürzen, als sie ihm zuvor kam.

„So, mein Hengst, jetzt werde ich dir mal zeigen, wie man ein wildes Pferd zähmt."

Carla stieg auf ihn auf und mit einer kleinen Hilfestellung ihrer rechten Hand sog sie ihn in sich hinein. Obwohl das Erreichen des Höhepunktes etwas länger auf sich warten ließ, kamen beide irgendwann heftig auf ihre Kosten, nachdem Salvatore ihre kleinen Pobäckchen ordentlich massiert und zusammengepresst hatte. Dass sich seine Lippen an ihrer rechten Brustwarze festgesaugt hatten, verstärkte nur noch ihrer beider Lust. Wenig später stieg Carla von ihm ab und legte sich wieder in seine Armbeuge. Kaum hatte sie sich ganz fest an ihn herangekuschelt, war sie auch schon eingeschlafen.

12

Kurz nach acht saßen Mina und Peter beim Frühstück im Offizierskasino. Zwei junge Leutnants
saßen mit an ihrem Tisch. Mina schien ihnen
offensichtlich gut zu gefallen und schon bald
sprachen sie die junge Offizierin in zivil an.

„Was macht eine so schöne, junge Frau hier mitten
in der Kampfzone?", nahm der Ältere der beiden
allen Mut zusammen.

„Wir sind dienstlich hier."

„Das sind wir doch alle. Ich heiße übrigens Ken.
Was machst du denn heute Abend nach
Dienstschluss? Wir könnten zusammen ins Bistro
gehen und ein wenig plaudern."

„Gebt euch keine Mühe, Jungs. Der Leutnant fliegt
nachher mit mir nach England."

Mina grinste, als sie in die enttäuschten Augen der
beiden Männer schaute.

„Schade, dann guten Flug."

Mina und Peter dankten für die guten Wünsche
und verließen das Kasino. Da sie beide über kein
Gepäck verfügten und somit Zeit ohne Ende bis
zum Abflug besaßen, regelte Peter noch für Mina
die Einreiseformalitäten nach Deutschland wie
nach England. Sein Chef hatte jedoch bereits alles
in die Wege geleitet, sodass keine Probleme zu
erwarten waren. Ganz sicher arbeiteten bereits

einige Mitarbeiter im Hause daran, Mina nach-richtendienstlich zu erfassen, zu überprüfen und ihre Identität zu durchstöbern.

Pünktlich um 11 Uhr hob der Airbus A319 der Britischen Streitkräfte planmäßig ab. Die Maschine war bis auf drei Plätze komplett mit britischen wie amerikanischen Soldaten besetzt, die in den Urlaub in die Heimat unterwegs waren. Um ein wenig Kosten zu sparen, teilten sich die Briten und die Amerikaner die jeweiligen Flüge auf. Deshalb lautete die erste Destination Frankfurt am Main, US Airbase. Nach kurzem Zwischenstopp, währenddessen die GIs die Maschine verließen und Treibstoff gebunkert wurde, ging es weiter nach London.

Als Mina und Peter sich am Abend in die Polster des Dienstwagens des MI6 fallen ließen, waren sie völlig geschafft. Nach beinahe einer Stunde Fahrt zum MI6 Gebäude erreichten sie endlich ihr Ziel. Peter betrat als Erster das gut gesicherte und eher unscheinbare Gebäude des Auslandsgeheim-dienstes, gefolgt von Mina. Da die operativen Auslandsagenten nie einen Dienstausweis bei sich trugen, legte Peter an der Eingangskontrolle seinen Mittelfinger auf einen Scanner und schaute in zwei Okulare, die eine Irisanalyse vornahmen. Sogleich wurde er als Peter McCord korrekt identifiziert.

Mina hingegen musste eine Ganzkörperscannung über sich ergehen lassen, ähnlich wie diese an vielen Flughäfen durchgeführt wurden. Zum Schluss wurde sie noch von einer Sicherheitsbeamtin abgetastet. Als es dann auch für sie grünes Licht gab, fuhren sie mit dem Lift in den 10. Stock. Peter klopfte an die schwere Bürotüre. „Kommen Sie doch herein, Peter", krächzte es aus einem kleinen Lautsprecher. Gefolgt von Mina betrat er das ausladende Büro des MI6 Chefs.

„Hallo, Peter, treten Sie ein und stellen mir bitte sofort die junge Dame vor."
„Guten Abend, Sir, dass ist Leutnant Mina Rafjani. Sie war, bis sie sich entschloss, die Seite zu wechseln, Mitglied einer operativen Sondereinheit der Revolutionsgarde. Sie möchte gern bei uns in der Abteilung Auslandseinsätze anheuern."
Mina wirkte recht tough in ihrem armeegrünen Overall.
„Hallo, Mister Sharp."
„Hallo, Leutnant Rafjani, ich habe Sie bereits in unserem Hause angemeldet. Am Montag beginnt für Sie das sehr umfangreiche Eingliederungsprogramm. Sie werden eine Menge Tests durchlaufen und wenn Sie die alle bestehen, werden Sie in einem Jahr einen ersten Auftrag erhalten. Warten wir es ab. Würden Sie bitte einen Moment draußen warten, Leutnant?"

„Ja sicher, Sir."

Als Mina das Büro verlassen hatte, nahm Peter seinem Chef gegenüber Platz.

„Nun, Peter, wie war der Einsatz? Sie haben mal wieder ordentlich verbrannte Erde hinterlassen wie ich hörte."

„Leider ja, Sir. Der Iran hat versucht, uns mit einer Kommandoaktion zu stellen und das sogar noch auf dem Hoheitsgebiet von Afghanistan. Die GIs haben einen guten Job gemacht, sonst würde ich hier nicht sitzen."

„Ein Glück, dass Ihnen nichts zugestoßen ist. Haben Sie den Stick?"

„Natürlich, Sir."

Peter zog das elektronische Speichermedium aus seiner Overalltasche.

„Wunderbar. Dann wollen wir mal schauen."

Simon Sharp schob den Stick gleich in seinen speziell abgesicherten PC und erstellte sofort eine Kopie.

„Tolle Arbeit, Peter. Schauen Sie selbst."

„In der Tat, Sir. Aber ohne Leutnant Rafjanis Intervention wäre ich sicher nicht so lautlos in das Gebäude hineingekommen."

„Gut zu wissen, Peter. Wir werden sie auf Herz und Nieren checken und dann entscheiden, was wir mit ihr machen und wie wir sie einsetzen können. Tja, Peter, jetzt ruhen Sie sich mal das Wochenende über aus. Wir sehen uns dann Montag um 9 Uhr hier zu nächsten Einsatzbesprechung."

„Ok, Sir. Liegt schon etwas an?"

„Die Frage kann ich Ihnen noch nicht wirklich beantworten. Aber wie es scheint schon."

„Dann wünsche ich Ihnen ein schönes Wochenende, Sir."

„Ihnen auch, Peter. Ich vermute, Sie kümmern sich um Leutnant Rafjani?"

„Ja, das werde ich machen. Sie hat mir immerhin das Leben gerettet."

„Dachte ich mir. Hier sind 300 Pfund aus der Kriegskasse für den Leutnant, damit sie sich etwas zum Anziehen kaufen kann. Wir müssen noch überlegen, wie wir sie für ihren Einsatz entlohnen werden."

Peter hatte sich bereits erhoben.

„Dann bis Montag, Chief, wenn wir jetzt nicht mit der Kohle durchbrennen."

Simon Sharp musste herzlich über Peters Bemerkung lachen. Kurz verabschiedete er sich noch von Mina, bevor er wieder seine Türe schloss.

„Komm, wir fahren in die Tiefgarage und lassen uns von der Fahrbereitschaft nach Hause bringen."

Mina folgte Peter unter Aufbringung ihrer letzten Kräfte. Sie war einfach geschafft.

Carla schlug ganz vorsichtig ihre Augen auf. Salvatore hatte die Fenster geöffnet und sich schon ins Bad verzogen. Sie hörte eine Weile lang dem Gezwitscher der Vögel zu, bis sie es nicht mehr aushielt. Mit einem Satz sprang sie aus dem Bett. Zaghaft klopfte sie an der Türe zum Bad.
„Komm rein, Carla", hörte sie ihn rufen.
„Morgen, Barista, ich muss mal ganz dringend."

Salvatore, dessen Gesicht von weißem Rasierschaum bedeckt war, verließ umgehend die Nasszelle.
„Bin fertig. Du kannst wieder reinkommen."
Als sie die Türe öffnete, stand er splitterfasernackt vor ihr. Nur der Schaum in seinem Gesicht bedeckte seinen Körper.
„Kein übler Anblick."

Carla griff nach seiner rechten Hand und zog ihn ins Bad. Wie es schien verzögerten sich die Einnahme ihres Frühstücks sowie ihre Abfahrt um quickimäßig etwa zwanzig Minuten. Salvatore pflanzte Carla mit seinen starken Armen auf den Waschtisch. Gierig zwängte er sich zwischen ihre Schenkel und stieß ohne lästiges Vorspiel so heftig in sie hinein, dass sie vor Lust leicht aufschrie. Sogleich schlang sie ihre Schenkel um seine Hüften und die Arme um seinen Hals. Lange brauchte es nicht mehr bis sie kurz nach einander ihren Höhepunkt erreichten.

„Ich hatte schon vergessen, wie schön Sex sein kann", flüsterte sie ihm ins Ohr, als er langsam aus ihr hinaus glitt.

„In der Tat macht es mir mit dir auch sehr viel Spaß. Sag mal, du musst dich unten rasieren. Nicht wie ich im Gesicht."

Salvatore bekam beinahe einen Lachkrampf ob des verdutzten Gesichts von Carla. Sie drehte sich zum Spiegel um und musste ebenfalls loslachen. Der Rasierschaum war aus Salvatores Gesicht auf ihr Antlitz gewandert.

Keine halbe Stunde später fanden sie sich im Frühstücksraum des Hotels ein. Sex schien hungrig zu machen. Wie die Tiere fielen sie über das Buffet her und labten sich an den Wurst- und Marmeladenspezialitäten aus eigener Herstellung.

„Wollen wir nicht noch einen Tag hierbleiben?"
„Liebend gern, Carla, aber wir sind noch nicht weit genug vom letzten Wohnort entfernt. Ich möchte gerne noch einen Tag weiter fahren, damit

wir so rasch wie möglich unser Ziel erreichen."
Carla schaute traurig.

„Jetzt schau mich nicht so an. Es geht um unser
beider Leben."

„Hast ja recht, Barista, dann lass uns wieder in den
Asphalt stechen."

Während Salvatore ihre Zeche zahlte, packte Carla
ihre Reisetaschen. Fünfzehn Minuten später lenkte
er den Wagen vom Parkplatz auf die Schnellstraße
und gab Gas. Die Küstenstraßen waren gut
ausgebaut. So kamen sie beinahe genauso rasch
voran als hätten sie sich für die Autobahn
entschieden. Salvatore umfuhr Barcelona und
nahm die Straße Richtung Tarragona. Sie fuhren
immer weiter bis hinter Valencia und legten dort
in einem kleinen Ort eine längere Pause ein.

Auch der Tank forderte mal wieder seinen Tribut.
Nach einem leckeren Fischmenü aus mehreren
Sorten frisch im Mittelmeer gefangenen Fisch mit
Salat und Salzkartoffeln und mehreren Espressi
spazierten Carla und Salvatore Arm in Arm die
Hauptstraße entlang.

Am Schaufenster eines Geschäfts mit Kunst-
gewerbeartikeln aus der Region blieben sie stehen
und betrachteten die Auslagen. Plötzlich erblickte
Carla im rechten Augenwinkel das Herannahen
einer schwarzen S-Klasse Limousine. Zur großen
Verwunderung von Salvatore riss sie ihn uner-

wartet an sich und durch den Eingang in den Touristenshop.

„Was ist denn mit dir los?"

Erst als er seinen Kopf zur Seite drehte, erkannte er den Grund für Carlas Reaktion.

„Ganz ruhig, Carla. Die S-Klasse dort hat ein spanisches Kennzeichen."

Allmählich beruhigte sie sich wieder.

„Hab keine Angst. Deine Tante Olga Metjedwa kann uns hier nicht orten. Wir haben die Smartphones ausgeschaltet und auch das Navi im Wagen ist deaktiviert."

Nach diesem Schrecken, der tief in Carlas Glieder gefahren war, schlenderten sie zurück zu ihrem Kombi. Sie erstanden noch einige Flaschen Wasser und mehrere Päckchen Kekse bevor sie weiterfuhren.

Gute 50 Kilometer weiter verließen sie die Küstenstraße in Richtung Cordoba. Ihre Spaniendurchquerung begann. Kurz vor Sevilla fuhren sie in einen langen Stau. Beinahe zwei Stunden rückten sie nur Stoßstange an Stoßstange ganz langsam der sehenswerten spanischen Großstadt entgegen. Auf dieser Marterstrecke verzehrten sie all ihre Bestände an Keksen und Wasser. Mit einmal wurde die Straße schlagartig wieder frei.

Obwohl Carla frisch ausgeruht wieder das Lenkrad übernommen hatte, schafften sie es nur noch bis kurz vor Huelva. Dann waren auch Carlas Batterien erschöpft. Müde ließen sie sich hinter Huelva in einem Straßencafe auf einen Plastiksessel fallen. Nach mehreren Flaschen Cola und einigen Espressi sowie zwei Stückchen Mandelkuchen zog wieder das Leben in Carlas und Salvatores Körper ein.

„Hier gefällt es mir nicht. Lass uns weiter fahren und zusehen, dass wir noch die letzte Fähre über den Rio Guadiana erwischen."

„Dann nix wie los."

Carla zahlte ihre Zeche, bevor sie wieder starteten. Tatsächlich erwischten sie noch die letzte Fähre über den Grenzfluss nach Portugal. In Vila Real de Santo Antonio pulsierte das Leben. Alle möglichen Touristikläden boten ihre Produkte feil. Neben Bekleidungsgegenständen aus Kork und den üblichen Schwimmtieren und Badetüchern luden eine Menge Cafes und Restaurants zum Verweilen ein. Ziemlich am Ende des Ortes fanden sie ein kleines Bed and Breakfast Hostal, das einen sehr sauberen Eindruck machte. Sie buchten ein Zimmer für eine Nacht und zahlten sofort cash. Der fast zahnlose Hotelinhaber strahlte und händigte den beiden ihren Schlüssel aus.

Carla sprang als erste unter die Dusche, während Salvatore ein wenig durch die Fernsehprogramme zappte. Später ging auch er duschen, bevor sie in der einsetzenden Kühle des Abends zum Essen aufbrachen. Die Steaks sowie die Beilagen, die sie bestellt hatten, waren gut, allerdings nicht annähernd von der Qualität der Speisen, die sie die letzten Tage zu sich genommen hatten. Hand in Hand schlenderten sie durch die äußerst belebten Straßen, bis Salvatore Carla plötzlich in eine Nebenstraße schob.

„Was ist?"

„Der dunkle Typ da vorn ist mir nicht geheuer. Er beobachtet uns schon eine ganze Weile."

„Tun wir so als hätten wir das nicht bemerkt und lassen ihn rankommen."

Erst als ihr Verfolger nach Carlas Handtasche griff, um sie ihr von der Schulter zu reißen, bekam dieser zu spüren, mit wem er sich da eingelassen hatte. Carla ausgebildete Judoka, Krav Maga Sportlerin und Einzelkämpferin ließ dem jungen Mann keine Chance. So rasch wie er nach ihrer Tasche gegriffen hatte, so schnell lag er auch schon auf dem Boden. Hart war der Angreifer auf die Gehwegplatten aufgeschlagen.

„Ich hoffe, das war dir eine Lehre, Sohnemann. Bei der nächsten Attacke können dich deine Verwandten zwei Wochen später aus dem Krankenhaus abholen."

Carlas Augen funkelten böse. Ganz schnell nahm der junge Mann Reißaus. Enttäuscht von diesem Abend liefen sie zum Hostal zurück und gingen schlafen.

13

Der einzige Wagen in der Fahrbereitschaft, der noch on duty war, stand ganz rechts auf seinem Parkplatz. Peter schlenderte lässig der Fahrerseite entgegen.
„Bist du noch frei, Kumpel?"
„Aber immer doch. Wie willst du es denn haben, Kumpel, geleckt oder geblasen? Kostet 25 Pfund im Voraus."
„Hallo, Willy, lange nicht gesehen."

Der schlaksige Farbige beendete sofort den Gebrauch seiner Zotensprüche als er Mina sah.
„Wow, Peter McCord. Du lebst ja immer noch. Im Hause erzählt man sich schon, dein Kadaver würde irgendwo in einem gottverlassenen Kaff in der Sonne verdorren."
„Bin ich Clint Eastwood?"

„Leider nicht, Peter, sonst müsstest du nicht jeden Tag um dein Leben fürchten."

Willy verließ den Chauffeurbereich des Jaguars und stieg aus dem Wagen. Wie es schien endete seine Größe überhaupt nicht mehr.

„Hallo, schöne Frau, ich bin Willy, Bodyguard und Chauffeur des MI6."

„Ich heiße Mina Rafjani, ich war mit Peter…"

„Pssst, nicht weitersprechen. Hier haben selbst die Säulen der Tiefgarage und die Fußleisten Ohren."

Mina zuckte regelrecht zusammen.

„Musst halt noch eine Menge lernen, Mina. Fährst du uns Heim, Willy?"

„Wie? Etwa zu dir? Bist ein armes Mädel. Fährst besser mit zu mir. Ich trage dich auf Händen und bei meinen 195 cm und knapp 100 kg tut dir niemand etwas zu Leide. Der schlappe Hengst da kann dich nicht verteidigen."

„Jetzt erzähl hier keine unwahren Geschichten, Willy, und fahr uns nach Hause."

„Yes, Sir, stets zu Diensten."

Leise säuselte der Sechszylinder durch die Straßen der Londoner Innenstadt. Als der Jaguar stoppte, schliefen Peter und Mina gegeneinander gelehnt auf der Rücksitzbank sitzend.

„Aufstehen! Ich trage euch nicht noch ins Bett."

Peter wachte auf und schubste Mina an, deren Kopf gegen die Seitenscheibe klopfte. Peter öffnete Mina den Schlag und hakte sie bei sich unter. „Komm, fahren wir nach oben. Ruhigen Dienst, Willy."

„Danke, Peter, schlaft gut und bis bald mal wieder."

„Bohh, ist das eine geile Wohnung! Die muss ja ein Vermögen gekostet haben. Verdient man so gut beim MI6?"

„Ganz sicher nicht. Meine Eltern sind sehr wohlhabend. Ich entstamme einer alten schottischen Adelsfamilie. Mein Vater hat mir die Wohnung geschenkt."

„Das ist ja ein toller Ausblick über den Fluss auf die Stadtteile der gegenüber liegenden Seite."

„Der Fluss heißt Themse. Das hier war früher die alte Speicherstadt. Hier wurden alle möglichen Waren umgeschlagen. Einst war das eine üble Gegend mit Drogendealern, Taschendieben und Prostituierten. Heute werden hier Mieten gezahlt, die bereits an Wucher grenzen. Die Gebäude sind alle komplett saniert und neu aufgebaut. Magst du etwas trinken?"

„Ja gern, ein Wasser bitte und Hunger habe ich."

„Habe ich auch. Dann machen wir uns ein wenig frisch und gehen im ,Helenas' essen."

„Ist das ein Restaurant?"

„'Helenas' ist einfach alles, Bistro, Restaurant, Dancehall, Erotikbar und Kummerkasten. Ich kenne in ganz London keine aufregendere Location als das ‚Helenas'. Lass dich überraschen."

Peter und Mina teilten sich im Bad sein Deo. Außerdem überließ er Mina die freie Auswahl bei seiner Armada an Serge Lutens Düften. Mina war Araberin und deshalb wählte sie gleich einen Duft aus der Serie, der nach Weihrauch und exotischen Gewürzen duftete. Mit dem Lift fuhren sie vom achten Stock hinunter ins Erdgeschoss und verließen das Wohngebäude, dessen Zugang von einem Security Dienst rund um die Uhr überwacht wurde.
Fünfzehn Minuten schlenderten sie an der Themse entlang, bis sie endlich die alte, völlig renovierte Fischfabrik erreichten, über deren Eingangstor eine gewaltige Leuchtreklame für das ‚Helenas' warb. Die beiden farbigen Türsteher besaßen ein Kaliber wie es Bodybuilder nach zehn Jahren täglichem Training aufwiesen. Ihre Jacketts spannten arg unter den starken Muskelpaketen. Als sie Peter von weitem auf sich zukommen sahen, begannen sie zu lachen.

„Hi Peter, heute mal mit Freundin und dann auch noch im Partnerlook. Wow, schicke Overalls! Wart ihr etwa in der Kleiderkammer der Navyseals shoppen?"

Auch Peter musste herzlich lachen. Mina grüßte etwas zurückhaltend. Für sie war das hier alles noch eine völlig neue und fremde Welt.

„Geht durch. Ist noch recht leer für einen Freitagabend. Aber es sind ja gerade erstmal zweiundzwanzig Uhr."

„Danke, Jungs, und passt schön auf, damit wir in Ruhe essen können."

Natürlich wussten die beiden zu Menschen mutierten Kleiderschränke nicht, womit Peter wirklich seine Brötchen verdiente, doch das er nicht beim Finanzamt arbeitete, war beiden schon klar.

Als sie das ‚Helenas' betraten, erlitt Mina einen regelrechten Kulturschock von den vielen Eindrücken, die plötzlich auf sie einprasselten. Ganz hinten links in der Ecke befand sich eine kleine Bühne mit goldglänzenden Stangen von der Decke, an denen sich lasziv zwei Mädels nur mit einem winzigen Tangaslip bekleidet räkelten und sich dafür Geldscheine ins Höschen stecken ließen. In einer anderen Ecke spielte eine Band alte Blueshits. Zwei Pärchen tanzten eng umschlungen zu den fantastisch gecoverten Songs.

Peter zog Mina weiter hinter sich her. Ganz am Ende des Etablissements befand sich eine Theke. Peter steuerte gleich auf zwei Plätze zu. Mit etwas Schwung nahmen sie auf den bequemen Hockern Platz. Wenig später öffnete sich die mit goldenem Leder verzierte Türe zum Staffbereich hinter dem Tresen. Ein Wesen, das nicht von dieser Welt zu sein schien, trat auf Peter zu.

„Hallo, Peter, mein Süßer ich hab mich extra für dich herausgeputzt und jetzt kommst du mit deiner Freundin. Hübsch und dann im Partnerlook. Wart ihr im Sand spielen?"

„Hallo, Helena, darf ich vorstellen: Das ist Mina."

„Angenehm, hallo, mein Kind. Pass mir gut auf meinen besten Freund auf und verwöhn ihn anständig. Er hat es verdient. Hast eine tolle Figur. Wenn du einen Job als Tänzerin suchst, bist du schon eingestellt."

Helena lächelte die stumm dasitzende Mina liebevoll an.

„Ach, Peter, danke dass du im Amt Druck gemacht hast wegen der Arbeitsgenehmigungen für Jin und Jan. Die Beiden sind zur Zeit der Renner meiner Midnightshow. Wenn sie ihren Showkoitus hingelegt haben, müssen meine Jungs jede Nacht das Parkett wischen. So, ich möchte euch jetzt nicht den Mund wässrig machen. Ihr wollt essen?"

„Ja, Helena, was hast du heute im Angebot?"

„Black Angus Steaks, 300 Gramm, mit hausge-machter Kräuterbutter und einem knackigen Salat. Die Schweinelendchen biete ich euch erst gar nicht an. Du isst doch sicher kein Schweinefleisch, meine Süße, oder?"

„Doch, würde ich auch essen, aber so ein richtiges Rindersteak wäre schon lecker."

„Dann zwei Mal Black Angus für meine Sandkastenwühler."

Helena leitete gleich die Bestellung über ihr Headset an die Küche weiter.

„Nehmt ihr ein Bier dazu?"

„Für mich bitte ein alkoholfreies und du, Mina?"

„Für mich bitte auch."

Helena schwebte auf ihren sündhaften teuren Stilettos von Louboutin zum nächsten Kunden, einem älteren Herrn im dunkelgrauen Anzug. Geschickt beugte sie sich dem Gast entgegen, während sie seine Bestellung aufnahm. Sie bot ihm so einen tiefen Einblick in ihr bis zum Bauchnabel ausgeschnittenes Dekolleté, das sich auf dem Rücken bis zum Poansatz fortsetzte. Erneut gab sie die Bestellung per Funk an die Küche weiter. Grinsend wand sie sich Peter zu, während ihr schneeweißes, super glattes Haar, das ihr bis zur Brust reichte, hin und her schwang.

„Ist Helena eigentlich eine Frau oder ein Mann?"
„Tja, ich glaube, das weiß nur sie selbst ganz genau. Sie ist ein Transsexueller und bisexuell und für mich häufig ein guter Informant. Sie hilft mir und ich ihr, wenn ich kann. Einmal hat sie oder ist es doch ein er versucht, mich abzuschleppen, aber sie ist überhaupt nicht mein Typ und deshalb ist nichts gelaufen."
„Ihr habt Steaks bestellt?" Eine hübsche, junge Asiatin balancierte zwei runde Holzbretter auf ihren Händen.
„Ja, haben wir."

Mit einem bezaubernden Lächeln stellte sie die Bretter mit den heißen, dampfenden Steaks vor Peter und Mina ab. Dazu erhielt noch jeder einen Salat und frisch gebackenes Brot. Als sich nach den ersten Bissen ein Strahlen auf ihre Gesichter legte, war dies für die Küche das beste Indiz, dass es den Gästen schmeckte.

Bereits um kurz nach sieben erhob sich Carla wie gerädert aus ihrem viel zu weichen Bett. Sie hatte letzte Nacht kaum ein Auge zu gemacht. Salvatore schien es ähnlich ergangen zu sein, wenn man so in sein zerknautschtes Gesicht schaute.
„Morgen, mein Engel, hast du auch so beschissen geschlafen?"

„Ja, leider, die Betten sind eine Katastrophe. Lass uns aufstehen, frühstücken und weiterfahren. Ich möchte allmählich ankommen."

Salvatore lächelte. „Eine gute Idee. Geh schon mal duschen. Du brauchst ja doch länger als ich."

Carla winkte ihm zu und verschwand gleich im Bad. Kaum eine Stunde später saßen sie bereits im Auto, nachdem sie ein gutes Frühstück mit frisch aufgebrühtem Kaffee zu sich genommen hatten. Salvatore hatte das Lenkrad übernommen und steuerte den Kombi auf die EN 125 Richtung Monte Gordo, das aber sie links liegen ließen.

Weiter ging es durch Tavira, vorbei an Loule, Lagoa bis Portimao, der ehemaligen Bezirkshauptstadt. Weil die Beiden noch keinen Hunger verspürten, fuhren sie weiter bis Lagos. Hier beschlossen sie, eine Pause einzulegen. Sie stellten den Mercedes an der Hafenpromenade in einer Parklücke ab. Touristisch gesehen gefiel ihnen die Stadt mit dem kleinen Kastell direkt an der Hafenmole. Sie suchten sich ein Straßenrestaurant, von denen es hier unzählige gab und speisten zu Mittag.

Anschließend erstanden sie in einem Supermarkt noch Mineralwasser, Brot, Butter, Kaffee, Milch, Zucker und zwei Hartwürste.

„Jetzt ist es nicht mehr weit bis Aljezur. Ich fahre auch noch das letzte Stück."

Carla nickte und ließ sich in den Sitz zurückfallen. Derweil bog Salvatore bereits auf die EN 120 Richtung Bensafrim ab. Eine gute Stunde später erreichten sie ihr Wunschziel. Mit ein wenig Hilfe von zwei älteren Damen, die am Straßenrand auf ihren Bus warteten, fanden sie das kleine Haus mit dem Bistro oberhalb des Strandes.

Vor dem Haus lag ein kleiner Parkplatz für Gäste. Die Immobilie befand sich in einem guten Zustand und wurde anscheinend erst kürzlich renoviert. Salvatore zückte sein Smartphone und telefonierte kurz. Wenig später erschien ein wenig vertrauenerweckender Geselle. Schwarze halblange Locken, denen eine Wäsche gut getan hätte, wie überhaupt der ganze Mann dringend einer Dusche bedurfte, ließen ihn noch unansehnlicher wirken.

Manolo, so hieß der Bekannte von Salvatore, ließ kein Auge von Carla. Er verschlang die hübsche Blondine förmlich. Salvatore zahlte die Miete für ein halbes Jahr im Voraus, bevor der schmuddelige Fremde wieder auf seinem Motorrad verschwand.

„So, hier sind die Schlüssel. Soll ich dich über die Schwelle tragen oder möchtest du lieber laufen?"

„Beginnen wir erst einmal mit Laufen", erwiderte Carla lachend.

Das kleine Restaurant war gemütlich eingerichtet und sehr gut gepflegt. Genauso verhielt es sich mit der Küche, der es an keinem Utensil mangelte. Auf der Terrasse fanden etwa dreißig Personen an kleinen Tischen Platz. Die dazugehörige Wohnung besaß drei Zimmer, die eher funktionell als geschmackvoll eingerichtet waren. Betten und Matratzen sowie die Bettwäsche waren ebenfalls neu.

„Los, Barista, mach Kaffee! Ich räume derweil unsere Klamotten in die Schränke."

Salvatore, der nicht unbedingt ein Freund von Hausarbeit war, ließ sich dies nicht zweimal sagen. Als Carla ein Klingeln vernahm, das er mittels eines Kaffeelöffels und einer leeren Tasse erzeugte, stürmte sie die Treppe hinunter auf die Terrasse. Salvatore saß an einem der kleinen Tischchen und rührte in seinem Becher.

„Hier, frischer Kaffee, setz dich."

„Danke, mein großer Freund."

Am Nachmittag fuhr ein alter VW-Bus mit zwei jungen Pärchen auf den Parkplatz. Die beiden Mädchen und die Jungs stammten allesamt aus der Schweiz und waren eine lustige Clique.

„Gibt es bei euch etwas zu essen?"

„Kommt darauf an, was ihr essen möchtet."

Die jungen Leute bestellten frische Doraden mit Kräuterpesto gefüllt, dazu Salat und Brot. Sie kamen überein, dass Salvatore für 19 Uhr einen Tisch für sie bereithielt und das Essen zubereitete. Die beiden Pärchen fuhren zum Surfen zum Strand, während Salvatore in den Ort fuhr, um alles Nötige für das Menü zu besorgen. Carla beobachtete Salvatore, wie er mit Leidenschaft das Pesto herstellte. Kurz vor sieben fanden sich die jungen Leute zum Essen ein. Es wurde ein richtig schöner und gemütlicher Abend, der sogar noch ein wenig Geld in ihre Kasse spülte. Als die jungen Leute gegen zehn Uhr ihr Zeltlager aufsuchten, nahm Carla das Geld und spuckte darauf.

„Das bringt Glück. Es sind unsere ersten Einnahmen."

Obwohl Salvatore sehr pfleglich mit den Küchenutensilien umgegangen war, brauchten sie doch noch eine ganze Zeit, bis sie endlich zu Bett gehen konnten.

14

„Ich habe noch nie so leckere Steaks mit Beilagen gegessen wie heute Abend."

„Ich habe dir ja prophezeit, dass die Küche im ‚Helenas' sehr gut ist. Magst du noch einen Espresso?"

„Ja, gerne."

Peter orderte noch zwei Tässchen vom starken, aromatischen Wachmacher. Helena gesellte sich wieder zu ihnen. „Hat es euch geschmeckt?"

„Ja, danke, es war einfach super lecker", sprudelte es nur so aus Mina heraus.

„Du hast ja richtig Temperament, Kleine. Hätte ich dir gar nicht zugetraut. Woher stammst du?"

Sofort legte Peter seinen Zeigefinger auf seine Lippen. Helena wusste gleich Bescheid und hörte auf zu fragen.

„Lass uns ein wenig tanzen."

Erschrocken fuhr Peter zusammen. „Tanzen?"

„Ja, die Musik ist einfach Oberklasse."

Noch bevor Peter einen Widerspruch formulieren konnte, zog Mina ihn von seinem Hocker auf die Tanzfläche, die mittlerweile gut gefüllt war. Sie schmiegte sich gleich ganz eng an ihn, als der Sänger ‚Nights in White Satin' intonierte. Als die Band nach weiteren drei Songs ‚Massachusetts' anstimmte, summte Peters Smartphone. Da er wegen der Lautstärke den Summton nicht vernahm, machte sein Mobiltelefon mittels Vibrationsmodus auf sich aufmerksam. Sanft befreite er sich aus Minas Umklammerung und zog sie zu ihrem Platz zurück.

„McCord? Hallo, Mr. Sharp, was verschafft mir die Ehre Ihres Anrufes zu nachtschlafender Zeit?"

„Nun nachtschlafend scheint es bei Ihnen noch nicht zu sein, wie ich der Musik im Hintergrund entnehme. Hören Sie zu, Peter: Vor etwa einer Stunde ist ein Mann iranischer Herkunft aus Frankreich kommend in Dover mit der Fähre eingetroffen. Laut unseren Ermittlungen ist er ein französischer Schläfer und auf Frau Rafjani und Sie angesetzt. Ein Foto von ihm finden Sie jetzt als Bilddatei auf Ihrem Smartphone. Nach den Angaben unseres V-Manns handelt es bei dem Mann, der sich laut seinem Pass Rene Jablot nennt, um einen skrupellosen Killer mit ausreichend Erfahrung. Seien Sie also besonders auf der Hut. Sie sind vermutlich im ‚Helenas'?"

„Ja, Sir."

„Sehen Sie sich vor, wenn Sie den Heimweg antreten. Gegebenenfalls rufen Sie Willy an, damit er Sie nach Hause fährt."

„Ja, werde ich machen, danke für den Hinweis, Sir."

„Wir fahren nach Hause, Mina."

„Och, schon? Es ist so schön hier und die Stimmung ist richtig klasse. Wieso überhaupt fahren? Es sind doch nur etwa fünfzehn Minuten bis zu dir nach Hause."

„Wirst du eigentlich überhaupt nicht müde, Mina?" Peter gab sofort eine kurze und prägnante Erklärung zu seiner Entscheidung ab. Während er ihre Rechnung beglich, wählte er bereits die Fahrbereitschaft des MI6 an.

„Alles klar, Peter. Ich bin sofort bei euch."

„Gibt es Ärger?", erkundigte sich Helena.

„Ja, leider. Wir müssen abhauen."

„Ok, dann alles Gute, Peter. Ich sage den Jungs am Eingang Bescheid, dass sie ein Auge auf euch werfen."

„Danke dir, auf bald, Helena."

Die beiden Kraftpakete am Eingang sorgten dafür, dass Mina und Peter in einem Nebenraum Platz nehmen konnten, bis ihr Wagen vorfuhr, was keine zehn Minuten in Anspruch nahm. Die schwarze, gepanzerte Jaguarlimousine stoppte direkt neben dem Haupteingang. Willy, der die beiden Jungs an der Türe natürlich bestens kannte, begrüßte sie herzlich.

„Wo ist meine Fracht, Jungs?"

„Wie immer, Willy."

„Alles klar." Willy hämmerte das vereinbarte Klopfzeichen gegen die Türe zum VIP-Bereich, die ihm daraufhin sofort geöffnet wurde.

„Taxi", rief Willy und sofort huschten Mina und Peter durch den Nebeneingang hinaus und gleich hinein in den Fond der Limousine. Peter winkte den Türstehern noch zu, die seinen Gruß erwiderten, während Willy bereits den Wahlhebel der Automatik auf D schob und im Sportmodus davon schoss. „Nach Hause, Peter?"

„Ja, bitte."

Mina saß ziemlich verschreckt neben Peter, der bereits dank neuester Technik via Smartphone und versteckter Kameras seine Wohnung überprüfte. „Die Wohnung ist clean, Mina."

Willy fuhr so nah wie möglich an das Eingangsportal heran. Peter und Mina sprangen aus dem Wagen und verschwanden umgehend im Hauseingang. Der Wachmann der Nachtschicht begrüßte sie freundlich, während Peter den Lift mittels Fingerabdruck anforderte.

„Hier ist das Gästezimmer, Mina. Bettzeug sowie jeweils ein Handtuch und ein Badetuch habe ich rausgelegt. Seife, Duschbad, Shampoo und Zahnpasta findest du im Bad. Hier ist noch eine Zahnbürste. Schlaf gut."

Mina gähnte. „Das war ein schöner Abend, Peter."

„Freut mich, dass es dir gefallen hat."

„Schlaf du auch gut, Peter."

Er zog sich in sein Schlafzimmer zurück und wartete, bis Mina frisch geduscht ins Gästezimmer gehuscht war. Auch Peter stellte sich unter die Dusche und ließ das heiße Wasser eine ganze Zeit lang über seinen Körper perlen. Er schloss seine Augen. Die Bilder der letzten Tage zogen an seinem inneren Auge vorüber. Peter sah wieder die vielen jungen Soldaten, die zerfetzt und getötet in ihrem Blut auf dem Wüstenboden lagen. Er wusste, dass er einem Scheißgeschäft nachging. Doch ohne Auslandsagenten würde die Welt auch nicht besser werden. Er spülte sich den Schaum des Duschbades und des Shampoos vom Körper und trocknete sich ab. Die Haare blies ihm sein Fön trocken. Frisch duftend und mit geputzten Zähnen lief er nur mit einer Shorts bekleidet in sein Schlafzimmer.

Doch irgendetwas war anders, als er sein Bett betrachtete. Unter seiner Decke schaute ein Büschel schwarzer Haare heraus und eine Wölbung hatte sich unter ihr ausgebildet. Ihm schwante schon warum. Peter setzte sich auf den Rand des breiten Bettes und hob die Decke an. Zwei große schwarze Augen blickten ihm entgegen.

„Darf ich hier bei dir schlafen, Peter? Im Gästezimmer fühle ich mich so alleine."

„Ist schon ok, Mina."

Ein paar Mal zogen sie sich noch gegenseitig das Kopfkissen weg, bis Peter zusätzlich das aus dem Gästezimmer holte. Als er zurückkam, schlief Mina bereits tief und fest. Peter legte sich ebenfalls hin und tat es ihr gleich.

Kurz nach neun erwachte er. Seine splitternackte Bettnachbarin schlief noch. Peter erhob sich und setzte Kaffee auf. Im Kühlschrank fand er noch mehrere Wurstkonserven und ein Paket Butter. Als er sich umwand, stand Mina völlig unbekleidet vor ihm. Ohne etwas zu sagen legte sie ihm ihre Arme um den Hals und ihr Mund suchte den seinen.

„Was hast du vor, Mina?"

„Ich möchte mit dir schlafen und für immer bei dir bleiben."

„Wie stellst du dir das vor? Ich bin Auslandsagent und wahrscheinlich ab Montag schon wieder irgendwo auf dieser Welt in irgendeiner gefährlichen Mission unterwegs. Bei mir hält es kein Mädchen lange aus."

„Das ist mir völlig gleich. Ich habe niemanden mehr und mich unsterblich in dich verliebt."

Noch während sie mit ihm sprach, streifte sie Peter die Shorts herunter. Als sie ihre Lippen für etwas anderes einzusetzen begann als damit zu reden, kam Peter langsam auf den Geschmack. Er zog Mina hoch und legte sie rücklings auf den Küchentisch. Lasziv öffnete sie ihre Schenkel und offenbarte ihm ihre feuchte Orchidee.

„Nimm mich ganz fest, Peter, und ganz schnell."

Natürlich wollte er Mina nicht enttäuschen und stieß hart und tief in sie hinein. Mina schlang ihm ihre Schenkel um seine Hüften und wenig später schrie sie kurz auf vor Lust. Als es auch fast um Peter geschehen war, zog er sich aus ihr heraus. Mina setzte sich auf und umarmte Peter.

„Du hattest Angst, dass wir ein Baby bekommen und bist deshalb aus mir rausgerutscht, nicht wahr?"

Peter nickte.

„Ich kann keine Kinder mehr bekommen, seit einem Manöverunfall im letzten Jahr. Die Ärzte haben mir die Gebärmutter entfernen müssen."

Peter drückte sie jetzt fest an sich. „Das wusste ich natürlich nicht. Es tut mir sehr leid für dich."

„Ist schon ok. Ich möchte so gern bei dir bleiben. Ich werde alles dafür tun, dass du auch glücklich bist."

„Mina, ich hab es dir doch schon gesagt. Ich bin ab Montag sicher wieder irgendwo in der Welt unterwegs. Wir können uns ja gern weiter treffen und gemeinsam etwas unternehmen, aber ich weiß nie, wann und ob ich je zurückkomme. Aber jetzt gehen wir erst einmal shoppen. Mein Boss hat für dich 300 Pfund locker gemacht, damit du endlich mal aus diesem Overall raus kommst."

„Ach, das macht mir aber nichts. Ich bin als Soldatin gewöhnt so herumzulaufen."

Salvatore erwachte bereits gegen sieben Uhr. Weil auch mehrfaches Hin- und Herwälzen ihn nicht wieder einschlafen ließ, stand er auf und duschte, während Carla noch tief und fest schlief. Er besorgte Brötchen, Eier, Butter und Marmelade und deckte den Tisch auf der Terrasse ein. Der noch ziemlich neue Kaffeeautomat verbreitete einen herrlichen Duft von frisch geröstetem und aufgebrühtem Kaffee, der einfach Appetit auf mehr machte. Carla hob schnuppernd ihr Näschen, nachdem er sie mit einem Kuss aufgeweckt hatte.

„Morgen, mein Engel. Wenn du nicht möchtest, dass uns die Fliegen und die Wespen das Frühstück wegfressen, solltest du aufstehen und hinunter kommen.

„Morgen, Salvatore, das duftet aber lecker. Ich glaube, es war die richtige Entscheidung, bei dem alten Barista zu bleiben."

Carla setzte sich auf und gab ihm einen Kuss. „Ich geh eben duschen und komme dann runter."

Sie saßen noch lange an dem gemütlichen Bistrotisch und schauten auf den seicht dahin plätschernden Atlantik hinunter. Jeder schien seinen eigenen Gedanken nachzugehen, bis Carla die Stille unterbrach. „Besorgst du wieder etwas zu essen für den Fall, dass Gäste vorbeischauen?"

„Eigentlich schon. Wir brauchen auch eine Menge

Gewürze, Getränke, Reinigungsmittel und natürlich Fisch und Meeresfrüchte. Der Kühlschrank und der Froster sind Profigeräte. Da halten sich die Lebensmittel schon ein paar Tage."

„Na, dann lass uns mal einkaufen fahren."

Erst am frühen Nachmittag kehrten sie wieder zu ihrem neuen Refugium zurück und verstauten ihren Einkauf.

„Jetzt machen wir uns einen leckeren Kaffee."

„Dafür habe ich mich extra in einen klassischen Barista verliebt, der mich ständig mit seinen Kaffeespezialitäten verwöhnt."

Salvatore grinste. „Hast du eben gesagt, dass du dich in mich verliebt hast, Carla?"

„Nein, wie kommst du denn darauf? Ich meine doch den Barista."

Er gab Carla einen Klaps auf ihren Po, die dies wiederum mit einem gespielt ablehnenden Protest quittierte.

Sofort verschwand er in der Küche, aus der er wenig später zwei Becher mit dampfendem Milchkaffee auf einem Tablett heraus trug. Obwohl es in der Sonne gut dreißig Grad heiß war, schlürften sie mit Genuss ihren Kaffee.

„Sag mal, müssen wir uns hier nicht auch bei der Gemeinde anmelden?"

„Tja, Salvatore, das ist jetzt wieder ein heikles Spiel. Tun wir das nicht, überwerfen wir uns mit der Behörde und riskieren ein Bußgeld. Melden wir uns jedoch an, werden wir gläsern und das auch für Olga Metjedwa und Iwan. Gibt es in deinem Leben auch jemanden, der nach dir so liebevoll Ausschau hält wie nach mir?"

„Oh ja, auch ich bin nicht immer den geraden Weg durchs Leben gegangen."

„Dann sind wir also schon zwei. Vielleicht sollten wir das mit der Anmeldung bei der Gemeinde erst einmal zurückstellen."

„Da bin ich ganz deiner Meinung."

„Wo hast du eigentlich deine Kanone versteckt, Salvatore?"

„Unter der Platte des Nachtschranks und du?"

„Unter der Platte der Küchentheke."

Er grinste. „Sozusagen griffbereit."

„Genau."

Plötzlich vernahmen sie ein Motorengeräusch. Ein arg in die Jahre gekommener VW Passat mit österreichischem Kennzeichen holperte den Schotterweg herauf. Ein junges Pärchen entstieg dem Kombi und lief auf die kleine Terrasse zu. Die Frau trug nur einen Bikini und einen Pajero, er hatte sich Shorts und T-Shirt übergezogen. „Wir haben gehört, hier kann man gut essen. Hallo zusammen."

„Essen könnt ihr hier. Ob es gut ist, müsst ihr selber herausfinden. Ich bin Salvatore und das ist

Carla. Nett euch kennenzulernen. Worauf habt ihr denn Hunger?"

„Ich bin die Franzi und das ist der Theo. Wir kommen aus Salzburg. Ich denke, der Theo möchte ein Steak. Ich hätte aber lieber gegrillten Fisch."

„Überhaupt kein Problem. Steak medium mit Kräuterbutter, Salat und frischem Brot kostet 16 Euro, die gegrillte Dorade ebenfalls mit Salat und Brot 11 Euro. Wasser, Wein oder Limo dazu?"

„Wir nehmen eine große Flasche Wasser."

„Kommt sofort."

Gute zwanzig Minuten später hörten Carla und Salvatore nur noch ‚lecker' und ‚schmeckt super' von den Beiden, die mit Heißhunger ihre gut bemessenen Portionen verdrückten.

„Ihr stammt aber auch nicht von hier?"

„Nein, Franzi, wir sind Italiener und haben nach einer neuen Herausforderung gesucht."

„Dein Mann kocht göttlich."

„Da gebe ich dir uneingeschränkt recht."

Es folgte noch ein eher belangloses Gespräch. Die jungen Leute machten Urlaub und wollten ausgiebig surfen. Noch während sie zahlten taten sie kund, dass sie wiederkommen wollten. Am Abend füllten sich plötzlich alle Tische auf der Terrasse mit hungrigen Surfern. Salvatore begrüßte seine Gäste mit einer kleinen Ansprache. „Wer Hunger hat und dagegen etwas unternehmen möchte, hebt bitte die Hand. Heute Abend koche ich Spaghetti und dazu gibt es eine frisch zubereitete Kräutertomatensauce mit Meeresfrüchten."

Carla sah keine Hand, die unten blieb und schon verschwand Salvatore in der Küche. Der Duft, der wenig später über die kleine Terrasse waberte, ließ allen das Wasser im Munde zusammenlaufen. Carla servierte Wasser und einen recht schweren roten portugiesischen Landwein dazu. Natürlich fehlten auch nicht in Kräuter und Öl eingelegte schwarze Oliven mit Weißbrot. Bis auf die letzte Nudel aßen ihre Gäste alles auf.

Nach dem Essen schoben die jungen Leute alle Tische zusammen. Es wurde weiter viel Wein getrunken, aber auch Wasser und Kaffee. Interessante Gespräche entwickelten sich, viele Themen wurden ausgiebig diskutiert. Die jungen Touristen kamen aus aller Herren Länder. Da Carla und Salvatore neben Englisch, Italienisch, Spanisch und auch ein wenig Deutsch sprachen, konnten sie der Konversation problemlos folgen. Als dann zwei der Jungs ihre Gitarren aus dem Auto holten und einige Oldies anstimmten, die alle kannten, wurde bis spät in die Nacht gesungen.

„Das war ein schöner Abend mit den jungen Leuten und geschmeckt hat es denen auch sehr gut." Carla lag halb auf Salvatore und streichelte ihm über seine Brust.

„Das stimmt und wir haben auch gut verdient. Aber je bekannter unsere Strandbar wird, desto mehr locken wir auch unsere Verfolger und die Behörden an. Wir müssen genau aufpassen, wer hier so aufschlägt."

„Das machen wir, Salvatore." Noch während er mit Carla sprach, schlief sie ein.

15

Als sie am nächsten Mittag vom Einkaufen zurückkamen, erblickten sie einen ziemlich neuen, schwarzen Alfa Romeo Sportwagen, zugelassen in Palermo, rücklings in einen Feldweg geparkt.

„Hast du den Alfa gesehen, Salvatore?"

„Ja, der gehört mit Sicherheit keinem jugendlichen Pärchen, das hierher zum Surfen gekommen ist. Ich schaue mir den Wagen nachher mal an, wenn wir unseren Einkauf verstaut haben."

Ohne sich etwas anmerken zu lassen fuhren sie hoch zu ihrem Strandpalast. Salvatore hatte ein paar unsichtbare Fallen eingerichtet, die ihm gleich anzeigten, wenn ungebetene Gäste vorbei-geschaut hatten. Doch ihr Anwesen war clean.

Rasch verstauten sie den Inhalt all ihrer Tüten und Taschen in der Küche. Carla nahm sich ein Wasser und setzte sich unter das Sonnensegel auf ihre Terrasse. Salvatore war verschwunden. Nach einiger Zeit trat er in Jeans, Turnschuhen und weitem Hemd neben sie. „Ich schaue mir den Alfa mal genauer an."

Als Carla ihn umarmte, spürte sie seine Pistole im Hosenbund. „Soll ich nicht lieber mitkommen?"

„Nein, bleib hier und ruh dich etwas aus. Wenn ich bis achtzehn Uhr nicht wieder zurück bin, verschwindest du bitte hier. Die Autoschlüssel und eine kleine Aktentasche mit meinem ganzen Bargeld findest auf dem Kleiderschrank. Fahr nach Lissabon. In der Großstadt kannst du besser untertauchen. Bis nachher oder auch nie mehr."

Carla drückte Salvatore fest an sich. „Lass mich bitte nicht alleine. Zusammen besiegen wir jeden Gegner."

„Schauen wir mal, Carla." Er gab ihr noch einen Kuss und verschwand.

Hand in Hand liefen sie zur Underground Station. Peter wollte nicht den Wagen der Fahrbereitschaft rufen. In der Innenstadt waren sie ohnehin ganz auf sich alleine gestellt. Nur seine 9mm Pistole hatte er eingesteckt. Mina war überwältigt von den vielen Eindrücken, die London ihr präsentierte. Natürlich kannte Peter eine Menge Bekleidungsshops in Soho oder der Carnabystreet, wo man nicht für eine Jeans 200 Pfund hinlegen musste und doch geschmackvolle Mode von jungen Designern erwerben konnte. Bepackt mit vielen Tüten schlenderten sie die Carnabystreet entlang. Mina hatte den Overall und ihre Stiefel gegen eine kurze, ganz bunte Shorts und ein brombeerrotes Top getauscht. Ihr Schuhwerk bestand, passend zum übrigen Outfit, aus flachen Sandaletten.

Wie ein junges Fohlen, das seinen ersten Frühling im Freien verbringen durfte, hüpfte Mina neben Peter von einem Schaufenster zum anderen. Peter hatte sich in dunkelblaue Sneakers verguckt, während Mina auf der anderen Straßenseite Hüte von einem Ständer vor einem Laden nahm und anprobierte. Als er sich umdrehte, sah er einen Radfahrer, der sich mit hoher Geschwindigkeit näherte. Peter schrie noch: „Vorsicht, Mina!"

Doch seine Warnung erreichte sie etwas zu spät. Der Radfahrer hielt genau auf Mina zu und stieß sie zu Boden. Peter rannte sofort rüber auf die andere Straßenseite, doch sein Eingreifen kam zu spät. Der etwa eins siebzig große Radfahrer war bereits wieder aufgesprungen und losgeradelt. Peter wollte schon laut schreien: „Haltet den Dieb!" Doch er sah, dass der Mann ein Messer in seiner rechten Hand trug, das er mit Sicherheit jedem Helfer in den Leib rammen würde. Für einen gezielten Schuss waren zu viele Menschen auf der Straße. Das schien auch der Täter zu wissen, der in Zick-Zack-Linien davonfuhr.

Als Peter sich zu Mina umdrehte, erstarrte er. Ihr sonst so schelmisches, braungebranntes Gesicht hatte die Farbe blassgrau des Todes angenommen. Blut sickerte aus einer Bauchwunde. Peter rief sofort über seine Spezialnummer den Rettungs-dienst, der nach wenigen Minuten eintraf. Weder der Notarzt noch die Rettungssanitäter stellten irgendwelche Frage, sondern betteten Mina auf eine Trage. Bewusstlos lag sie so da, als würde sie schlafen.

„Wo bringt ihr sie hin?", erkundigte er sich beim Notarzt.

„Uniklinik."

„Wird sie durchkommen?"

„Das kann ich Ihnen nicht versprechen. Wir müssen abwarten."

Zwischenzeitlich hatte sich eine große Anzahl Gaffer um den Tatort eingefunden. Teilnahmslos stand Peter etwas abseits. Mina war längst im Rettungswagen verschwunden, der mit lauter Sirene wegfuhr, als ihm jemand auf die Schulter klopfte. „Hallo, Peter, komm, ich fahr dich heim."

Da sich in London nichts ereignete, ohne dass sein Chef davon erfuhr, hatte Simon Sharp Peter gleich einen Wagen geschickt, der ihn nach Hause fahren sollte. „Ach, du bist es Willy. Hat Sharp dich geschickt?"

„Ja 007. Ich soll dich nach Hause fahren."

„Dann lass uns abhauen."

Willy merkte sofort, dass jetzt ein lustiges Herumblödeln keinesfalls angebracht war. „Die Kleine gefällt dir, Peter, nicht wahr?"

Peter nickte nur ein wenig zustimmend.

„Sie wird es sicher schaffen, Peter. Ich drücke ihr die Daumen."

„Danke fürs Fahren, Willy. Wir sehen uns."

„Ist doch mein Job. Mach´s gut, alter Kumpel."

Umgehend stürmte Peter in den Hauseingang und auf den Lift zu, der nur mittels Fingerprint seinen Betrieb aufnahm. Mit Wucht schoss der Lift in die achte Etage. Peter schloss die Türe auf und betrat seine Wohnung. Er lief sogleich ins Schlafzimmer und nahm seine schusssichere Weste aus dem Schrank. Peter zog die Freizeitbekleidung aus, streifte sich ein frisches weißes T-Shirt über und zog die Weste an. Es folgte noch ein Polohemd. Aus seinem Kleiderschrank nahm er seine Motorradlederkombi und stieg hinein. Dazu wählte er die leichten Stiefel. Die Waffe schob er in das Schulterhalfter. Einen ordentlichen Schluck

Wasser gönnte er sich noch, bevor er den Helm aus dem Schrank nahm und sich vom Lift ins Parkgeschoss bringen ließ. Mit seiner Codecard öffnete er seine Garagenbox, in der sein 911er Cabrio und seine 1000er Norton schliefen. Das Motorrad erweckte er kurzfristig zum Leben und jagte damit aus der Tiefgarage Richtung Uniklinik.

Zwanzig Minuten benötigte er, bis er ins Parkhaus der Klinik einfuhr. An der Rezeption erkundigte er sich nach Minas Aufenthaltsort. „Da müssen Sie in der zweiten Etage im OP nachfragen."
Peter bedankte sich und nahm die Treppen, weil ihm der Lift nicht schnell genug fuhr. Ein wenig außer Atem betätigte er die Klingel am Operationstrakt. Eine ältere Schwester in grünem Kittel öffnete.
„McCord mein Name, meine Freundin wurde eben mit einer Stichverletzung als Notfall eingeliefert. Wie geht es ihr?"
„Dazu darf ich Ihnen nichts sagen. Da müssen Sie warten, bis Professor Dreyfuss Zeit für Sie hat. Nehmen Sie doch hier vorn Platz. Ich sage ihm Bescheid, dass Sie hier sind."

Wenig erfreut ob der informationslosen Aussage ließ er sich auf einen der Plastikstühle fallen. Nach gut einer Stunde öffnete sich die Türe zum OP-

Trakt und ein großer, leicht ergrauter Arzt trat heraus. „Mister McCord?"

„Ja, der bin ich. Wie geht es Mina?"

„Sie lebt. Noch wenigstens. Ihre Freundin hat viel Blut verloren. Der Täter hat ihr mit dem Messer die Leber und die Milz verletzt. Wir konnten die inneren Blutungen stoppen, mussten jedoch die Milz entfernen. Jetzt bleibt nur noch abzuwarten, was die nächsten 24 Stunden bringen werden. Wenn sie die Nacht übersteht, sollte sie es schaffen. Noch etwas: Wir haben überhaupt keine Papiere oder eine Versicherungskarte bei ihr gefunden. Wie ist Ihre Freundin versichert?"

„Über den MI6. Hier ist mein Ausweis. Die Patientin heißt Mina Rafjani. Die Rechnung wird vom MI6 beglichen."

„Ok, danke für Ihre Hilfe."

„Ich danke Ihnen für Ihre Arbeit."

„Ist sie denn überhaupt Ihre Freundin, Mr. McCord?"

„Ja, das ist sie."

„Dann sehen wir uns morgen."

Peter war sich sicher, dass wenn der iranische Geheimdienst einen operativen Agenten aufweckte, um Mina zu töten, man sicher auch keinen Halt vor ihm machen würde. Er sollte sich besonders vorsehen. Darüber war er sich im Klaren. Aber musste er das nicht immer? Mit dem Lift fuhr Peter ins Parkgeschoss der Unikliniken hinab. Er bestieg seine Norton und wählte sich in das Sicherheitssystem in seiner Wohnung ein. Raum für Raum überprüfte er mittels der Kameras.

Zufrieden, aber auch unaufmerksam, schob er das Smartphone in die Westentasche seiner Kombi, als ihm von hinten mit Schwung eine dicke Drahtschlinge um den Hals geworfen wurde. Bevor Peter reagieren konnte, zog der Täter zu. Der scharfe Draht schnitt sofort tief in seinen Hals hinein. Peter war besonders dafür ausgebildet worden, in solchen Situationen Ruhe zu bewahren, auch wenn es schwer fiel.

Mit der rechten Hand griff er nach seinem Helm und schleuderte diesen gegen den Kopf seines Gegners, der sofort zu taumeln begann. Offensichtlich hatte er die Schläfe des Angreifers getroffen. Mit beiden Händen riss sich Peter den Draht vom Hals. Dann sprang er mit einem kräftigen Satz von der Maschine und schlug erbarmungslos zu. Mit einer solchen Attacke hatte der Attentäter nicht gerechnet. Schwer angeschlagen fiel er zu Boden. Peter zog sein Smartphone aus dem Overall und tippte auf die Notruftaste. Nur Minuten später wimmelte es in der Tiefgarage vor Polizisten. Der Täter konnte festgenommen und abgeführt werden, während Peter eine Etage höher umgehend in der Notaufnahme untersucht wurde.

„Sie haben verdammtes Glück gehabt, Mr. McCord. Weder die Speise- noch die Luftröhre wurden verletzt. Auch die Muskulatur wurde nicht durchtrennt. In ein paar Tagen sind Sie sicher wieder ganz der Alte." Gegen den Rat des Arztes fuhr Peter auf dem Motorrad nach Hause, wo er sich gleich ins Bett legte.

16

Obwohl mit dem Umgang außerordentlicher Situationen vertraut, tigerte Carla unruhig durchs Haus. Die Mittagshitze machte träge. Sie setzte sich mit einer Modezeitung unter das Sonnensegel. Doch ihre Gedanken kreisten ständig um ihre Zukunft und vor allem um die Situation, die Salvatore wohl gerade erwartete. Immer wieder legte sie die Zeitung beiseite. Dann stand sie auf und lief zur Straße um zu schauen, ob er sich bereits auf dem Heimweg befand. Doch weder auf dem Anwesen noch in der näheren Umgebung zeigte sich Leben, woran sicher die große Hitze nicht unschuldig war. Carla nahm eine Flasche Mineralwasser aus dem Kasten und stürzte deren Inhalt zu einem Viertel in sich hinein.

Weil Salvatore bis gegen viertel nach fünf immer noch nicht wieder zurückgekehrt war, ging sie ins Schlafzimmer und packte ihre Sachen zusammen. Ihre Waffe schob sie mit dem Innenbundholster in ihre Shorts. Die anfängliche Kälte, die der Stahl der 9mm Pistole auf ihrer Haut unter der Bluse erzeugte, signalisierte ihr mehr als deutlich, dass sie sich bald wieder auf der Flucht befand, aber auch, dass sie sich keinesfalls kampflos ergeben würde. In der Küche nahm sie noch einen weiteren tiefen Schluck Mineralwasser zu sich. Wieder und wieder blickte sie auf ihre Armbanduhr. Gegen viertel vor sechs lief sie weinend die Treppe hoch ins Schlafzimmer. Sie nahm Salvatores Aktenkoffer vom Schrank und öffnete ihn. Wie auch sie selbst bunkerte er darin diverse, gängige Sorten in nicht unerheblicher Menge.

Carla nahm den Autoschlüssel an sich und trug ihr Gepäck wie auch seinen Aktenkoffer in die Küche. Wie sie von hier aus nach Lissabon fahren musste, hatte sie sich bereits vorher genau aus der Karte eingeprägt. Wenige Minuten nach sechs trug sie das Gepäck zum Wagen, lud es ein und verschloss alle Türen und Fenster ihres kleinen und lieb gewonnenen Refugiums. Eine weitere Viertelstunde später startete sie den Diesel. Tränen liefen an ihren Wangen herunter. Sie löste die Feststellbremse und zog den Wahlhebel der Automatik in der Kulisse auf D. Der Kombi rollte an. Sie setzte den Blinker, um nach links auf die Straße abzubiegen, als sie in der Ferne eine männliche Gestalt auf ihr Anwesen zulaufen sah. Konnte das Salvatore sein? Oder war es einer seiner ungebetenen Gäste, die nun auch sie holen wollten? Carlas Puls schnellte in die Höhe. „Wenn es einer der Typen ist, der Salvatore getötet hat, lege ich ihn um", sprach sie leise vor sich hin. Sie schaltete den Motor aus und stieg aus dem Kombi.

Entschlossen lief sie Schritt für Schritt auf den herankommenden Mann zu. Ihre Hand legte sie bereits unter ihrer Bluse an den Griff ihrer Waffe. Sie hatte sie schon durchgeladen. Die Sicherung würde sie mit dem Daumen hoch drücken, wenn sie die Waffe aus dem Holster zog. Der Mann ging leicht gebückt, so als hätte er Schmerzen.

Dann erkannte Carla den Mann, der da auf sie zulief. Es war Salvatore. Carla rannte sofort auf ihn zu. Er blutete. Sein linker Hemdärmel hatte sich ganz rot verfärbt.

„Ich bin so froh, dass du wieder bei mir bist, Salvatore. Was ist geschehen?"

„Ach, nicht der Rede wert, Carla. Es waren zwei potentielle Gäste, die unbedingt Seezungen essen wollten und nicht einsahen, dass die bei uns 20 Euro die Portion kosten."

„Du bist ein verrückter Kerl! Ich war schon fast auf dem Weg nach Lissabon."

„Das hatte ich mir schon gedacht. Schön, dass du noch da bist. Aber jetzt bring mich bitte nach Hause."

Carla legte seinen rechten Arm über ihre Schulter und führte ihn zum Haus. Sie half ihm gleich in sein Bett und verband seine glücklicherweise nicht sehr tiefe, dafür aber große Schnittverletzung. Außerdem flößte sie ihm eine Flasche stilles Mineralwasser ein. Kurz darauf schlief er ein. Sofort öffnete sie wieder alle Fenster. Doch an die Türe hing sie ein Schild mit der Aufschrift „Heute Ruhetag".

Rasch stellte sie den Kombi wieder zurück auf den Parkplatz. Mit dem Ausladen des Gepäcks jedoch wartete sie noch, bis Salvatore ihr dafür grünes Licht gab. Als es dunkel wurde, schaute sie wieder nach ihm. Der Verband hatte gehalten und blutig durchnässt war er auch nicht. In der Nacht erwachte Salvatore.

„Was ist los?"

„Nichts, Carla. Mir geht es soweit gut. Ich habe Schmerzen und hole mir ein Thomapyrin. Außerdem muss ich mal für kleine Königstiger."

„Soll ich deinen Tiger ausführen?" Carla grinste Salvatore verwegen an, der ebenfalls lächelte.

„Das stellen wir noch ein paar Tage zurück. Der

Tiger schläft heute Nacht und muss sich erst noch etwas erholen."

Salvatore entnahm dem Kleiderschrank einen Streifen mit Tabletten, steckte sich eine davon in den Mund und schluckte sie herunter.

„Ist nur ein Antibiotikum wegen der Schnitt-wunde."

„Ok und was ist wirklich geschehen?"

„Das erzähle ich dir morgen früh. Schlaf gut, mein Engel."

„Soll ich meine Sachen wieder aus dem Wagen ausladen?"

„Hol nur das Geld heraus und leg es zurück in den Aktenkoffer. Alles andere machen wir morgen gemeinsam."

„Na gut, ich hole rasch das Geld. Dann schlaf du auch gut, Salvatore."

Doch ihr großer Krieger bekam schon nichts mehr mit. Zusammengerollt wie ein Baby ruhte er unter seiner Decke.

Peter hatte bis Sonntagmittag fest geschlafen. Nach ausgiebiger Körperpflege und einem eher spartanischen Frühstück fuhr er ins Krankenhaus. Diesmal nahm er den Lift, der ihn in die zweite Etage zur Intensivstation hob. Er klingelt an der Türe aus Milchglas. Eine hübsche, ziemlich müde ausschauende Schwester öffnete ihm und fragte nach seinem Wunsch.

„Wie geht es Mina Rafjani? Sie wurde gestern hier nach einem Messerangriff notoperiert."

„Sind Sie mit ihr verwandt?"

„Sie ist meine Freundin."

Die Schwester neigte ihren Kopf ein wenig zur Seite. „Ich schaue, was ich für Sie tun kann."

Zwei schwer bewaffnete Wachmänner traten als nächstes auf Peter zu. „Wie ist Ihr Name?", fragte einer der Männer barsch.

„Peter McCord vom MI6."

Der Wachmann schien eine Liste abzugleichen. „Ok, bitte einmal Ihren Dienstausweis."

„Ich habe keinen."

Der Wachmann schaute ihn ungläubig an. „Sind Sie im Außendienst tätig?"

„Genauso ist es."

„Dann sind Sie ein richtiger…"

„Sprechen Sie es nicht aus. Aber so ist es und nun lassen Sie mich bitte eintreten. Rufen Sie im Büro von Simon Sharp an, wenn Sie mir nicht glauben."

Der Wachmann tat seine Pflicht, wofür Peter vollstes Verständnis aufbrachte und fragte in der Zentrale nach. Wenig später kam er zurück. „Sie können eintreten."

Die Schwester hielt Peter einen Schutzanzug hin, den er gleich überstreifte.

„Wie geht es ihr?", fragte er die Schwester, als er neben Minas Bett trat.

„Sie liegt im künstlichen Koma, damit sich ihr Körper von den Strapazen der OP erholen kann."

„Wird sie denn durchkommen?"

„Das hoffe ich doch sehr", vernahm Peter hinter sich eine männliche Stimme. Als Peter sich umdrehte, erkannte er Professor Dreyfuss. „Wenn sie so weiter macht, dann können wir sie nächsten Mittwoch wieder aufwachen lassen und wenn dabei alles glattgeht, ist sie übern Berg."

Peter bedankte sich beim Professor für die Auskunft. Er nahm Minas rechte Hand in seine und drückte sie leicht. Irgendwie fühlte er, dass sie den Druck erwiderte. Doch konnte dies auch einfach nur eine Wunschwahrnehmung sein. Er blieb eine Stunde. Dann stand er auf und trat in den Vorraum, um sich die Schutzkleidung auszuziehen. Die beiden Wachmänner winkten Peter noch zu, als er die Intensivstation verließ. Ein wenig unaufmerksam ob des Weges winkte er zurück und rannte beinahe die Intensivschwester um, die in ziviler Kleidung aus einer anderen Türe die Station verließ.

„Na, Sie sind mir aber stürmisch."

„Das sieht nur so aus. Haben Sie Feierabend?"

„Ja, ich hatte 36 Stunden Schicht und freue mich auf mein Bett. Ich muss jetzt zusehen, dass ich meinen Bus bekomme."

„Möchten Sie mitfahren? Allerdings bin ich nur mit zwei Rädern unterwegs. Einen zweiten Helm führe ich in einer Seitentasche mit."

„Ich dachte mir schon, dass Sie bei der Hitze mit dem Moped unterwegs sind. Hätte natürlich auch sein können, dass Sie einen Lederfetisch haben."
Peter musste lachen.

„Ich wohne in Hendon, was ziemlich weit draußen liegt."

„Ich kenne Hendon und vor allem das Luftfahrt-museum."

„Ja, dann fahre ich gern mit."

„Das ist aber eine heiße Maschine, eine Norton nicht wahr?"

„So ist es."
Peter kramte den Helm aus der Seitentasche und gab ihn der hübschen, sportlichen Schwester."

„Wie heißen Sie eigentlich?"

„Jane, Jane Rendsey. Sag doch einfach Jane zu mir."

„Dann musst du Peter zu mir sagen."

„Krieg ich hin."

„Steig auf. Taxi geht ab."

Peter war kein Rennfahrer. Er hielt sich strikt an die Geschwindigkeitsbeschränkungen, es sei denn, es war Gefahr im Verzug. Knappe zwanzig Minu-ten dauerte die Fahrt. Peter konnte sich des

Eindrucks nicht erwehren, dass die Dame auf dem Sozius die Fahrt richtig genoss, so wie sie sich an ihn geschmiegt hatte. Sanft stoppte er die Maschine.

„Endstation" rief er Jane zu, die sich gerade den Helm auszog.

„Trinken wir noch einen Kaffee zusammen, Peter? Ich gebe einen aus."

Peter schaute auf seine Uhr. „Warum eigentlich nicht."

Er stülpte sich ebenfalls seinen Helm vom Kopf und steckte ihn die linke Seitentasche. Das ‚Fun' war ein Bistro für junge Leute und entsprechend eingerichtet. Jane stürmte gleich auf einen Tisch im kleinen Vorgarten zu und pflanzte sich auf einen der Plastikstühle. Der Tisch besaß eindeutig den Vorteil, dass mitten in der Platte ein Sonnenschirm steckte, der die Gäste vor der gleißenden Sonne schützte. London zeigte sich von seiner schönsten Seite.

„Seid ihr schon lange zusammen?"

„Ein paar Tage."

„Frau Rafjani ist Iranerin, nicht wahr?"

„Ja. Ich übernehme die Rechnung, Jane. Ich möchte noch einen Salat mit Putenstreifen essen. Magst du auch einen?"

„Gern. Du möchtest nicht über sie reden nicht wahr?"

„Ich rede nie viel über mich und meine Freunde und Bekannten."

„Ihr seid überfallen worden?"

„Sag mal, Jane, wollen wir nicht das Thema wechseln? Was machst du so, außer deinem Job nachzugehen? Bist du verheiratet, machst du viel Sport oder bist du eine Leseratte?"

„Ich bin Single und fahre gern Motorrad. Ich habe ein kleines Moped, mit dem ich viel unterwegs bin."

„Deshalb bist du so erfahren mit mir durch jede Kurve gerauscht."

Jane musste lachen. „Das macht ja auch einen Riesenspaß, so zu cruisen und dann bei dem Wetter. Darf ich dir noch eine Frage stellen?"

„Kommt drauf an. Versuch's mal."

„Frau Rafjani ist keine normale Patientin. Immerhin wird sie ständig von zwei Männern bewacht und die Abrechnung erfolgt über den Geheimdienst. Bist du ein Geheimagent? Du trägst ja auch eine Waffe. Ich hab sie eben gefühlt."

„Du schaust zu viele Krimis im Fernsehen, Jane. Ich bin so eine Art Polizeibeamter im Außendienst."

Sie schien sich mit seiner Antwort zufrieden zu geben, denn sie fragte nicht weiter. Es hätte ihr auch nichts genutzt. Er sprach nie mit Freunden und Bekannten über seinen Job und schon gar nicht mit Fremden. Nach dem Genuss des leckeren Salates und zwei Kaffees zahlte Peter die Zeche.

„So, Jane, dann schlaf dich mal richtig aus. Wir sehen uns ja sicher noch im Krankenhaus."

„Ich würde sicher besser schlafen, wenn du bei mir wärst."

„Das geht aber nicht, Jane. Also bis dann."

Peter spürte ihren sehnsüchtigen Blick im Rücken, während er sich seinen Helm anzog und zurück nach London aufbrach.

17

„Schön, Peter, dass Sie gleich gekommen sind, obwohl Sie sich besser noch ein paar Tage Erholungsurlaub nach der Attacke auf Ihre Person gegönnt hätten."

„Nun, Sir, wenn Sie persönlich anrufen, dann ist ganz sicher etwas Besonderes geschehen."

„Da haben Sie allerdings recht. Nehmen Sie einen Kaffee?"

„Ja, gern, Sir."

Simon Sharp ließ für seinen Nummer eins Agenten einen Kaffee servieren.

„Nun, Peter, Sie kennen mich schon eine lange Zeit. Ich mache nicht unnötig Druck, doch diesmal ist es mir sehr wichtig. Sagt Ihnen der Name Katie Burton noch etwas?"

„Natürlich, Sir. Mit Verlaub gesagt habe ich sie zu Beginn meiner Tätigkeit hier beim MI6 bewundert und ich glaube heute mit Fug und Recht zu behaupten, sie auch beerbt."

„Ja, Peter, in der Tat. Katie Burton war unsere erste Topagentin, bis wir sie aus dem Verkehr ziehen und ihr eine neue Identität verpassen mussten, um sie aus allen Registern zu streichen."

„Was war geschehen?"

„Nun, Katie war nicht nur unsere beste Agentin, sondern auch eine wahre Schönheit. Sie hat so manchen Fall auch mit Hilfe ihrer weiblichen Reize gelöst. Dann setzten wir sie auf Boris Larnow, den Chef des KGBs an, der ein Faible für Blondinen besaß.

Larnow hatte zuvor zwei meiner Agenten enttarnt und brutal ermorden lassen. Katie schaffte es dann innerhalb eines halben Jahres ganz allmählich, sich in Larnows Leben zu spielen, bis sie seine Geliebte wurde. Dank dieser Connection erhielten wir erhebliche Informationen über die Strukturen im KGB und auch eine Menge Namen zu Schläfern und Doppelagenten sowie zu Einsätzen, die im Gange waren. Aber Larnow war ganz bestimmt nicht umsonst der Chef des KGBs. Irgendwann schöpfte er Verdacht und stellte Katie eine Falle, die sie zu spät erkannte.

Nach einem Festakt in der Wiener Staatsoper mit allen Botschaftern der Europäischen Union sowie einer großen Anzahl an Ministern, Staatspräsidenten und Kanzlern ließ Larnow eine Aktentasche mit vermeintlich geheimen Angriffsplänen, mit taktischen Waffen sowie Truppenverlegungsplänen der Panzertruppen wie auch Infanterieeinheiten in seine Suite kommen.

Ein Informant wollte Katie noch warnen, dass Larnow sie enttarnt hatte. Doch zu diesem Informationsaustausch kam es nicht mehr. In dieser Nacht lud Larnow Katie noch einmal in sein Bett ein. Er ließ Kaviar, Hummer, Austern und Champagner auftischen und schenkte Katie einen sündhaft teuren Brillantring.

Als sie auf ihm saß, um ihm größte Lust zu bereiten, zog Larnow eine Pistole unter seinem Kopfkissen hervor. Katie erkannte augenblicklich die Gefahr und griff reflexartig nach dem Austernmesser, das auf dem Nachttisch lag. Nur weil er wohl fettige Finger vom Essen besaß, rutschte sein Daumen der rechten Hand vom Sicherungsbügel seiner Waffe ab. So war ihm nicht möglich gewesen, Katie augenblicklich zu erschießen, ohne die andere Hand mit einzusetzen.

Katie kannte keine Skrupel und handelte instinktiv, zumal es ja um ihr Leben ging. Mit Wucht stach sie Larnow die sehr kurze Klinge des Austernmessers in seine Leber. Daraufhin ließ er schmerzverzerrt die Waffe fallen. Noch während er nach der Einstichstelle griff, zog Katie das Messer aus seinem Bauch heraus und durchschnitt seine Kehle.

Sie zog sich rasch an und verließ Hals über Kopf das Hotel. In der Lobby nahm sie unser Mann in Empfang und brachte Katie in Sicherheit. Doch schon beinahe ein Jahr zuvor hatte sich Katie den Unmut des italienischen Mafiaclans der Ricciones zugezogen, genauso wie den der Sicherheitskräfte von Mohamed Bin Salisch, dem Führer eines Schurkenstaates, der kurz davor stand, sich eine Atombombe zu kaufen."

Peter saß seinem Chef ganz still gegenüber und lauschte interessiert seinen Ausführungen. „Nachdem nun der KGB, der Geheimdienst dieses Schurkenstaates sowie die Mafia hinter Katie her waren, beschlossen wir, sie aus der Schusslinie zu nehmen und mit neuer Identität in den Ruhestand zu schicken.

Sie erhielt einen neuen Pass mit Namen Carol Brighton, eine ordentliche Abfindung und wurde anschließend in Frieden in die Welt entlassen. Seitdem haben wir nichts mehr von ihr gehört bis vor etwa zehn Tagen.

Laut einem unserer Informanten ist Katies Inkognito aufgeflogen. Letzte Woche landete auf dem Flughafen von Florenz ein Destroyer vom

KGB mit dem Auftrag Carla Vendito alias Katie Burton auszulöschen. Er hat sich einen Mietwagen genommen und ist in ein Kaff namens Brama in die Weinberge inmitten der Toskana gefahren. Dort verliert sich seine Spur, obwohl der Mietwagen zum vereinbarten Termin wieder am Flughafen abgegeben wurde. Was sagt uns das? Sie hat den Destroyer aus dem Weg geräumt und um Spuren zu verwischen den Wagen dem Vermieter zurückgegeben."

„Katie oder jetzt Carla ist halt ein gründliches Mädel, auch heute noch."

„Könnte man so sagen, Peter. Was mir jetzt aber besonders Sorgen bereitet ist die Information, dass der KGB Olga Metjedwa nach Italien geschickt hat, um Carla zu beseitigen. Ihr zur Seite steht ein gewisser Agent mit dem Namen Iwan. Ein Neuling, wie mir scheint."

„Ich kenne Olga. Sie ist das Beste, was der KGB zurzeit aufzubieten hat. Olga ist eine echte Kampfmaschine. Sie zur Gegnerin zu haben kann das Todesurteil von Carla bedeuten. Olga ist jünger und verdammt clever."

„Fliegen Sie nach Florenz, Peter, und schauen Sie nach Carla. Wenn möglich bringen Sie sie zurück nach England. Wir müssen ihr dann eine neue Identität verschaffen. Ihre bisherige ist leider aufgeflogen. Ach, noch etwas: Nach Auskunft unseres Informanten hat sie etwas mit einem

Bistrobesitzer namens Salvatore angefangen. Wohl eine etwas zwielichtige Gestalt. Unsere Recherchen laufen aber noch."

„Ich werde mein Bestes geben und sehen, was ich tun kann, Sir."

„Davon gehe ich aus, Peter. Ich höre dann von Ihnen. Übrigens: Die Daten, die Sie uns mitgebracht haben, übertreffen bei weitem unsere Erwartungen. Gute Arbeit, Peter."

„Danke, Sir. Sobald ich etwas von Katie Burton in Erfahrung bringe, melde ich mich."

Peter fuhr mit dem Lift drei Etagen tiefer und betrat das Großraumbüro, in dem etwa 30 Rechner zur freien Verfügung aller MI6 Mitarbeiter standen. Er fand einen Platz am Fenster. Während er sich ins mehrfach gesicherte System einloggte, schaute er sich um und gleich in die blauen Augen einer Blondine, die ihn freundlich anlächelte. Ohne sich jedoch weiter ablenken zu lassen, hackte Peter seine Wunschdaten bezüglich eines Fluges nach Florenz in den PC.

Er wollte bewusst auf den Firmenjet verzichten, um nicht allzu viel Staub in Italien aufzuwirbeln. Abflug mit British Airways war für 15:25 Uhr terminiert. Der Flug würde etwa zwei Stunden und fünf Minuten dauern. Er hatte also noch eine Menge Zeit. Als er sich von seinem Platz erhob, stand plötzlich die hübsche Blondine in einem schicken, dunkelblauen Businessoutfit vor ihm.

„Hallo, ich bin Anni Bishop. Sie sind Peter McCord, nicht wahr?"
„Ja, der bin ich, warum?"
„Weil Sie mein Vorbild sind."
„Hallo, Anni, da hast du dir aber ein schönes Vorbild ausgesucht. Sag bitte Peter. Ich bin häufig unpünktlich, treibe mich in Bars herum, esse unregelmäßig und bin nicht der Typ, den eine Mutter ihrer Tochter als Ehemann empfiehlt."
Anni hatte ein hübsches Lächeln und zeigte dabei eine Menge blitzsauberer Zähne. „Ich möchte in ein paar Jahren so sein wie du."
„Soll das heißen, du sägst bereits an meinem Stuhl?"
„Aber nein, in ein paar Jahren gehst du doch sicher schon in…" Anni hatte sofort bemerkt, dass sie sich in ihrer Ausdrucksweise etwas vergaloppiert hatte.
„Du meinst, dann geht der Alte sowieso in Rente?"
An der ansteigenden Röte ihres Teints erkannte Peter, wie peinlich ihr der Fauxpas jetzt war.
„Tja, Anni, wie du jetzt aus dieser Nummer rauskommen willst, kann ich dir nicht sagen." Peter musste herzlich lachen.

„Darf ich dich zur Versöhnung zum Kaffee einladen?"

„Gern, aber nicht hier im Haus. Gehen wir ins ‚Old Tower' gegenüber. Dort ist der Kaffee besser und man sorgt nicht gleich für Gesprächsstoff. Ich habe aber nur eine halbe Stunde Zeit."

„Musst du zu einem Einsatz?"

Peter nickte.

„Du redest nicht drüber, nicht wahr?"

„Hat man dir das etwa nicht beigebracht, dass man in unserem Gewerbe verschwiegen sein muss, weil es einem leicht das Leben kosten kann, wenn man es nicht ist?"

„Ja, aber unter Kollegen?"

„Auch nicht unter Kollegen, Anni. Bestimmte Regeln einzuhalten hat mich bisher immer noch am Leben gehalten."

„Ich glaube, ich muss noch eine Menge lernen."

„Das wird schon und wenn du Freude an deinem Leben hast, wird dies zu einem lebenserhaltenden Automatismus werden."

Anni war ein liebes Mädel, 28 Jahre jung mit sportlicher Figur, sehr hübsch und gerade in den Sumpf der operativen Abteilung eingegliedert worden. Sie hatte ein Jurastudium komplett mit zweitem Staatsexamen abgeschlossen und wurde nun durch den MI6 ausgebildet. Gerade wartete sie auf ihre erste Verwendung.

Sie fanden gleich einen Tisch im Vorgarten des Bistros.

„Nimmst du auch einen Milchkaffee?"

„Ja, gern."

Anni winkte dem Waiter und bestellte die beiden Kaffeespezialitäten. „Hast du nicht Lust mir ein paar Tipps zu geben, wenn du wieder zurück von deinem Einsatz bist? Nächste Woche mache ich noch die praktische Prüfung zur Hubschrauber-pilotin. Da würde ich gern noch einige Kniffe lernen und beim Schießen mit panzerbrechenden Waffen habe ich noch meine Probleme. Wann bist du wieder in London?"

„Nun, Anni, ich weiß beinahe immer, wann ich starte, aber ob und wann ich zurückkomme kann ich nie sagen."

„Dann gebe ich dir mal meine Handynummer. Ich würde mich freuen dich bald wieder zu sehen."

„Ich kann dir aber nichts versprechen."

Sie tranken noch ihren Kaffee aus, während Anni wie ein Wasserfall aus ihrem Leben plauderte, bis Peter die Runde aufhob. „Mach's gut, Anni. Wir sehen uns sicher bald mal wieder hier."

„Du auch, Peter. Ich rede dir zu viel, nicht wahr?"

„Wie anfangs schon gesagt ist weniger ganz sicher gesünder."

Peter verabschiedete sich und begab sich ins Tiefgeschoss zur Fahrbereitschaft.

18

Carla hatte das Fenster im Schlafzimmer gekippt offen gelassen, was zur Folge hatte, dass die Singvögel der Umgebung sie sehr zeitig mit ihrem fröhlichen Gezwitscher aus ihren Träumen rissen. Sie schaute zu Salvatore hinüber, der noch heftig schnarchend schlief. Lächelnd schaute sie sich diesen Kerl an, von dem sie eigentlich nichts wusste, den sie aber mittlerweile von Herzen liebte. Dessen war sie sich bewusst. Salvatore besaß noch reichlich dichtes, schwarzes Haar. Der Anblick seines muskelbepackten Körpers sorgte bei ihr für besondere Sehnsüchte und da er völlig nackt schlief, besah sie sich auch die ausgeprägte Körperpartie, mit der er ihr schon so einige sehr erregende Momente verschafft hatte.

„Schaust du mir etwa auf mein Ding?"

Ein wenig zuckte Carla zusammen. „Ich schaue nicht nur, mein Lieber, ich greife gleich zu."

Sie rückte ganz nah an ihn heran und drückte ihm ihre festen Brustspitzen gegen seinen Rücken. Als er dann auch noch ihre Hand zwischen seinen Schenkeln spürte, die eher kräftig und weniger liebevoll zupackte, drehte er sich mit Schwung um und drängte sich gleich gierig zwischen ihre

Schenkel. Carla ließ ihn gewähren und schon bald lag sie stöhnend unter ihm. Es dauerte nicht lange, bis auch er ihr ins Paradies folgte.

„Ich dachte, du wolltest den Tiger ein paar Tage ruhen lassen", flüsterte sie ihm grinsend ins Ohr.

„Ich schon, aber dem Tiger gefiel deine Behandlung und da ließ er sich nicht lange bitten. Ist doch auch nur ein tiefer Kratzer."

Salvatore verschwand nach einer postoperativen Kuscheleinlage zuerst in der Dusche. Im Anschluss hörte Carla ihn in der Küche das Frühstück anrichten. Noch während er den Tisch deckte, trafen zwei Pärchen ein, die ebenfalls frühstücken wollten.

Carla duschte schnell und als das Frühstück auf dem Tisch stand, nahm sie neben Salvatore Platz. Es gab reichlich Kaffee, Brötchen mit Honig aus der Umgebung und frische 4 Minuten Eier. Den jungen Leuten schmeckte es ebenfalls hervorragend. Als sie dann zum Surfen aufbrachen, rutschte Carla mit ihrem Stuhl ganz nah an Salvatore heran.

„Erzählst du mir jetzt von deiner Vergangenheit?"

„Wenn du sie unbedingt erfahren möchtest, gut, aber dann bist auch du dran."

Carla grinste ihn verführerisch an. „Ok, versprochen. Schieß los."

„Ich heiße in Wirklichkeit Paolo Ceveci und stamme aus Palermo. Mein Vater war Fischer. Wir waren sehr arm. Ich hatte noch zwei Brüder und zwei Schwestern und wenn es mal wieder ganz eng wurde mit der Kohle, ging Mutter in der Hafenkneipe anschaffen.

Weil mich die Schule ankotzte, verließ ich sie mit vierzehn Jahren. Meine Geschwister sind alle jünger und besuchten brav weiter den Unterricht. Ob sie alle von meinem Vater abstammten, wusste wahrscheinlich nur meine Mutter. Ich habe dann eine Zeit lang auf einem Fischerboot gearbeitet. Aber der Verdienst war natürlich minimal.

Weil ich geschickte Hände besitze, fing ich damit an, den Touristen in unserem Ort die Brieftaschen und ihre Geldbörsen zu stehlen. Dieses Geschäft verstand ich zunehmend und meine Einkommensverhältnisse verbesserten sich schlagartig, bis ich einmal einem Bruder von Don Riccione die Kohle geklaut hatte.

Es dauerte keine Stunde, bis mich die Schläger von Don Riccione gefunden hatten. Erst verprügelten sie mich und dann schleppten sie mich zum Paten in seine Villa auf dem Berg. Ich musste natürlich die Geldbörse zurückgeben. Weil anscheinend der Pate Gefallen an mir gefunden hatte, bekam ich von ihm einen Job. Ich wurde sein Bote und wenn nichts durch die Gegend zu bringen war, klaute ich weiter Brieftaschen in seinem Namen. Ein

Drittel der Beute durfte ich für mich behalten. So verdiente ich rasch gutes Geld und schon bald mehr als mein Vater.

Eher zum Zeitvertreib erlernte ich im Club von Don Riccione das Boxen. Nach zwei Jahren war ich so gut, dass ich an Wettkämpfen teilnehmen durfte und sogar eine Menge Siege für den Stall des Paten davontrug. Irgendwann wurde ich Profiboxer und sogar italienischer Meister im Mittelgewicht. Doch der Don und seine Wettbüros verkauften unzählige Kämpfe und irgendwann traf es auch mich. Der italienische Verband sperrte mich und ich musste aufgeben.

Weil ich aber Don Riccione eine Menge Geld in seine Taschen gespielt hatte und meine Sperre nur auf zwei Jahre begrenzt war, machte er mich zum Türsteher in einer seiner Nobelbars in Palermo. Dann wurde ein Jahr später sein Leibwächter bei einer Schießerei getötet. Die Wahl für seine Nachfolge traf mich. Ich bekam eine Schieß-ausbildung an der Pistole und der Maschinen-pistole sowie zwei feine Anzüge, schicke Schuhe und Hüte.

Der Pate fuhr nur teure amerikanische oder deutsche Autos und mein Platz war immer auf der Rücksitzbank an seiner Seite. Mehrfach rettete ich ihm sein Leben, bis ich eines schönen Tages bei einem Treffen der Paten in Rom dringend zur Toilette musste. Don Riccione sprach eine blutjunge Blondine an, Britin oder Amerikanerin, die er mit in seine Suite nahm.

Die beiden Schüsse habe ich noch gehört, doch als ich das Schlafzimmer des Paten betrat, war die Lady verschwunden. Der Revolver lag auf dem Boden. Der Pate starb in meinen Armen. Sein ältester Sohn Niko machte mich für den Tod seines Vaters verantwortlich. Bevor ich abgehauen bin, konnte ich noch einen Koffer mit viel Geld in Sicherheit bringen, was für Niko scheinbar schlimmer war als der Tod seines Vaters. Dann habe ich mir ein Motorrad geklaut und bin abgehauen. Seitdem ist Niko mit seinen Leuten hinter mir her."

„Und was war jetzt mit dem Alfa Sportwagen?"

„Niko hat mal wieder zwei Dummköpfe losgeschickt, um nach mir Ausschau zu halten."

„Und was ist mit ihnen geschehen?"

„Sie sind von den Klippen ins Wasser gefallen. Nicht so ganz freiwillig allerdings. Die Brandung hat dann ihr übriges getan und ihre Körper gegen die Felsen geschlagen. Ich habe pflichtbewusst, wie ich nun einmal bin, sofort die Polizei verständigt und den Beamten mitgeteilt, dass ich zwei Männer beim unerlaubten Tauchen nach Entenmuscheln beobachtet hätte, die von der Brandung getötet wurden. Die Bullen haben mir das glatt so abgenommen und mir sogar noch für die Information gedankt. Zum Glück wollten sie meine Aussage nicht zu Protokoll nehmen, da der Fall für sie erledigt war. Leider haben sie den Alfa mitgenommen."

„Du bist wirklich ein verrückter Kerl, Paolo."

„Mein Gott, wie lange hat mich niemand mehr mit meinem richtigen Vornamen angesprochen?"

„Soll ich weiter Salvatore zu dir sagen?" „Nein, sag einfach Paolo. Ich bin froh, dass endlich alles Unbekannte, das zwischen uns stand, jetzt geklärt ist."

„Ich heiße auch nicht Carla und was ich dir jetzt erzähle, wird dich glatt umhauen. Wer weiß, ob du das alles so hören möchtest. Ich heiße Katie mit Vornamen und bin die Blondine, die Riccione umgelegt hat."

„Das ist jetzt nicht dein Ernst, oder?"

„Doch, ist es. Riccione war zu diesem Zeitpunkt dabei, sich sogenannte schmutzige Bomben zu beschaffen, um seine Konkurrenten in Italien endgültig aus dem Weg zu räumen. Außerdem erpresste er den italienischen Staat damit, in den Ballungsräumen wie Rom, Mailand, Venedig, Bologna und Turin schmutzige Bomben zu zünden, wenn er nicht innerhalb von 24 Stunden ein horrendes Lösegeld erhielte. Meine Regierung bot den Italienern ihre Hilfe an. Als nichts anderes mehr ging, schickten sie mich los, um Riccione zu eliminieren."

„Ich bin richtig platt."

„Das glaube ich dir und irgendwie hatte ich schon seit einiger Zeit das Gefühl, dich von irgendwoher zu kennen. Jetzt ist es raus."

„Ich fasse es nicht, Carla ist Katie und eine echte Killerin."

„Magst du mich jetzt etwa nicht mehr?"

„Aber sicher doch. Ist halt nur eine komische Situation. Einst waren wir Gegner und jetzt ein verliebtes Paar."

„So ähnlich wie Bonny und Clyde eben." „Ja, so was in der Richtung."

Paolo legte sich in seinem Stuhl gegen die Lehne zurück und schmunzelte. „Dass du es faustdick hinter den Ohren hast, habe ich ja schon bemerkt, als ich dich kennenlernte, was mich auch sehr zu dir hingezogen hat. Ich mag besonders Frauen mit kleinen Geheimnissen und deinem Selbstbewusstsein. Aber dass die Frau, mit der ich jetzt zusammenlebe und die ich sehr liebe dem alten Riccione die Birne weggepustet hat, ist einfach starker Tobak."

Carla musste lachen ob Paolos Gangsterslangs.

19

Willy hatte heute frei und stand Peter für Fahrten nicht zur Verfügung. Auf dem Bereitschaftsparkplatz stand gerade ein silberner 5er BMW und wartete auf Fahrten. Hinter dem Lenkrad saß Helen. Peter und Helen kannten sich schon viele Jahre. Sie waren einst Auslandskollegen gewesen, bis Helen bei einem Einsatz in der Ukraine durch eine Explosion ihre linke Hand verlor. Peter hatte sie damals aus dem Gefängnis in Kiew geholt und nach England zurückgebracht.

Doch Helen war es rasch zu eintönig geworden, von da an nur noch als Invalidin zu Hause zu sitzen und die knappe Staatsrente zu verleben. Sie bewarb sich nach mehreren Operationen und dem Erhalt einer künstlichen Hand bei der Fahrbereitschaft und wurde eingestellt.

„Sind Sie noch frei, junge Frau?"

„Das ‚junge Frau' hat jetzt richtig gut getan. Steigen Sie ein, junger Mann. Für Sie habe ich doch immer Zeit. Hallo, Peter, was kann ich für dich tun?"

„Hi Helen. Zuerst muss ich zur Uniklink."

„Dann mal los."

Helen startete den Sechszylinder und fädelte sich mühelos in den Verkehr ein. Nach fünfzehn Minuten rollte sie bereits auf den Parkplatz der Uniklinik.

„Wartest du hier bitte. Ich denke, in fünfzehn Minuten bin ich wieder hier."

„Dein Wort sei mir Befehl, junger Mann." Helen lächelte Peter verführerisch an.

„Dann bis später, schöne Frau." Rasch verließ Peter sein Taxi. Noch während er zum Eingang schlenderte winkte er Helen zu.

Erfreulicherweise hatte Jane heute dienstfrei, sodass Peter sich nicht in größere Gespräche mit ihr vertiefen musste, als er an der Türe zur Intensivstation klingelte. Der Pfleger, der ihm öffnete, erkundigte sich freundlich nach Peters Wünschen. Es folgte die Überprüfung durch zwei Sicherheitsbeamte, bevor Peter am Bett von Mina Platz nehmen durfte.

Die junge Iranerin lag noch genauso da wie er sie das letzte Mal gesehen hatte. Fahl wirkte ihre Gesichtshaut im Schein der Neonröhren über den Überwachungsgeräten.

„Machen Sie sich nicht allzu viele Sorgen. Sie wird schon wieder", vernahm Peter hinter sich die Stimme von Professor Dreyfuss.

„Es wäre schön, wenn es so kommt. Ich muss jetzt für ein paar Tage ins Ausland. Grüßen Sie Mina bitte von mir, wenn sie aufwacht."

„Mach ich, Mr. McCord. Viel Erfolg."

Peter verließ die Klinik auf dem gleichen Weg, wie er sie betreten hatte und auch Helen stand immer noch auf dem Parkplatz und wartete auf ihn.

„Da bist du ja schon wieder. Wohin fahren wir jetzt?"

„Zu mir natürlich."

„Liebend gern, Peter, aber ich habe noch drei Stunden Dienst."

„Dann tun wir es halt dienstlich."

Helen lachte laut los. „Hüh, meine Pferdchen, fahren wir ins Paradies."

Jetzt lachte Peter. „Magst du oben bei mir einen Kaffee trinken? Ich muss noch ein paar Sachen zusammenpacken. Viel Zeit bleibt ohnehin nicht mehr. Um 15:25 Uhr geht mein Flieger ab Heathrow."

„Kein Problem, Peter, machen wir ein Quickie."

Helen prustete vor Lachen. „Ich möchte nicht nur einen Kaffee bei dir trinken, sondern auch mal für liebe, kleine Mädchen."

„Liebe, kleine Mädchen sind doch langweilig. Die wohnen nicht bei mir. Dann ab nach oben, sonst geschieht gleich noch ein Unglück."

„Ist wirklich eine tolle Wohnung."

„Hat mir mein Vater geschenkt als Kapitalanlage."

„Die hat sicher ein Vermögen gekostet. Lebst du hier eigentlich alleine?"

„Falls ich dann überhaupt mal zu Hause bin, ja."

Peter schaltete den Kaffeeautomaten ein und ließ zwei starke Kaffee entstehen. „Ich geh mal eben meinen Kram packen."

„Ja, mach ruhig. Ich genieße noch ein wenig das tolle Panorama von London."

Peter war es gewohnt, unter Zeitdruck zu leben und deshalb machte er sich aus dem zeitlichen Stress nicht viel. Gemeinsam schlürften sie noch ihren Kaffee, bis Peter zum Aufbruch blies. Souverän lenkte Helen den 5er zur Departure Area am Flughafen Heathrow.

„Jetzt bleib bloß auf deinem Hintern sitzen und reiß mir nicht den Schlag auf, Helen. Ich mache mich sofort vom Acker. Bin ein wenig knapp mit der Zeit."

„Ach, Peter, wenn du mal ein älteres, unan-ständiges Mädchen zu Besuch haben möchtest, hier ist meine Nummer. Komm gesund und in einem Stück zurück, ja?"

Helens freches Lächeln war mit einmal aus ihrem Gesicht gewichen. Als ehemalige operative Agentin des MI6 wusste sie nur allzu genau, dass nicht jeder aus ihrer Riege lebend wieder nach Hause kam. Und wie schnell man sich eine blutige Nase holen konnte, wusste sie besser als kaum eine andere. Außerdem kannte sie Peter schon sehr lange und wenn der Alte seinen Agenten 001 ins Rennen schickte, brannte es irgendwo auf der Welt.

„Wir sehen uns, kleines, freches, älteres Mädchen." Peter grinste, während er nach seiner Reisetasche griff.

Helen formte aus einem Einmaltuch ein Papierbällchen und warf es ihm an den Kopf. „Jetzt hau ab, großer Krieger."

Peter warf die Türe des Wagens zu und lief durch das Portal des Flughafen Heathrow.

Die hübsche junge Farbige, die in der adretten Britisch Airways Uniform ihren Dienst am Sonderschalter versah, lächelte Peter an. „Guten Tag, Sir, was darf ich für Sie tun?"

Peter schmunzelte, was der jungen Frau nicht verborgen blieb.

„Hallo, Peter McCord ist mein Name. Ich möchte einchecken für meinen Flug mit BA nach Florenz um 15:25 Uhr mit Sondergepäck."

Peter zog seinen Ausweis aus der Tasche. Mit flinken Fingern gab die Mitarbeiterin der Fluggesellschaft Peters Daten in den Rechner ein. „Sie kennen das Procedere wegen des Sondergepäcks?"

„Ja, zu Genüge, danke."

„Die Maschine hat etwa fünfzehn Minuten Verspätung, Mr. McCord. Wir halten für Sie ein Getränk in der VIP-Lounge bereit. Guten Flug."

Peter bedankte sich und ging zur Sicherheits-schleuse. Dort zeigte er seinen Ausweis vor und legte eine clutchähnliche Ledertasche nebst seinem Schlüssel, seinen Gürtel und einigen weiteren persönlichen Gegenständen in den Korb auf dem Rollband.

Im Anschluss nahm er in der VIP-Lounge Platz und gönnte sich einen Orangensaft. Aus den angekündigten 15 Minuten Verspätung wurden dreißig, bis endlich die Zeichen fürs Boarding zu blinken begannen. Gemächlich schwamm Peter im Strom der Passagiere mit, die sich durch den Schlauch der Flugsteigbrücke quälten. Vor der Pilotenkanzel blieb Peter stehen und übergab dem Piloten persönlich sein besonderes Handgepäck. Er kannte diese Prozedur schon und nahm das Lederetui aus Peters Händen entgegen.

Nach zwei Stunden und fünf Minuten setzte der Airbus 320 auf dem Flugplatz von Florenz auf. Peter erhielt sein Handgepäck vom Piloten zurück. Ein wenig unter Zeitdruck bewegte er sich zum Gepäckband, wo er seine Reisetasche abholte. In der Flughafentoilette öffnete er das lederne Handgepäckstück. Die zum Vorschein kommende 9mm Pistole im Innenbundholster schob er in seinen Hosenbund. Bevor er sich zum Mietwagen-schalter aufmachte, lud er die Waffe durch und sicherte sie.

„Und warum sind die Russen hinter dir her, Katie?"

„Das ist recht schnell erzählt. Ich habe ihren KGB-Chef Boris Larnow in die ewigen Jagdgründe befördert. Dieses Drecksschwein hatte es ohnehin nicht anders verdient. Ich war eine ganze Zeit zum Schein seine Geliebte. Larnow war verheiratet. Er traf mich zumeist dann, wenn er auf Reisen war. Wenn Larnow getrunken hatte, schlug er mich und wenn ihn das nicht genug anturnte, vergewaltigte er mich jedes Mal. Es war fürchterlich."

Katie erzählte Paolo die ganze Geschichte, aus welchem Grund sie den KGB-Chef tötete.

„Wenn ich mir das alles so anhöre, hast du auch schon eine Menge hinter dir."

„Das ist wohl wahr. Nachdem ich Larnow beseitigt hatte, musste mich mein Arbeitgeber aus dem Verkehr ziehen. Die Gefahr, dass mir die Schergen des KGB mein Lebenslicht auspusten, war einfach zu groß. Wir haben dafür in der Company so eine Art Zeugenschutzprogramm, in das mich mein Chef sofort gesteckt hat. Ich bekam eine völlig neue Identität, die ich auch schon ein paar Mal gewechselt habe. Jetzt haben sie mich doch gefunden. Olga Metjedwa wird erst Ruhe geben, wenn sie mich getötet hat oder ich sie."

Ohne Hast räumten sie die Tische der Früh-
stücksgäste ab und sorgten für Ordnung.
„Wollen wir schwimmen gehen?"
„Das wäre mal eine wirklich schöne Entspannung.
Ich packe uns noch etwas zu trinken ein. Spring
du schon mal in deinen Bikini."

Noch bevor sie losfahren konnten, hielt ein VW-
Bus auf ihrem Parkplatz. Ein junger Mann von
einem Surferclub bestellte für den Abend frischen
Fisch und einige Fleischspezialitäten. „Wir sind
zwölf Personen", kündigte er an.
Paolo bedankte sich bei ihm für die Reservierung.
„Gegen 20 Uhr werden wir eintreffen."
„Alles klar, dann bis später."

Auch wenn der Atlantik gerade an der Westküste
Portugals keineswegs als Badewanne bezeichnet
werden konnte, hatten sie viel Spaß im Wasser.
Wie die Kinder tobten sie durch die mannshohen
Wellen, bis sie am Spätnachmittag müde in den
Sand fielen. Eng umschlungen lagen sie auf der
Decke unter einem Handtuch, bis ein Geräusch,
ein schrilles Summen, ihre Aufmerksamkeit
erregte.
„Hörst du das auch, Paolo?"
„Ja klar. Ich kann das Geräusch nur noch nicht
einordnen. Es könnte ein Modellflugzeug sein
oder der Hilfsmotor eines Drachenfliegers."

Beide zogen ihre Sonnenbrillen an und schauten sich um.

„Da vorn am Himmel über den Klippen. Es ist eine Drohne. Schau, sie kommt näher."

„Ja, jetzt sehe ich sie auch. Da hängt sogar eine Kamera drunter."

„Sie fliegt direkt auf uns zu, Paolo, siehst du das?"

„Ich bin ja nicht blind."

„Was sollen wir machen?"

„Nichts. Ich habe meine Waffe unter dem Kissen liegen. Ein Schuss und wir holen sie vom Himmel."

„Das ist ja alles gut und schön. Nur wenn sie nicht unseren Verfolgern gehört und wir sie vom Himmel schießen, locken wir damit die Behörden an und riskieren, enttarnt und inhaftiert zu werden. In Portugal herrscht ein sehr strenges Waffengesetz."

Ohne sich etwas anmerken zu lassen räumten sie ihr Sonnenlager zusammen.

„Lass uns gehen. Wir müssen ohnehin noch einige Dinge für das große Abendessen einkaufen."

„Dann komm, Paolo."

Katie hatte sich ihre Badetasche geschnappt, während er seinen Arm um ihre Hüfte legte. Zielstrebig liefen sie dem Aufgang zum Parkplatz entgegen, als die Drohne plötzlich direkt auf sie zuflog. Ohne reagieren zu können warfen sie sich glatt in den Sand. Ein heftiges Gelächter wurde hörbar und schon sahen Katie und Paolo die Drohnenführer. Zwei Jungs im Alter von etwa zehn Jahre hielten sich ihre Bäuche vor Lachen.

Doch sie hatten nicht mit der Spurtkraft von Paolo gerechnet, der plötzlich loslief und auf die beiden Jungs zuspurtete, die sich hinter einem Felsen versteckt hatten. Erst als er die beiden an den Kragen ihrer Polos zu packen bekam, bemerkten sie, dass sie einen gewaltigen Fehler begangen hatten. Es setzte für beide einen ordentlichen Klaps auf den Hintern. Dabei ließ er es dann aber auch bewenden. Schließlich war er selbst einmal ein Lausbub. Die beiden Jungs machten einen gewaltigen Satz, als er sie wieder losließ. Mehr als erleichtert nach dem Schrecken bestiegen Katie und Paolo den Kombi und fuhren zum Einkaufen.

Um keinen Aufstand zu verursachen hatte Peter seinen leichten, hellen Sommerblazer angezogen, der seine Waffe ausreichend verbarg. Die Sixt Leute saßen in einem klimatisierten Büro. Peter entschied sich für einen fast neuen Land Rover Evoque. Mit dem kräftigen Diesel schaffte er die Strecke bis Brama in knapp einer Stunde. Zwar hatte ihn das Navigationssystem in das gottver-gessene Kaff gelotst, jedoch ohne Hinweis darauf, dass man dort nirgends nächtigen konnte. Lediglich ein kleines Bistro, das jedoch geschlossen hatte, wies auf vergangene Gastfreundschaft des Ortes hin.

Peter wendete und fuhr zurück in Richtung Florenz, als ihm ein Schild ‚Zimmer zu vermieten' auffiel. Zwar waren seine italienischen Sprachkenntnisse arg eingeschränkt, aber für das Nötigste reichten sie aus. Er nahm den unbefestigten Weg in die Weinberge und landete nach etwa zwei Kilometern vor dem weit offen stehenden Tor eines kleinen, aber gepflegten Anwesens. Ohne anzuhalten fuhr er gleich durch das bogenförmige Tor auf den Hof.

Zwei Kinder spielten in einem extra für sie angelegten Sandkasten. Peter stieg aus dem Range Rover und schlenderte auf das Haus zu. Der kleine Junge sprang sofort auf den Wagen zu und begann ihn zu inspizieren.

„Mach bloß nichts kaputt, Roberto", vernahm Peter plötzlich eine weibliche Stimme. „Kann ich etwas für Sie tun?"

Peter drehte sich um und schaute in das hübsche Gesicht einer Norditalienerin, die ihn ebenfalls musterte.

„Mein Name ist Peter McCord. Ich suche ein Zimmer für eine Woche."

„Ich bin Maria Sienna. Sie können das Haus für die Woche haben. Kostet inklusive Handtücher, Strom und Schlussreinigung 120 Euro."

„Pro Tag?"

„Natürlich für die ganze Woche."

„Wunderbar. Ich nehme es. Kann ich bei Ihnen auch essen?"

„Sie können mit uns essen, wenn Ihnen das nichts ausmacht mit den Kindern."

„Überhaupt nicht. Was gibt es denn heute?"

Maria musste lachen. „Sie sind ja schlimmer als meine Zwerge."

Marias Lachen war einfach ansteckend. Auch Peter musste lachen. Maria gefiel ihm sofort. Ihre langen schwarzen, lockigen Haare fielen ihr bis zu ihrem Brustansatz. Riesige, feurige schwarze Augen verhießen italienisches Temperament, gepaart mit einer liebevollen Warmherzigkeit und Kinderliebe.

„Dann fragen wir den Nachwuchs, worauf er Hunger hat."

Peter nahm seine ganzen Italienischkenntnisse zusammen. „Junger Mann, ich heiße Peter, wer bist du?"

„Ich heiße Roberto."

„Ok, Roberto worauf hast du Hunger?"

„Auf Spaghetti Bolognese."

„Lecker, und du, junge Dame?"

„Auch Spaghetti Bolognese."

Das Mädchen war um einiges zurückhaltender als sein älterer Bruder.

„Signora, haben wir dafür alles im Haus?"

„Ehrlich gesagt nicht. Der Monat ist schon fast rum und wir sind ein wenig knapp in der Kasse."

„Dann fahren wir jetzt mal richtig einkaufen. Einverstanden?"

Roberto war der erste, der im Range Platz genommen hatte, allerdings hinter dem Lenkrad. Mit unterschiedlichen Geräuschen simulierte er verschiedene Fahrsituationen. Nachdem Peter und Maria die Zwerge auf der Rücksitzbank ange-schnallt hatten, nahm sie vorn neben ihm Platz. Sie war eine sehr gut aussehende Frau und trotz ihrer Armut äußerst gepflegt. Ihr leichtes, geblümtes Sommerkleid, das ihr vorher bis kurz oberhalb ihrer Knie reichte, war jetzt sehr weit hoch gerutscht. Peter empfand den Anblick keinesfalls als unangenehm und äußerte sich nicht weiter dazu.

20

Katie und Paolo hatten den Kombi bis unters Dach mit allen möglichen Lebensmitteln und Getränken vollgeladen. Nach einer halben Stunde hatten sie alles in den Schränken und Kühleinrichtungen verstaut. Paolo begann sofort mit den Vorbereitungen für das bestellte Abendessen, während Katie die Tische eindeckte. Für Bruchteile von Sekunden blendete sie plötzlich ein Lichtschein. Sie blickte gleich auf, doch konnte sie dessen Ursache nicht ermitteln.

Wenig später faltete sie aus den Papierservietten kleine Hütchen und wieder bemerkte sie diese Spiegelung, die ihr Gesicht traf. Sie hob den Kopf und schaute für einen Moment auf den ruhig dahin plätschernden Atlantik, bis sie das Boot erblickte, das in der Bucht unterhalb ihres Anwesens auf dem Wasser dahin dümpelte. Ihre Aufmerksamkeit war geweckt. Sie ließ sich nichts anmerken und verschwand im Haus. Hastig rannte sie die Treppe hoch ins Schlafzimmer und entnahm ihrem Koffer einen Feldstecher. Noch während sie die Treppe hinunter lief, entfernte sie die Hülle. Vom Küchenfenster aus konnte sie unbeobachtet die Bucht absuchen. Doch das Boot war weg.

„Was ist los?"

„Mich traf zweimal eine Spiegelung im Gesicht, während ich unsere Tische eindeckte. In der Bucht lag ein kleines Motorboot vor Anker, von wo aus vermutlich die Spiegelung ihren Ursprung nahm. Ich wollte schauen, ob ich erkennen kann, wer da unsere Tageskarte vom Meer aus betrachtet."

„Und?"

„Das Boot ist fort."

„Es ist mir immer noch schleierhaft, wie es die Mafia fertiggebracht hat, uns hier zu finden. Der KGB-Tusse haben wir keinerlei Gelegenheiten geboten uns hier aufzuspüren. Wir haben keine Spuren hinterlassen, die elektronischen Geräte waren stets ausgeschaltet und telefoniert haben wir auch nicht. Hältst du es wirklich für möglich, dass da unten deine Freundin Olga herum-schippert?"

„Ich weiß es eben nicht und deshalb wollte ich ja nachsehen. Wenn sie es ist, brauche ich nur ein gutes Snipergewehr, eine Enfield oder eines dieser russischen Modelle. Dann würde ich unser Problem auf diesem Weg lösen."

„Kriegst du das ohne Training noch hin?"

„Schießen verlernst du nie, vor allem nicht, wenn du es tagtäglich geübt hast bis dir schlecht wurde, deine Pupillen nur noch tränenüberströmt vor Anstrengung in ihren Höhlen sitzen und deine Muskulatur vor Schmerzen aufschreit. Meine Zielergebnisse auf 1000 Meter Distanz lagen zuletzt bei 95%. Wenn Olga da unten auf dem Atlantik dümpelt und ich ein entsprechendes Gewehr in die Hände bekomme, hat sie keine Chance. Es sei denn, sie hat auch so eine Waffe. Ich glaube nicht, dass sie sich mit nur 95% zufrieden gegeben hat."

Paolo nahm Katie in seine Arme.

„Irgendwann wird man uns sicher in Ruhe lassen. Aber bis dahin müssen wir uns noch so einiges einfallen lassen, um zu überleben. Hattest du denn wieder an Flucht gedacht?"

„Also wenn da unten wirklich die Medjedwa ihr Unwesen treibt, ist es schon zu spät zum Fliehen. Vielleicht sollte ich es endlich zum Showdown kommen lassen, damit erst einmal wieder Ruhe einkehrt. Es wäre durchaus möglich, dass, wenn ich Olga ausschalte, der KGB vorerst seine Bestrebungen mir nachzustellen einstellt."

„Und wenn sie dich erwischt?"

„Dann ist auch Ruhe."

„Ich möchte dich nicht verlieren, Katie."

„Ich möchte auch lieber noch ein paar Jährchen gemeinsam mit dir verbringen."

Paolo nahm Katies Kopf in beide Hände und küsste sie. Doch die Zeit für Zärtlichkeiten war schnell vorüber. Die Surfertruppe traf ein und neben der Tatsache, dass Surfen hungrig macht, verspürten die Jungs und Mädels einen gewaltigen Durst. Bis Mitternacht hatten Katie und Paolo alle Hände voll zu tun, ihre Gäste ordentlich zu bewirten. Gegen ein Uhr in der Nacht verzog sich dann aber auch noch das letzte Pärchen. Als kein Auto mehr auf dem Parkplatz stand, räumten sie die Tische ab und schalteten die Außenbeleuchtung aus.

Einen großen Teil des Abwaschs nahm ihnen die Spülmaschine ab. Doch Töpfe und Kessel spülte Paolo lieber von Hand. Katie trocknete alle die gespülten Teile ab, die nicht mehr in den Spüler passten, als ein roter Punkt an der Decke entlang tanzte. Noch bevor Paolo bemerkte, was geschehen war, splitterte Glas.

„Runter", schrie Katie und warf sich auf den Boden. „Irgendjemand schießt mit einem Gewehr mit einer Laserpointerzieleinrichtung auf uns."

Sie zog ihre Pistole unter dem Tresen hervor, obwohl sie ganz genau wusste, dass sie mit ihrer Waffe gegen ein solide eingeschossenes Snipergewehr nicht den Hauch einer Chance besaßen. Auch Paolo hatte jetzt seine Pistole in der Hand.

„Aber Olga ist das nicht. Hätte sie geschossen, lägen wir jetzt schon flach und tot auf dem Steinboden."

„Aber wer kann es sonst sein?"

„Vielleicht deine Mafiafreunde?"

„Ach, Katie, das glaube ich nicht. Die Jungs von der Mafia schneiden dir eher die Kehle durch oder schütten dir Gift in ein Glas, aber Präzisionsschießen ist nicht so ihr Ding. Warten wir es ab."

Wieder schlug ein Projektil in der Decke ein.

„Der Schütze muss verdammt weit weg in Stellung liegen. Man hört keinen einzigen Laut."

Nur der Punkt wanderte weiter an der Decke entlang und suchte nach Zielen.

Plötzlich wurde es still. Totenstill. Kein Laut drang mehr nach innen. Selbst das immerwährende Rauschen des Atlantiks, das durch die sonst geöffnete Türe hereindrang, war nicht mehr zu vernehmen.

„Schauen wir draußen nach?"

„Besser nicht, Paolo", flüsterte Katie. „Das wollen unsere Freunde, egal welche, doch nur, dass wir herauskommen und sie uns wie die Hasen abknallen können. Lass uns hier bleiben. Wir suchen uns gute Schusspositionen, wenn sie hier eindringen wollen."

Katie versteckte sich hinter der linken Tresenseite, während Paolo die rechte Seite in Beschlag nahm. Eine gute Stunde verharrten sie so in ihren Positionen und nichts geschah.

„Ich bin müde. Sie scheinen sich verzogen zu haben. Wollen wir schlafen gehen?"

„Meinst du denn, dass du schlafen kannst, Katie?"

„Ich bin so müde. Ich schlafe ja hier schon ein."

„Ok, dann lass uns die Bude einbruchsicher machen."

Paolo öffnete vorsichtig nacheinander die Fenster ohne ein leichtes Ziel abzugeben und zog die Läden zu. Katie sicherte derweil die Türe. Sie verteilte noch ein paar selbstgemachte Lärm-macher, die aus Gläsern, Pfannen und Bestecken bestanden, bevor sie nach oben gingen. Nach kurzer Katzenwäsche schliefen beide sofort ein.

Peter hatte den Range Rover bis zum Dach mit Lebensmitteln vollgepackt. Seine kleinen Mit-fahrer auf der Rücksitzbank schlürften ein Eis. Für die beiden war das Fahren in einem so tollen Auto ein echtes Highlight. Dass Peter den beiden Sprösslingen von Maria noch einen kleinen Teddy geschenkt hatte, fand anfangs überhaupt nicht Mamas Zustimmung. Doch den traurig drein-schauenden Augen der Kinder wie auch denen von Peter konnte Maria dann doch nicht widerstehen. Auch Maria schleckte glücklich ein Eis, während Peter den SUV zurück nach Brama lenkte.

Die Zeit, die Maria benötigte die Spaghetti Bolognese herzurichten, nutzte Peter um mit den Kindern im Garten zu spielen, wobei er kein Auge von der Zufahrt ließ. Wenn die Metjedwa in der Nähe war, würde sie auch vor seiner Person ganz sicher nicht haltmachen und versuchen ihn zu eliminieren. Doch es blieb ruhig. Er steckte seine Waffe in die Blazertasche und hing diesen griff-bereit an die Garderobe.

Die Spaghetti schmeckten allen vorzüglich und nachdem sie die lieben Kleinen von den Resten der Tomatensauce in ihren Gesichtern wie auf ihren Hemdchen befreit hatten, verschwanden diese ohne zu murren in ihren Betten. Peter erzählte ihnen noch in seinem eher holprigen Italienisch eine kurze Geschichte, bis sie eingeschlafen waren.

Als er zurück in die Küche kam, spülte Maria gerade ab. Peter nahm sich ein Handtuch und half ihr dabei.

„Sind Sie geschäftlich hier unterwegs?"

„So was in der Art. Ich bin auf der Suche nach dieser Frau."

Maria warf ein Blick auf das Foto, das er ihr zeigte. Maria erschrak. Sofort verstummte sie und riss ihre Augen weit auf. „Kenn ich nicht. Tut mir leid."

Doch Peter war ein hervorragend geschulter Agent, der die Körpersprache seines Gegenübers gleich einzuschätzen wusste. „Warum sagen Sie nicht die Wahrheit, Maria?"

„Weil ich große Angst habe, dass sie getötet wird, wenn ich etwas sage."

„Das heißt jetzt, es hat sich schon einmal jemand nach ihr erkundigt?"

Maria sah Peter schweigend an. Sie schien zu überlegen, ob sie ihm vertrauen konnte.

„Maria, ich will Ihnen reinen Wein einschenken: Ich bin britischer Staatsbeamter und soll die Frau zurück nach England bringen, damit man sie dort schützen kann."

„Wieso ist Carla denn in Gefahr?" Maria hatte sich mit ihrer spontanen Frage verplappert.

„Carla, die eigentlich Katie heißt, ist auch britische Staatsangehörige. Sie hat für das gleiche Amt wie ich gearbeitet und wurde zum Ende ihrer Karriere in ein Schutzprogramm gesteckt. Mehr darf ich Ihnen dazu nicht sagen. Wir wissen, dass sie verfolgt wird und wollen sie beschützen und in England erneut untertauchen lassen."

Maria machte immer noch keine Anstalten ihm zu glauben.

„Ich weiß nicht, wie ich Sie sonst noch überzeugen kann, Maria. Wer hat Sie hier aufgesucht und nach Katie ausgefragt? Eine überaus sportliche, junge Frau mit blonden kurzen Haaren und ein Mann, der sich Iwan nennt?"

Maria nickte nur. Dann brachen bei ihr alle Dämme. Schluchzend warf sie sich Peter in die Arme.

„Diese Frau war so grausam. Sie wollte Roberto Säure in die Augen spritzen, wenn ich ihr nichts über Carla erzähle. Dann hat sie mir das Zeug auf die Haut meiner Brüste gespritzt. Es hat furchtbar wehgetan. Ich habe ihr dann gesagt, dass Carla im Ort bei Salvatore wohnt. Es war so furchtbar.

Wenig später traf Carla wieder hier ein. In Wahrheit wohnte sie in dem kleinen Häuschen, in dem Sie jetzt nächtigen.

Als ich ihr berichtet habe, was geschehen war, ist sie am nächsten Tag mit Salvatore, dem Bistrobesitzer, verschwunden. Carla war für mich eine Freundin, eine Ersatzmutter und eine Oma für meine Kinder. Mein Mann war Kampfpilot bei der italienischen Luftwaffe und ist irgendwann von einem Einsatz nicht mehr zurückgekehrt. Wir haben nur eine kleine Hinterbliebenenrente, von der wir kaum leben können. Deshalb war ich heilfroh, dass Carla bei uns wohnte und hin und wieder auf die Kleinen aufpassen konnte, wenn ich mal einen Termin hatte. Sie fehlt mir sehr."

„Das kann ich gut verstehen."

Langsam löste sich Maria aus Peters Armen. „Entschuldigen Sie bitte. Ich weiß jetzt nicht, was Sie von mir denken."

„Nur weil Sie mal einen starken Arm benötigten, muss ich doch nichts Schlechtes von Ihnen denken. Ich bin froh, dass Sie mir das alles erzählt haben. Die blonde Frau, die übrigens Olga heißt, ist sehr gefährlich und skrupellos. Wenn Katie ihr in die Hände fällt, könnte es überaus unangenehm für sie werden. Ich werde alles daransetzen, sie zu finden und versuchen sie zu beschützen. Wissen Sie was: Sagen Sie doch einfach Peter zu mir."

„Gern. Ich heiße Maria."

21

„Wie hast du geschlafen, Paolo?"

„Na ja, so lala. Zweimal in der Nacht bin ich wach geworden und aufgestanden, weil ich Geräusche gehört hatte. Einmal klapperte unser Badezimmerfenster und ein anderes Mal war es der Wind, der ums Haus pfiff. Ich geh jetzt mal runter und mache Frühstück."

„Aber nicht bevor ich einen Kuss von dir bekommen habe. Außerdem stehe ich auch auf. Ich möchte mich ein wenig umschauen."

Während Paolo sich im Bad erleichterte, lief Katie die Treppe hinunter. Sie öffnete die Läden und die Terrassentüre. Dort fand sie einen Karton auf der Fußmatte, der sofort ihre ganze Aufmerksamkeit auf sich zog.

„Kommst du bitte mal, Paolo. Schau dir mal diesen Karton an."

„Warte, nicht aufmachen, ich hole einen großen Löffel aus der Küche."

Vorsichtig öffnete er den Deckel. Katie, die näher an der Pappkiste stand, wand sich plötzlich angeekelt ab.

„Da liegt eine tote Ratte drin. Schau es dir an."

„Dann wissen wir ja endlich, wer sich da für uns interessiert. Es ist die Mafia. Die liefern immer eine tote Ratte als Warnung. Da hängt ein Brief an der Seite."

Paolo nahm den mit Klebestreifen am Karton befestigten Brief ab und las: „Hallo Katie, hallo Paolo, ich habe beschlossen, mit euch Frieden zu schließen. Wenn ihr morgen um Punkt 10 Uhr unbewaffnet auf eurer Terrasse sitzt, wird euch nichts geschehen. Ich möchte nur mit euch reden und die Waffen für immer niederlegen. Ich werde euch verzeihen, dass ihr den Don getötet habt. Allerdings habe ich auch einen Auftrag für euch. Wenn ihr den erfüllt ist eure Schuld gesühnt. Wir sehen uns morgen um 10 Uhr. Übrigens: Wenn ihr nicht zum Treffen erscheint, seid ihr eine Stunde später Geschichte. Niko."

„Er will etwas von uns, was er mit seinen Leuten alleine nicht bewerkstelligt bekommt. Ein echter Mafioso gibt sich erst dann zufrieden, wenn der Mord an einem nahen Verwandten durch den Tod des Mörders gesühnt wurde. Daran hat sich bis heute garantiert nichts geändert. Entweder möchte er sich bei irgendeiner Sache nicht selbst die Finger schmutzig machen oder er lügt einfach nur, um uns umlegen zu können."
„Schöne Aussichten. Und was machen wir jetzt?"
„In Ruhe frühstücken. Dann muss ich nachdenken und später eine Entscheidung treffen."

„Wieso nur du?"

„Weil mir die Gepflogenheiten der Familie bestens bekannt sind."

Auch wenn Paolo eben völlig locker über die tödliche Gefahr gesprochen hatte, die über ihnen kreiste, schien ihn die Vorgehensweise doch sehr zu beschäftigen. Erst nach dem Verzehr eines zweiten Bechers Kaffee, zweier Brötchen und einem Ei sprach er wieder.

„Um hier einen Krieg vom Zaun zu brechen, fehlen uns die Leute und entsprechende Waffen. Niko wird ganz sicher mit seiner ganzen Leibgarde hier aufkreuzen, wenn er mit uns reden möchte. Ich kriege zwar von meinem Freund auch ein, zwei automatische Waffen. Aber selbst damit sind wir der Truppe um Niko vollends unterlegen. Mit ihm hier zu sitzen und freundlich Kaffee zu trinken, um mich hinterher dann doch von ihm umlegen zu lassen, dazu fehlt mir auch die Lust. Hast du keine Idee?"

„Was schätzt du, mit wie vielen Leuten er hier aufschlagen wird?"

„Zehn Leibwächter wird er sicher mitbringen."

„Mit zwei sauber funktionierenden Maschinenpistolen könnten wir versuchen, hier reinen Tisch zu machen."

„Katie, das gibt ein Blutbad und morgen steht in allen Zeitungen, was hier los war. Verschwinden müssten wir dann auf jeden Fall. Sollten wir nicht doch besser alles zusammen packen und abhauen?"

„Schon wieder flüchten? Ich möchte, dass wir endlich mal ankommen. Außerdem wird Niko ganz sicher Späher in der Gegend verteilt haben, die uns überwachen."

„Ich möchte auch, dass unsere Flucht endlich zu Ende geht, Katie, aber der Moment erscheint mir noch verfrüht. Niko ist ohnehin nicht zu trauen. Er will etwas von uns, und wenn er das seinen Leuten nicht zutraut, hat der Auftrag einen gewaltigen Haken. Eventuell will er sich genau wie sein Vater auch schmutzige Bomben besorgen und sich dabei seine Hände nicht dreckig machen."

Katie schaute ihn besorgt an. „Ich habe da eine Idee."

„Na, da bin ich jetzt aber mal gespannt."

„Kannst du dir über deinen Freund einen Koffer Christal Meth besorgen?"

„Wie bitte?"

„Ja, du hast schon richtig verstanden. Wir benötigen einen kleinen Beutel bunter Meth Tabletten und füllen weitere Beutel mit Schokolinsen auf."

„Ehh, Katie, Niko ist Profi, der kennt sich mit Drogen ganz sicher sehr gut aus."

„Lass mich doch einfach mal weiter ausführen. Wir bereiten einen Handkoffer, gefüllt mit Beuteln Christal Meth Tabletten und Schokolinsen vor, den wir hier auf den Tisch stellen.

Wir nutzen deine neu gewonnenen Kontakte zur Polizei und erzählen, dass wir uns hier eine neue Existenz aufbauen wollen und die Mafia versucht, unser kleines Restaurant für ihre Drogengeschäfte zu missbrauchen. Für morgen hätte der Chef des Clans seinen Besuch angekündigt, um die erste Lieferung an uns zu übergeben, damit wir die Verteilung übernehmen. Wenn wir uns weigern, würden wir umgebracht."

„Katie, glaubst du wirklich, die Bullen nehmen uns das ab?"

„Hast du eine bessere Idee? Wenn die den Koffer mitnehmen und sogar noch feststellen, dass Niko seine Geschäftspartner mit Schokolinsen betrügen möchte, haben wir vorläufig Ruhe vor ihm selbst. Natürlich wird er uns immer wieder Leute schicken, die uns umlegen sollen, aber mit denen werden wir dann schon fertig."

„Eine überaus gewagte Aktion. Wenn die daneben geht, sind wir erledigt."

„Und wenn uns Nikos Angebot nicht zusagt, sind wir ebenso Geschichte."

„Ok, Katie, versuchen wir es. Dafür muss ich jetzt ein paar Telefonate führen."

Peter hatte es sich in dem kleinen Häuschen, in dem zuvor Katie gewohnt hatte, so weit wie möglich gemütlich gemacht. Ein wenig lag noch der Duft eines herben Parfüms in der Luft, wie er ihn Katie Burton zutraute.

Die Hitze des Tages verzog sich langsam durch die Fenster in der oberen Etage. Der Durchzug, den der Wind in den kleinen Räumen erzeugte, sorgte für eine leichte Gänsehaut. Peter schaute aus dem Fenster. Maria tat es ihm gleich. Sie stand im Haus gegenüber und winkte ihm zu. Peter winkte zurück. Schon bald legte er sich ins Bett. Er musste jetzt scharf nachdenken, wie er die Spur von Katie aufnehmen konnte, ohne viel Aufsehen zu erregen.

Doch eine wirklich gute Idee fand keinen Einzug in seine Gedanken. Gegen sieben Uhr am nächsten Morgen erwachte er und verschwand im Bad. Nach einer kurzen, anfänglichen Auseinandersetzung mit der betagten Therme duschte er. Gerade als er die Stiege herunter lief, klopfte es an der Haustüre. Da Olga ganz sicher nicht offiziell bei ihm um Einlass bitten würde, öffnete er spontan die Tür, ohne besondere Sicherheitsmaßnahmen anzuwenden. Vor ihm stand die kleine Michaela mit einem selbst gepflückten Blumenstrauß.

„Hallo, Peter, ich habe dir einen Strauß Blumen gepflückt. Mama schickt mich, um dich zum

Frühstück abzuholen. Es gibt Kaffee, Ei, Wurst und Brot."

„Guten Morgen, Michaela. Dann lass uns erst einmal die Blumen in eine Vase stellen. Danach gehen wir bei Mama frühstücken."

Die Kleine kannte sich im Haus bestens aus und fand gleich eine passende Vase. Peter füllte Wasser hinein und stellte sie auf den Küchentisch. Plötzlich spürte er eine kleine Hand in seiner rechten. „Komm jetzt, sonst wird noch der Kaffee kalt."
Irgendwie fühlte sich das hier alles wie Familienleben pur an. Genauso, wie er es sich immer wünschte. Doch deshalb war er nicht hier. Er hatte einen knallharten Auftrag erhalten und den galt es jetzt zu erfüllen. „Reiß dich zusammen, McCord", flüsterte er.

Maria sah heute Morgen phantastisch aus. Sie trug ein langes, leicht transparentes Kleid. Ihre schwarzen Haare waren frisch gewaschen und glänzten. Als er die Küche mit der kleinen Michaela an der Hand betrat, strahlte Maria ihn an. Barfuss tänzelte sie auf ihn zu. Sie griff nach seinem Kopf und küsste rechts und links seine Wangen. Peter war ein wenig irritiert, weil er sie doch eigentlich überhaupt nicht kannte. Ihm schwante allerdings schon Fürchterliches.

„Ich bringe Michaela gleich zur Schule und Roberto in den Kindergarten. Ich habe heute frei. Wollen wir schwimmen gehen?"

„Ein wirklich verlockendes Angebot, Maria, aber ich habe einen Auftrag zu erledigen und wie du weißt, ist dieser nicht ganz ungefährlich. Ich muss mich nachher an die Fersen von Carla oder besser Katie hängen, um sie schnellstens zu finden. Ihr Leben ist in Gefahr."

„Du hast ja recht. Ich habe ein wenig geträumt. Aber dieser Traum geht wohl nicht in Erfüllung."

Peter blieb stumm. Nachdem sie abgeräumt hatten, brachte Maria die Kinder weg, während er in den Ort fuhr. Das Bistro von Salvatore fand er sofort. Es war nicht nur der einzige Restaurationsbetrieb in diesem Kaff, sondern auch mitten im Ort am kleinen Marktplatz angesiedelt. Er stellte den Wagen etwas abseits ab. Gemächlich schlenderte er dem Eingang des Bistros entgegen. Wie nicht anders zu erwarten war der Betrieb geschlossen. Ohne Aufsehen zu erregen suchte er den Hintereingang auf. Da niemand auf der Straße zu sehen war, zog er ein winziges Spezialwerkzeug aus der Tasche und verschaffte sich damit Zutritt zu den hinteren Räumlichkeiten.

Er vernahm sofort den gleichen Duft wie er auch durch sein Häuschen waberte. Katie musste also hier gewesen sein. Ohne Zeit zu verlieren schaute er sich um, ob eventuell ein Hinweis auf das Ziel ihrer Flucht zu finden war, doch alle Papierkörbe waren geleert und nirgends lagen Unterlagen wie Reiseführer oder Rechnungen für Flugtickets herum. Eigentlich hatte er nichts anderes erwartet. Schließlich war Katie einstmals Englands Agentin Nummer eins.

Aber ihr Partner, dieser Salvatore, hatte ganz sicher nicht eine solche Ausbildung genossen. So suchte Peter weiter. Neben dem Hauseingang fand er eine Mülltonne und wurde fündig. In einem der Müllbeutel stieß er auf die Reste einer zerrissenen und nicht völlig verbrannten Straßen- karte des Mittelmeerraumes bis hin zum Atlantik. Er steckte sich alle noch brauchbaren Fetzen in seine Sakkotasche.

Da er sonst nichts fand, lief er weiter, bis er zum Eingang einer Art Schuppen gelangte. Vorsichtig drückte er die stark knarrende Türe auf und trat hinein. Sofort fiel ihm auf, dass der Boden rechts neben dem Tisch mit Sägespänen bedeckt war. Peter ging in die Knie und wischte mit einem herumliegenden Handfeger über die Sägerück- stände.

Plötzlich fand er eine Stelle, die blutig rot verfärbt war. Sofort wurde ihm klar, dass hier keine vergnügliche Kaffeerunde stattgefunden hatte. Hatten sich hier Katie und Salvatore einige Verfolger vom Hals geschaffen? Was noch zu beweisen wäre, doch dafür blieb jetzt keine Zeit. Er musste nachschauen, ob die gefundenen Papierfetzen zu reden bereit waren.

Da die Straße menschenleer war, konnte er keinen Bewohner nach dem Verbleib von Katie und diesem Salvatore befragen. So fuhr er zurück zu seinem Domizil. Marias Wagen stand nicht im Hof. Peter verschwand sofort in der Küche, wo er die Kartenreste auf dem Tisch verteilte. Jetzt hieß es puzzeln. Er nahm sich eine Flasche Mineral-wasser, die er fast zur Hälfte austrank. Dann holte er seine Lupe aus dem Koffer und überprüfte die Papierstückchen.

Rasch stellte er fest, dass Katies Flucht ziemlich überstürzt erfolgt sein musste. Zwar hatten sie die Bleistiftlinien solide wegradiert, doch Peter war Pedant. Es dauerte nicht lange und er fand eine zusammenhängende Linie. Die Fahrtroute so zu skizzieren war ganz sicher nicht Katies Hirn entsprungen. Eine Topagentin hinterließ niemals so grobfahrlässig ihre Spuren. Die Fahrtroute sollte an der Cote d´Azur vorbeiführen, wenn Katie nicht eine falsche Fährte gelegt hatte. Aber so wie Peter die Situation einschätzte, blieb ihnen dafür viel zu wenig Zeit. Er versuchte, die Linie weiter zu verfolgen, doch hinter Barcelona verlor sie sich ganz.

Zu guter Letzt zerbröselte er einen Bleistift. Er zerrieb die Mine zu Pulver. Ganz vorsichtig verteilte er das Grafit auf der stark verkohlten Karte, bis er noch einen kleinen Strich in der Nähe von Huelva fand. Von diesem Abschnitt an war die Karte völlig schwarz verkohlt. Peter lehnte sich zurück. Er versuchte sich in die Gedanken seiner ehemaligen Kollegin hineinzuversetzen.

Aber sie war ja auch nicht alleine. Über seine gesicherte Verbindung nahm er Kontakt zur Zentrale auf.

„Hallo Bella, Peter hier. Versuch bitte für mich etwas über einen Mann namens Salvatore Capristi, der sich in Brama nähe Florenz aufgehalten hat, herauszubekommen."

Plötzlich vernahm er ein Geräusch, wie es Autoreifen erzeugen, die über Schotter rollen. Er schaute aus dem Fenster. Maria parkte vor ihrem Haus ein. Sie hatte ein wenig eingekauft und trug die Tüten ins Haus.

22

„Und was sagt dein Kontaktmann?"
„Wir bekommen ein Kilo bunte Christal Meth Tabletten, die aussehen wie Schokolinsen."
„Und was hast du ihm erzählt?"

„Das die Mafia versucht, sich hier breit zu machen und wir die ganze Bande hinter Gitter bringen wollen. Natürlich habe ich ihm auch erzählt, dass Niko uns umlegen will. Ich kann von ihm ein paar tschechische Kleinmaschinenpistolen bekommen. Aber hier ein Blutbad anzurichten wäre absoluter Irrsinn. Wir müssten dann, falls wir das Gemetzel überleben, sofort hier verschwinden."

„Stimmt, Paolo, dann lass uns zur Polizei nach Lagos fahren. Wann bekommen wir den Beutel mit dem Meth?"

„Heute Nachmittag bringt uns ein Bote das Zeug, getarnt als Geflügellieferung. Kostet mich 1.000 Euro."

„Ich gebe dir die Hälfte dazu."

„Unsinn, brauchst du nicht. Ich habe Geld genug."

Rasch zogen sich Katie und Paolo um. Katie steckte sich die Haare hoch, um noch harmloser und bodenständiger zu erscheinen. Eine gute Stunde später betraten sie zusammen das Gebäude der Polizeibehörde in Lagos, die für den ganzen Bezirk zuständig war. Um ihre Spuren für Nikos Späher zu verwischen, fuhr Paolo auf dem Weg zur Polizei einige Umwege. Dort angekommen fragte er gleich nach Capitano Pescada.

Nur Minuten später erschien der kleine, rundliche Chef der Polizeibehörde.

„Ah, Senhor Capristi mit bezaubernder Beglei-
tung. Kommen Sie doch herein. Sie wollen sicher
das Protokoll unterzeichnen. Sehr nett von Ihnen,
dass Sie sich deshalb extra hierher bemühen.
Nehmen Sie doch bitte Platz. Kaffee?"
Paolo und Katie nickten zustimmend. Sofort
wurden zwei Becher Kaffee sowie Zucker und
Milch serviert.
„Hier ist das Protokoll. Wünschen Sie einen
Dolmetscher?"
„Aber nicht doch. Ich habe vollstes Vertrauen zur
portugiesischen Polizei. Wir haben aber ein
anderes, gravierendes Problem, Capitano. Bei uns
hat sich die italienische Mafia gemeldet. Wenn wir
das kleine Restaurant auf der Klippe übernehmen
wollen, sollen wir für den Riccione Klan als
Drogenkuriere tätig werden. Machen wir das
nicht, wird das Restaurant angesteckt und wir
beide hingerichtet. Letzte Nacht wurden wir
bereits mehrfach beschossen. Wir hatten Todes-
angst, Capitano.
Morgen früh um 10 Uhr wollen sie bei uns im
Restaurant vorbeikommen. Wenn wir uns
weigern, werden wir getötet. Wir haben sogar
schon eine tote Ratte als Warnung erhalten. Wir
haben einige Umwege in Kauf genommen, um
unbemerkt hierher zu kommen. Wir sind ganz
sicher, dass wir beobachtet werden."

„Das ist ja unglaublich und verdammt gefährlich. Das Übersenden einer toten Ratte ist ein probates Mittel, um Menschen einzuschüchtern. Ich muss die Aktion mit Capitano Herera von der Guardia Civil besprechen. Gehen Sie etwas essen und kommen Sie in einer Stunde wieder hierher. Dann kann ich Ihnen mehr zum Einsatz sagen."

Katie und Paolo liefen Hand in Hand in die Innenstadt von Lagos. Schon sehr bald fanden sie ein kleines Restaurant, das auf der Außenterrasse frisch gegrillten Fisch anbot. Ihr Mittagessen schmeckte hervorragend. Zum Dessert nahmen sie noch zwei Espressi. Sie bummelten noch an ein paar Shops vorbei, bis sie wieder durch den Hintereingang die Polizeiwache betraten.
Capitano Pescada rief Katie und Paolo gleich zu sich. „Ich hole noch gerade meinen Kollegen dazu."
„Denk dran, hier sind wir immer noch Carla und Salvatore."
„Ja, ich weiß Bescheid, Salvatore."
Ein Grinsen flog über sein Gesicht.
„Darf ich Ihnen meinen Kollegen Capitano Herera von der Guardia Civil vorstellen. Er hat bereits einen groben Plan ausgearbeitet, den er gleich noch mit seinen Einsatzkräften besprechen wird."

Vor Capitano Herera hatte ein jeder Respekt ob seiner Größe und seines Auftretens. Hereras Haut war tiefschwarz und seine buschigen Augenbrauen verliehen ihm ein ziemlich grimmiges Aussehen.

„Guten Tag, Senhora Vendito, Senhor Capristi. Ich habe mir den Lageplan des Anwesens im Internet angeschaut. Wir werden in der Nacht rund um das Gebäude mit zwei Einsatzzügen unbemerkt Stellung beziehen.

Wenn Riccione eintrifft, schnappen wir ihn uns sofort ohne jede Vorwarnung. Sie erhalten von uns zwei schusssichere Westen, die Sie bitte morgen unter Ihrer Kleidung tragen. Mehr können wir für Ihre Sicherheit leider nicht tun. Wir platzieren ausreichend Scharfschützen für den unwahrscheinlichen Fall, dass Riccione uns entkommen sollte."

„Wird das gut gehen, Capitano? Ich habe fürchterliche Angst."

„Natürlich gibt es bei so einem Einsatz keine hundertprozentige Sicherheit. Aber wir werden Ihr Risiko soweit es uns möglich ist gegen null minimieren. Diese Nacht können Sie ruhig schlafen. Wir schützen Sie."

„Ob das wohl klappt, Paolo?"

„Haben wir uns das vorher gefragt, ob es gut gehen wird? Riccione ist ja nur eines unserer

Probleme. Deine Freundin Olga wird uns sicher auch bald finden."

„Was für ruhige Zeiten, nicht wahr?"

Paolo lachte laut. „Jetzt fahren wir als nächstes in den Continente Supermarkt und kaufen Schokolinsen und kleine Plastiktüten."

Am frühen Nachmittag trafen sie wieder zu Hause ein. Wenig später radelte ein Junge herbei, der ein Päckchen unter seinem Arm trug. „Ein Paket für Salvatore Capristi."

Paolo reagierte ein wenig später, weil er langsam mit den Vornamen durcheinanderkam. Er bedankte sich und gab dem Jungen ein Trinkgeld sowie ein verschlossenes Kuvert. Katie saß bereits im Wohnzimmer und füllte immer 10 Christal Meth Tabletten und 10 Schokolinsen in einen kleinen Beutel, den sie anschließend in eine Aktentasche verpackte. Sie arbeitete ausschließlich mit Handschuhen, damit man hinterher keine Fingerandrücke finden würde. Paolo half ihr noch, bis der Koffer bis zum Rand gefüllt war.

Am frühen Abend herrschte wieder Business as usual im kleinen Restaurant. Bis auf vier freie Plätze bevölkerten eine Menge Gäste ihre Terrasse. Sie hatten alle Hände voll zu tun. Kurz vor Mitternacht räumten sie gemeinsam ab und sorgten wieder für Ordnung.

„Morgen müssen wir einkaufen, Katie."

„Wenn es ein Morgen für uns gibt, von mir aus gerne."

„Jetzt sei mal nicht so pessimistisch."

Peter schaute Maria nach. Sie gefiel ihm und die Art, wie sie ihr Schicksal meisterte nach dem Tod ihres Mannes mit der nur kleinen Rente imponierte ihm. Sie wäre sicher eine Frau, mit der man Pferde stehlen könnte. Sein Smartphone riss ihn aus seinen Gedanken.

„Bella hier, hallo Peter. Salvatore Capristi ist Italiener und heißt mit richtigem Namen Paolo Ceveci. Mit seinem Vorstrafenregister könnte man, wenn es ausgedruckt wäre, sicher eine 80 qm-Wohnung tapezieren. Er war für die Mafia tätig. Zum Schluss als Leibwächter für den alten Don Riccione, bis Katie Burton seinem Boss das Lebenslicht ausgeblasen hat. Von dem Tag an ist er bei Niko Riccione in Ungnade gefallen und auf der Flucht. Aber nicht nur, weil er zum Zeitpunkt des Mordes an seinem Boss auf dem Klo saß, sondern auch weil er sich selbst zwei Millionen Dollar als Abfindung genehmigte und mitgehen ließ, als er verschwand. Jetzt ist Niko Riccione hinter ihm her. Ceveci gilt als ruhiger Mann, der nicht unbedingt ein gewaltbereiter Mensch ist."

„Super, Bella, vielen Dank für deine Auskünfte."

„Für dich jederzeit, Peter, und wenn du mal

wieder im Lande bist, könntest du mich mal zum Essen einladen."

„Du weißt doch, dass ich auf Diät bin, Süße." Lachend brachen beide das Gespräch ab.

Maria hatte sich aus ihrem Kleid geschält und einen ziemlich knappen Bikini angezogen. Er konnte sich des Eindrucks nicht erwehren, dass sie auf ihn stand und ihm so ihre Bereitschaft auf mehr signalisieren wollte. Nun, sie gefiel ihm ja auch. Am Windzug in seinem Rücken bemerkte er, dass sich neben ihm noch jemand anderes im Haus aufhielt.

„Dir gefällt die Kleine, nicht wahr? Sie hat hübsche Brüste, die ich ihr ein wenig mit der Salzsäure behandeln musste, weil sie nicht reden wollte. Hallo Peter."

Die säuselnde Stimme mit dem russischen Akzent erkannte Peter sofort. „Ich grüße dich, Olga. Was verschafft mir die Ehre des Besuchs der Nummer eins des KGBs? Komm, setz dich zu mir. Magst du ein Glas Wasser?"

Olga bewegte sich wie eine Katze zu Peter an den Tisch und setzte sich breitbeinig, die Arme auf die Rückenlehne gestützt, ihm gegenüber. Peter stand auf und holte eine neue Flasche Wasser aus dem Kühlschrank. Dem Geschirrschrank entnahm er zwei Gläser und setzte sich wieder zurück an den Tisch.

Obwohl er den Typ Frau, den Olga verkörperte, nicht sonderlich schätzte, wirkte sie keineswegs unattraktiv. Olga besaß schmale Schultern, kleine feste Brüste und eine Taille, die er sicher fast mit seinen beiden Händen umfassen konnte. Sie wirkte im ersten Moment eher zerbrechlich. Doch Olga bestand nur aus Muskeln und Sehnen. Ihre blonden, kurzen Haare mit dem Pony, unter dem ihn zwei strahlendblaue, eiskalte Augen ansahen, verliehen ihr in etwa das unnahbare Aussehen eines Models. Ihr blieb nicht verborgen, dass Peter sie musterte.

„Was schaust du, Peter? Möchtest du mich einmal in dein Bett einladen?"

„Eine ganz sicher reizvolle Erfahrung für mich, mit der russischen Nummer eins Agentin zu schlafen und einen neuen Helden zu zeugen."

„Schlafen hört sich so langweilig an, Peter, so sanft und zart. Ich mag es nur ganz hart, Kollege und am liebsten mit einem zweiten Kerl dabei. Alles andere langweilt mich."

„Gut, dann bitten wir Iwan hinzu."

„Iwan ist schwul und hasst Mädchen."

„Tja, Olga dann wohl doch eine Kuschelnummer."

Die Nummer eins des russischen Auslandsgeheimdienstes schien nachzudenken. Doch bevor sie ihm jetzt ein eindeutig zweideutiges Angebot machte, übernahm Peter wieder die Redeführung.

„Was verschafft mir die Ehre deines Besuchs, Olga?"

„Wir suchen eine gemeinsame Freundin."

„Da ich viele Freundinnen habe, weiß ich nicht, wen du gerade meinst, Olga?"

„Mir ist bekannt, dass du ein alter Herzensbrecher bist, Peter, und je länger ich darüber nachdenke, bekomme ich schon Lust, es dir mal so richtig zu geben, großer Kollege." Olga erhob sich langsam. „Lass es uns jetzt und hier machen, Peter."

„Damit du nachher vollkommen erschöpft daliegst und mir einen Heiratsantrag machst?" Er hatte sie an einem wunden Punkt gepackt.

„Ich erschöpft daliegen? Du wirst um Gnade flehen, wenn ich dich zwischen meinen Schenkeln liegen habe."

Olga zog ihre Augen zu Schlitzen zusammen. „Wenn wir die Kleine geschnappt haben, lade ich dich erst zum Essen und hinterher in mein Bett ein. Ich werde dir mit meinen Schenkeln die Luft abdrücken, Peter."

„Und nach wem suchst du nun gerade, Olga?"

„Stell dich nicht so dumm, Peter. Wir suchen beide Katie Burton."

„Und was willst du von ihr?"

„Na, sie ausschalten. Immerhin hat sie unseren großen Boss getötet."

„Das ist doch längst verjährt, Olga."

„Mord verjährt nie, Peter und bei uns kommt hinzu, dass wir nicht vergessen können. Also, was weißt du über ihren Verbleib, Cowboy?"

„Leider nicht mehr als du, Olga. Sie hat hier länger gelebt und ist mit dem Bistrobesitzer Salvatore Capristi abgehauen."

„Capristi heißt übrigens Paolo Ceveci. Er ist Mafiosi. Wenn ich ihn ebenfalls umlege, habe ich bei Riccione etwas gut."

„Ich wusste noch gar nicht, dass du Payback Punkte sammelst, Olga."

„Und wenn ich dich dazu umlege, Peter, ist mein Bonusheft voll und ich darf mir etwas ganz Besonderes aussuchen. Für den Kopf von McCord bekomme ich sicher ein Ferrari Cabrio von Vladimir."

Peter musste sich jetzt etwas zurücknehmen, da Olgas Geduldsfaden arg angespannt schien. Außerdem wusste er aus früheren gemeinsamen Aktionen, dass sie eine Kampfmaschine war, gegen die Lara Croft eine Ordensfrau darstellte. „Ok, meine Wolgabraut, ich suche genau wie du Katie Burton. Aber mehr als du weiß ich auch nicht. Noch nicht."

„Du hast doch mit den Papierschnipseln auf dem Tisch herumrecherchiert. Also, wo ist sie?"

„Ich weiß es nicht. Das Auswerten der Schnipsel hat ergeben, dass sie an die Cote d´Azur wollten."

„Dann heften wir uns mal an ihre Fersen. Wer sie zuerst in die Finger bekommt, darf sie behalten."

„Einverstanden. Dann lass uns Katie Burton suchen und finden. Was wir danach machen, sehen wir dann."

„Ok, ich nehme dich beim Wort, Peter McCord. Aber jammere mir nicht die Ohren voll, wenn dir nach unserem Diner in meinem Bett die Kräfte schwinden."

23

Das auf Weckzeit sieben Uhr programmierte Handy brauchte seiner Aufgabe nicht nachzukommen. Katie lag ohnehin die halbe Nacht wach. Gegen sechs quälte sie sich endgültig aus ihrem Bett. Paolo schlief noch tief und fest. Sein sonores und gleichmäßiges Schnarchen ließ nicht darauf schließen, dass er sich irgendwelche Sorgen machte. Katie war immer wieder aufgewacht und aufgestanden, um nach draußen zu sehen. Doch die Schwärze der Nacht ließ keinen Blick auf irgendwelche Aktivitäten in der Umgebung zu.

Bevor sie duschen ging, kontrollierte sie den Inhalt ihrer Gasflaschen. Wenn das hier heute gut ging, mussten sie morgen neue Flaschen für ihren Heißwasserbedarf besorgen. Wenn nicht, brauchten sie sich darüber wohl keine Sorgen mehr zu machen. Sie spürte, dass sie schon lange nicht mehr die toughe Agentin wie früher war. Ihre Sehnsucht nach Ruhe und einem ausgeglichenen Leben hatte ihre einstmals so rasante Lebensweise längst abgelöst. Rasch schlüpfte sie aus ihrem Sleepshirt. Die warme Dusche tat ihr gut. Sie legte ihren Kopf zurück, damit die feinen Wasserperlen ihre Gesichtshaut massieren konnten.

Auf einmal spürte sie zwei große Hände, die sich von hinten um ihre Brüste schmiegten. Ihre Brustwarzen schienen zerspringen zu wollen, als sie von zwei Daumen und Zeigefingern stimuliert wurden. Katie legte ihren Kopf gegen die Brust von Paolo, der begann ihren Hals zu küssen. Bisher hatte es sie stets gestört, wenn er unrasiert ihren zarten Hals mit seinen Borsten zerkratzte. Heute war ihr das egal. Sie wollte leben, ihn spüren und einfach nur frei sein. Paolo ließ seine Hände langsam an ihrem Körper herunter gleiten, bis er den Punkt erreichte, dessen Liebkosung ihr höchste Glücksgefühle bescherte. Sie brauchte nicht hinter sich zu greifen. Seine Männlichkeit suchte bereits nach dem Zugang in ihre enge Lusthöhle. Katie beugte sich einfach ein wenig vor. Diese Erleichterung dankte ihr Paolo mit einem heftigen Hüftschwung, indem er fest in sie hinein drang. Sie schrie leicht auf. Als sie jedoch seine Hände an ihrer Hüfte spürte, wie sie kraftvoll ihren Unterleib vor und zurück schoben, schloss sie ihre Augen, bis es ihr kam wie schon lange nicht mehr. Wenig später fühlte sie das sanfte Kribbeln, als er sich in sie ergoss.

Stumm saßen sie sich auf der Terrasse am Frühstückstisch gegenüber und kauten eher lustlos auf ihren Broten herum. Die stramm sitzende Sicherheitsweste, die sie unsichtbar unter ihrer Bluse trug, drückte unangenehm gegen ihre Brüste.

Gerade als Paolo erneut zur Kaffeekanne griff, um ihre Becher noch einmal aufzufüllen, rasten drei Limousinen und ein Mercedes Achtsitzer auf ihren Parkplatz und stoppten abrupt vor der Terrasse ab. Katie holte tief Luft und legte sich in ihrem Stuhl zurück.
Früher hätte sie jetzt völlig unerwartet eine unter ihre Sitzgelegenheit geklebte Maschinenpistole hochgerissen, um die Schar ihrer Besucher zu dezimieren. Doch diese Zeiten waren lange vorüber. Wenn sie jetzt sterben musste, so tat sie das in der Gewissheit, sehr geliebt zu werden.

Acht mit automatischen Waffen ausgerüstete Männer sprangen auf die Terrasse und schauten sich sofort um. Jedes vermeintliche Versteck, in dem Katie und Paolo eine Waffe hätten verbergen können, wurde blitzschnell unter die Lupe genommen. Doch sie wurden nicht fündig. Mit einmal winkte einer der Bodyguards der gepanzerten Mercedeslimousine zu.

Der Beifahrer stieg aus und öffnete hinten rechts den Schlag. Niko Riccione, der erheblich an Körperfülle zugelegt hatte, entstieg etwas ungelenk dem Fond der Limousine. Sofort gesellten sich vier seiner Beschützer zu ihm und begleiteten ihn auf die Terrasse.

„Paolo, schön dich bei guter Gesundheit anzutreffen. Hallo, Misses Burton."

„Hallo, Niko, komm setz dich. Kaffee, Wasser, Tee?"

„Ein Wasser bitte."

Paolo wurde von zwei Bodyguards in die Küche begleitet, wo er mehrere Flaschen Wasser dem Kühlschrank entnahm. Gläser standen bereits draußen bereit. Niko hielt derweil einen völlig belanglosen Smalltalk mit Katie.

„Eine Erfrischung wird uns jetzt gut tun", posaunte Niko laut heraus, während einer seiner Männer sich zuerst einen Schluck Wasser in ein Glas schüttete und verkostete. „Nett habt ihr es hier. Wenn dies so bleiben soll, müsst ihr etwas dafür tun."

„Ich wüsste nicht warum, Niko. Das Anwesen gehört dir nicht und du bist weit von deiner

Heimat entfernt unterwegs. Ich sehe keine Veranlassung, etwas für dich zu tun."

„Oh, du bist immer noch ein mutiger und vorlauter Junge, Paolo, und jetzt sogar mit der Mörderin meines Vaters liiert. Ein Wink von mir und meine Jungs machen Siebe aus euch. Aber keine Hektik, wir wollen doch in ruhiger Atmosphäre über eure Zukunft sprechen. Es wäre doch zu schade, wenn ihr euer noch so junges Leben wegen einer unbedachten Bemerkung so einfach fortwerfen würdet."

„Sag uns, was du möchtest, Niko, und dann verschwinde wieder."

„Es reicht jetzt, Paolo. Ich bin hier derjenige, der Forderungen stellt."

Katie tat sich ein wenig schwer damit, der äußerst rasch in italienischer Sprache geführten Konversation laufend folgen zu können.

„Ich möchte hier vor Ort mit Waffen und synthetischen Drogen ins Geschäft einsteigen. Dafür brauche ich euch beide. Wenn ihr euren Job zu meiner Zufriedenheit erledigt, werde ich euch den Mord an meinem Vater verzeihen."

„Und an welche Tätigkeiten haben Sie dabei gedacht, Niko?"

„Ihr bekommt von mir ein Boot gestellt, das ihr leasen könnt. Damit holt ihr die Ware an verschiedenen Orten ab und verteilt sie von hier aus weiter. Dabei könnte euch der ein oder andere

Neider in den Weg treten, den ihr dann einfach aus dem Weg räumen werdet. Im Übrigen eine Tätigkeit, die euch auf den Leib geschnitten ist. Die Abholanschriften für die Ware erhaltet ihr jeweils von Fall zu Fall.

Im ersten Jahr arbeitet ihr für mich kostenlos. Ich sehe das als Reparationskosten für eure Tat. Die Leasingrate für das Boot beträgt 1.000 Euro im Monat. Müsst ihr halt viele Essen verkaufen, um das Geld zu verdienen."

„Und wenn wir uns weigern, für Sie die Drecksarbeit zu machen?"

„Legen wir euch jetzt um."

Nikos Bodyguards brachten sogleich ihre Waffen in Stellung. „Nun?"

Niko nickte kurz und sofort luden seine Männer ihre Waffen durch. „Ich zähle bis drei. Dann solltet ihr euch für ein Ja entschieden haben, weil es euch danach an Zeit dazu mangeln wird. Eins, zwei und …."

Ein Inferno brach plötzlich über das beschauliche Restaurant herein. Nach nur wenigen Sekunden lagen Nikos Bodyguards angeschossen oder tot auf den mediterranen Fliesen. Niko hatte seine Arme auf den Lehnen seines Stuhls abgelegt und bewegte sich nicht. Zu tief saß der Schock über das gerade erlebte.

Capitano Herera betrat die Terrasse und bedeutete seinen Leuten, die Gefangenen abzuführen und die Toten fortzuschaffen. „Sind Sie verletzt worden?"

Katie saß kreidebleich in ihrem Stuhl. Sie war meilenweit von der früher den Pulverdampf liebenden Agentin entfernt. „Nein, ich bin ok. Der Schock sitzt halt ziemlich tief."

Plötzlich erschütterte eine leichte Detonation die Luft. Niko Riccione hatte sich auf dem Weg zum Gefangenentransporter mit einer Handgranate in die Luft gesprengt. Herera war außer sich, dass seine Leute den Mafiaboss nicht auf Waffen und Munition überprüft hatten. Dafür war einer seiner Leute tot und einem weiteren hatte die Druck-welle die rechte Hand schwer verletzt.

„Kommen Sie alleine klar? Wir rücken dann ab."

Paolo gab den Beamten noch den gefüllten Drogenkoffer mit. Dann war es totenstill auf der Terrasse. Nur der Atlantik rauschte im Hinter-grund.

„Du bist ja so ruhig, Katie."

„Nun, das war auch nicht gerade eine alltägliche Begebenheit wie Zähneputzen oder Kochen."

„Du wirst mir doch nicht alt werden, Katie?", entgegnete er frech grinsend.

„Ganz sicher nicht. Aber du weißt schon, wie ich das meine."

„Ja sicher. Aber Herera und seine Jungs verstanden ihr Handwerk perfekt. Wie mir scheint haben sie die Gespräche hier per Richtmikrofon überwacht und genau im richtigen Moment zugeschlagen."

„Bis auf die Tatsache, dass sie Niko nicht auf Sprengstoff untersucht haben, ja. Das allerdings war ein echter Fauxpas. Das hat Herera einen Mann gekostet und ein weiterer wird sicher nicht mehr im operativen Dienst arbeiten können."

„Das ist wohl wahr, soll aber nicht unser Problem sein. Wollen wir einkaufen fahren?"

„Wenn du so einfach zum Tagesgeschäft übergehen kannst, Paolo?"

„Wolltest du etwa eine Trauerfeier für Riccione und seine Leute abhalten?"

„Natürlich nicht. Doch ich bin schon ein wenig erstaunt, wie locker du mit dem eben erlebten umgehst und wie easy du das alles wegsteckst."

„Ist sicher nur mein Lebenswille Schuld dran. Jetzt möchte ich nur noch mit dir glücklich werden."

„Das höre ich natürlich äußerst gerne."

Katie erhob sich von ihrem Stuhl. Ihre Beine zitterten noch ein wenig. Sie gab ihm einen Kuss.

„Ja, dann los, mein Barista. Business as usual also."

Paolo bog auf den Parkplatz des Supermarktes ab und ließ den Kombi in eine Parklücke rollen. „Dann lass uns mal in Ruhe einkaufen. Business as usual, wie du es eben bezeichnet hast. Ich muss später noch ein paar Einschusslöcher auf der Terrasse zukitten."

Ganz allmählich gewann Katie ihre Ruhe zurück. Dass sie jetzt eine Sorge weniger hatten, stimmte sie glücklich. Doch ihre zweite Sorge ließ nicht so leicht mit sich umspringen wie dieser dumme Niko. Olga war da ein völlig anderes Kaliber und sie würde sie finden. Früher oder später. Mit einem voll gepackten Auto mit jeder Menge Getränken, Lebensmitteln und einer neuen Flasche Gas fuhren sie zurück zu ihrem Refugium, dem man bis auf nur wenige ganz blassen Flecken auf den Fliesen und einigen wenigen Einschusslöchern nicht ansah, dass hier heute viel Blut geflossen war.

Am Abend herrschte wieder Hochbetrieb auf ihrer Terrasse. Bis auf einen Tisch waren alle Plätze besetzt. Als dann auch noch Capitano Pescada mit Familie eintraf, waren die Kapazitäten der Terrasse völlig erschöpft. Katie hatte Paolo einen Tipp gegeben, der gleich in seiner Kochtracht die Terrasse betrat und von allen Gästen mit Applaus bedacht wurde.

„Schön, dass Sie uns besuchen kommen, Capitano. Sie sind nach alledem, was Sie für uns getan haben, selbstverständlich unsere Gäste. Sie und die Leute von Capitano Herera haben uns das Leben gerettet."

Pescada strahlte und ließ sich nicht ein zweites Mal bitten, frei zu bestellen. Als alle Gäste gegangen waren, holte Paolo noch eine gute Flasche Rotwein und setzte sich mit Katie zu den Pescadas an den Tisch. Obwohl Katie nicht ganz wohl bei der Sache war, wurde es noch ein schöner Abend.

„Ich habe für Sie schon alle Anmeldeformalitäten erledigt. Darum brauchen Sie sich nicht mehr zu kümmern. Kochen Sie nur weiter so gut, dann können Sie sicher bald von Ihrem Restaurant leben."

„Es freut mich, dass es Ihnen bei uns gefallen hat. Sie sind jederzeit gern gesehene Gäste."

Auch die Gattin des Capitano sowie seine erwachsenen Kinder waren mit der Qualität der Speisen mehr als zufrieden.

„Sag mal, Paolo, woher kannst du eigentlich so hervorragend kochen?"

„Nun, ich habe mal ein Jahr im Gefängnis verbracht und mich freiwillig für die Küche gemeldet. Wir haben auch für die Direktion und deren Gäste gekocht. Da habe ich eine Menge gelernt."

Katie musste schallend lachen, während sie in seinen Armen lag und sich von ihm streicheln ließ.

24

So unspektakulär wie Olga erschienen war, so rasch und lautlos verschwand sie auch wieder. Peter war jedenfalls jetzt gewarnt. Ihm war vollkommen klar, dass nun eine gnadenlose Hatz auf Katie eingeläutet war und dass Olga keine Sekunde zögern würde, ihm eine Kugel durch den Kopf zu jagen, wenn er ihr bei ihrer Arbeit in die Quere kam. Morgen in der Früh wollte er starten. Dabei musste er sich so unscheinbar wie möglich und mit einer Menge Tricks fortbewegen, damit Olga rasch seine Spur verlor. Doch dafür war er ausgebildet worden und nicht umsonst galt er als die Nummer eins des MI6. Er beschloss, Maria über seinen frühen Aufbruch am nächsten Morgen zu informieren, um Katie so schnell wie möglich helfen zu können.

Langsam schlenderte er über den Hof zu dem kleinen Gärtchen hinüber. Maria lag auf dem Bauch und sonnte sich. Damit dies streifenfrei gelang, hatte sie sich von ihrem Oberteil getrennt. Maria hatte bemerkt, dass er sich zu ihr gesellte.

„Komm, setz dich zu mir, Peter."

Vorsichtig setzte er sich auf den Rand der Liege. Langsam drehte sie sich zu ihm um ohne Scham zu empfinden, dass sie oben völlig nackt war. Sie registrierte sofort, dass Peter ihr auf die Brüste geschaut hatte. „Gefalle ich dir?"

„Und ob, du bist eine wirklich gutaussehende Frau."

Maria strahlte und machte überhaupt keine Anstalten, ihr Oberteil wieder anziehen zu wollen. Da die Konstruktion der Sonnenliege bereits in die Jahre gekommen und durchgelegen war, griff sie, begünstigt durch die Materialermüdung, nach Peters rechtem Arm, der daraufhin auf sie drauf fiel. Er wollte sich wieder gerade hinsetzen, doch Maria hielt ihn fest.

„Kannst du nicht bei mir bleiben?"

„Nein, Maria, ich muss dringend Katie finden und sie vor der blonden Frau und deren Partner schützen."

Er verschwieg, dass er eben noch Besuch von Olga bekommen hatte, die bei Maria ganz sicher noch eine schlechte Erinnerung darstellte.

„Dann hol Katie hierher. Sie kann wieder ins kleine Haus einziehen und du bleibst für immer bei mir. Die Kinder haben dich auch schon sehr lieb gewonnen. Und dass du Kinder liebst, habe ich auch schon bemerkt. Hast du zu Hause in England Familie?"

„Nein. Ich bin in Schottland geboren. Meine Eltern gehören dem schottischen Adel an. Ich bin auch nicht verheiratet."

„Dann bist du ja ein echter Prinz."

Peter musste lachen. Maria hob ihren Kopf und gab ihm einen Kuss auf den Mund.

„Vorsicht, Maria, sonst werde ich wieder zum Frosch."

Maria lächelte ihn an und ohne ihn loszulassen, drückte sie ihre Lippen auf seinen Mund.

„Ich nehme dich sofort, egal wie und wer du bist."

Irgendwann erwiderte Peter ihren Kuss. Die Hitze, die ihr Körper nach dem Sonnenbad ausstrahlte, übertrug sich auch auf Peter.

„Ich möchte jetzt mit dir schlafen, Peter. Ich muss erst in einer halben Stunde die Kinder abholen."

„Lass uns das auf ein anderes Mal verschieben, Maria. Sei nicht böse."

„Nein, bin ich nicht. Aber einen Kuss möchte ich noch von dir."

Noch bevor Peter sich wehren konnte, lag sie plötzlich auf ihm. Ihre Lippen suchten wieder nach seinen, bis ihre Zunge die von Peter zum Gesellschaftsspiel suchte.

„Ich werde auf dich warten, Peter."

„Tu das nicht, Maria. Mein Leben ist stets ein Vabanquespiel. Ich kann dir vorher nie sagen, ob ich in einem Stück wiederkomme und vor allem wann."

„Das hat mein Mann auch immer gesagt, bis er abstürzte und nicht mehr zurückkam."

„Ich möchte dir eine solch schwerwiegende Enttäuschung ersparen."

„Das brauchst du nicht. Mir geht es nur noch um das jetzt und hier. Wenn du mich wiedersehen möchtest, wirst du herkommen."

Peter versuchte, seinen Kopf frei zu bekommen, indem er joggen ging. Er musste überhaupt mal wieder etwas mehr für seine Fitness tun. Wenn die Metjedwa gut in Form war, würde sie ihn glatt ausknocken. Er lief eine Stunde und duschte hinterher. Nur mit einem Handtuch bekleidet öffnete er die Türe, als es klopfte.

„Hallo, Peter, boh, hast du viele Narben. Bist du früher, als du klein warst, oft hingefallen?"

„Ja, kann man so sagen, Michaela."

„Mama sagt, sie möchte, dass du zum Essen kommst."

„Ok, ich ziehe mir etwas an und dann komme ich."

Peter hatte seine Reisetasche weitestgehend gepackt, damit er ganz früh aufbrechen konnte. Maria sah traumhaft aus. Sie trug ein schneeweißes, langes und ziemlich tief ausgeschnittenes Leinenkleid. Und sie lief wie gewöhnlich barfuss.

Die Tagliatelle mit Putenstreifen in Rahmkräutersauce schmeckten einfach vorzüglich. Peter nahm sogar eine zweite Portion. Dafür verzichte er zu Gunsten der Kinder auf sein Eis. Nach dem Essen wurde gemeinsam gespült. Als die Kinder im Bett verschwunden waren, setzten sich Maria und Peter nach draußen auf die Terrasse.

„Magst du ein Glas Wein mit mir trinken?"
Peter zögerte, stimmte dann aber zu.
„Wird es für Katie und dich gefährlich werden?"
„Ich kann es dir nicht sagen, Maria. Jeder Einsatz ist anders."
„Das hat mein Mann auch immer gesagt. Wirst du zurück zu mir kommen?"
„Maria, ich weiß, dass ich diese Nacht sehr früh losfahren werde. Aber ob und wann mein Einsatz beendet ist, steht in den Sternen."
Maria hatte rasch bemerkt, dass sie mit ihren bohrenden Fragen Peter das Leben nicht gerade leichter machte. Sie rutschte ganz nah an seine Seite und legte ihren Kopf gegen seine rechte Schulter.
„Schau mal, wie viele Sterne da oben auf uns herabschauen."
„Das sind verdammt viele."

Peter legte seinen Arm um Marias Schulter

„Ich bin so glücklich hier mit dir und fühle mich richtig geborgen, Peter. Bitte komm zurück."

Doch Peter schwieg. Noch bevor Maria ihm das zweite Glas Rotwein einschenken konnte, verabschiedete er sich mit einem Kuss.

„Ich lasse das Häuschen so wie es ist. Es steht dir jederzeit zur Verfügung. Schließlich hast du für eine Woche bezahlt."

Maria lachte und auch Peter grinste. Peter hasste Abschiede mehr als alles andere. Er gab ihr noch einen Kuss und ging zu seiner Wohnstatt.

Gegen drei Uhr in der Früh verließ Peter leise das kleine Anwesen. Er warf Maria noch ein Kuvert in den Briefkasten mit ein paar lieben Worten und ein wenig Geld für ihren Lebensunterhalt. Peter drosch den Range Rover der Cote d'Azur entgegen.

Hinter Cannes musste er tanken und auch seine Blase schrie nach Entleerung. Weil er vermutete, dass auch Katie und ihr Freund etwa hier in der Gegend Benzin und Nahrung aufgenommen hatten, fragte er sich in den anliegenden Hotels und Restaurants durch. Tatsächlich fand er den Wirt, bei dem Katie und Paolo genächtigt hatten. Er war also auf der richtigen Spur.

Doch hier eine Pause mit Übernachtung einzulegen, erschien ihm zu unsicher. Er musste weiter, wenn er Olga austricksen wollte. Er erstand zwei belegte Baguettes und zwei große Flaschen Wasser, bevor er weiterfuhr.

Hinter der spanischen Grenze kam er beinahe von der Straße ab, weil ihm ständig die Augen zufielen. Noch vor Tarragona suchte er sich ein kleines, unscheinbares Hotel für seine Übernachtung. Er bestellte sich im Restaurant eine kalte Wurstplatte mit leckeren, eingelegten Oliven und eine Flasche Wasser dazu. Nach seinem Menü verschwand er gleich auf seinem Zimmer. Noch eine Katzenwäsche und er schlief sofort ein.

Ein für ihn eher ungewohntes Piepsen weckte Peter kurz nach sechs. Auf der Fensterbank saß ein ihm unbekannter Singvogel und schmetterte aus Leibeskräften seinen Lieblingsmorgensong. Peter fühlte sich ausgeruht und fit für den Tag. Er ging duschen und nahm kurz nach sieben Uhr sein Frühstück ein. Gut gestärkt warf er seine Reisetasche in den Kofferraum und gab direkt wieder Gas Richtung Huelva. Allerdings war er sich noch nicht im Klaren, wie es vom spanischen Umschlagplatz für Obst und Gemüse weitergehen sollte. Er hatte jedoch auf der ganzen Strecke, die hinter ihm lag, kein weiteres Hotel oder Restaurant gefunden, in dem Katie und Paolo genächtigt oder gegessen hatten.

Beim nächsten Tankstopp gönnte er seinem Range Rover Evoque einen Liter Öl und einen vollen Tank. Dann rief er Bella in der Zentrale an.

„Hallo, du Traum meiner schlaflosen Nächte. Peter hier. Ich brauche dich, Bella."

„Wow, die Nummer eins unseres Hauses giert nach mir. Willst du mich jetzt doch zum Essen einladen oder gleich in dein Bett? Hi Peter."

„Nein, mit essen gehen ist nicht. Ich bin kurz vor Huelva und könnte mal wieder duschen."

„Ich mag den herben Duft verschwitzter Männer. Das hat so etwas Animalisches. Wir zwei beide völlig verschwitzt auf nassem Laken …"

„Bella, bevor es dir gleich kommt brauche ich eine Info."

„Dann schieß mal los, mein nasser Held."

„Ich fax dir gleich mein verschwitztes Hemd, Süße."

Bella wurde fast von einem Lachanfall gepackt. „Was willst du wissen, Peter?"

„Ist es möglich, dass Paolo Ceveci irgendwelche Verbindungen nach Portugal pflegt?"

„Kläre ich sofort ab und melde mich dazu. Bis gleich und vergiss nicht, mir dein nasses Hemd zu schicken."

Bellas Lachen war immer noch zu vernehmen, während sie das Gespräch wegdrückte.

„Und was machen wir heute?"

„Weißt du was: Heute ist Ruhetag. Wir fahren nach Lagos, bummeln ein wenig, schauen uns das Städtchen an und essen gemütlich in einem der schönen Restaurants."

„Bin ich etwa eingeladen?"

„Ich denke, das kann ich mir noch gerade so leisten. Also, was sagst du, schöne Frau?"

„Ja, gern."

Sie räumten noch ihr Geschirr vom Frühstück ab und fuhren nach Lagos. Am Hinweisschild Ponte da Piedade bog Paolo rechts ab.

„Bevor wir nach Lagos rein fahren muss ich dir etwas zeigen."

Katie war begeistert vom Panorama und den gewaltigen Felsen, die Ponte Da Piedade weltberühmt hatten werden lassen. Beinahe eine Stunde lang hielten sie sich auf dem Gelände auf und bestaunten die Natur. Natürlich durfte auch ein Blick von oben auf die Zufahrten in die gewaltigen Grotten nicht fehlen. Von dort aus fuhren sie weiter nach Lagos.

„Ist das schön, mal keinen Verfolger hinter sich zu wissen."

„Sag es nicht zu laut, Katie, sonst sitzt uns Tante Olga im Nacken."

Ihre Sightseeingtour endete, als ihnen die Füße schmerzten, in einem kleinen Fischrestaurant mitten in der Innenstadt. Voller Hochachtung stellte Paolo fest, dass auch andere Köche hervorragend kochen konnten.

Den Nachmittag verbrachten sie am beinahe menschenleeren Strand mit Schwimmen, Sonnen-baden und Faulenzen. Obwohl sie sich immer wieder umschauten und nach Fremden Ausschau hielten, bemerkten sie nicht, dass sie nicht alleine waren.

25

Gerade als Peter wieder losfahren wollte, summte sein Telefon. „Bella, mein Engel, hältst du gerade mein nasses Hemd in Händen und schnüffelst daran?"

„Aber sicher, Peter. Ich habe es mir unter die Nase gebunden und seitdem bin ich feucht."

„Unter der Nase, schätze ich mal?"

Bella musste wieder lachen. „Ja, wo dachtest du denn?"

„Ich sag besser gar nichts mehr."

„So, mein Verbalerotiker, kommen wir wieder zum Geschäft. Paolo Ceveci hat einen Cousin, der in Odeceixe an der Algarve lebt. Das ist ganz in der Nähe von Aljezur. Er macht mit einem ehemaligen Zellennachbarn von Paolo dunkle Geschäfte. Drogen, Prostitution und Schutzgeld-erpressung sind nach unseren Informationen ihr

Metier. Sie sollen nicht ungefährlich sein, die Buben. Also es könnte durchaus sein, dass Katie Burton und ihr Lover sich in der Gegend um Aljezur aufhalten."

„Danke für deine Hinweise, Süße. Ich werde schauen was ich damit anfangen kann. Auf bald, meine Amazone."

„Gute Fahrt, Peter, und sei bitte vorsichtig. Ich habe bei dem Einsatz ein ungutes Gefühl."

„Danke für deinen Hinweis. Da sind wir ja schon zwei."

Peter ließ den Motor an und trat das Gaspedal kräftig durch. Bis Ayamonte, wo er die Fähre über den Rio Guadiana nehmen wollte, war es höchstens noch eine halbe Stunde Fahrt bei einigermaßen gemäßigter Geschwindigkeit.

Als Peter von weitem bereits den Fähranleger erkennen konnte, summte sein Telefon. Weil er sich an die Bluetoothanlage im Fahrzeug ange-schlossen hatte, konnte er seine Hände am Lenkrad lassen und den Anruf entgegen nehmen. Die Telefonnummer des Anrufers erschien verschlüsselt im Display. Ein Zeichen dafür, dass es sich um einen besonders gesicherten Anruf handelte.

„Simon Sharp hier, hallo Peter", klang es eher blechern aus den vorderen Fahrzeuglaut-sprechern.

„Hallo, Chief, wenn Sie mich während des Einsatzes anrufen, hat das meistens nichts Gutes zu bedeuten."

„Leider weichen wir da nicht von der Regel ab, Peter. Ich habe zwei schlechte Nachrichten für Sie. Eigentlich sind es deren sogar drei."

„Sie verstehen es wirklich, einem Mut zu machen, Chief."

Sharp lachte ob Peters sarkastischer Bemerkung.

„Aber es hilft ja nichts. Schießen Sie los, Chief."

„Ok, Peter. Olga Metjedwa ist Ihnen ziemlich auf den Fersen. Einer unserer Mittelsmänner hat sie und ihren Begleiter in der Nähe von Barcelona gesichtet. Seien Sie also sehr vorsichtig. Sie wissen ja, wie gefährlich die Metjedwa ist. Doch das sind nicht die Einzigen, die Ihrer Fährte folgen."

„Da sieht man doch mal, wie gern gesehen ich bin."

„Nun, gern gesehen vermutlich schon, aber am liebsten tot, Peter."

„Ihre Animation stärkt ungemein mein Selbstvertrauen."

„Dachte ich mir, Peter. Aber jetzt Scherz beiseite. Gestern ist in Gibraltar ein Mann aus dem Iran über Marokko kommend mit der Fähre eingetroffen, der als der gefährlichste Auslandsagent des Iran gilt. Wir wissen von ihm nur, dass er etwa 30 Jahre alt ist, dass er auf 1000 Meter einer Fliege ein Bein abschießen kann und dass er bevorzugt lautlos tötet.

Ein Bild von ihm, aufgenommen von einer Überwachungskamera, finden Sie auf Ihrem Smartphone. Er nennt sich Abdullah Amanjani. Seien Sie auf der Hut. Er ist nicht wegen Katie hier, sondern ausschließlich Ihretwegen."

„Eine Schreckensnachricht fehlt aber jetzt noch, Chief."

„Ja, und das ist eine mehr als traurige. Letzte Nacht wurde Mina Rafjani von einem iranischen Krankenpfleger, der seit Jahren in den Unikliniken arbeitet, mit ihrem Kopfkissen erstickt. Sie hatte keine Chance. Der Mörder war ein Schläfer. Nach seiner Tat ist er aus dem Fenster gesprungen und war sofort tot. Sind Sie noch dran, Peter?"

„Ja, Sir, danke für die Nachrichten. Ich werde versuchen, Katie und diesen Paolo sicher nach England zu schaffen."

Dann drückte Peter die rote Taste. Tränen liefen über seine Wangen. „Scheiße, scheiße, scheiße", brüllte er laut und schlug heftig mit der rechten Hand auf das Lenkrad ein. „Mina hatte noch so viel vor und wollte einfach nur frei leben. Jetzt war sie tot. Was ist das doch für eine beschissene Welt!" Mit der rechten Hand wischte sich Peter die Tränen aus den Augen. Sein Leben würde weiter-gehen. Doch niemand wusste, wie lange noch.

Immer wieder sah er die warmen, braunen Augen von Mina vor sich wie sie ihn liebevoll anlächelten. Sie hatte gehofft, in England ein neues Leben beginnen zu können und wurde kaltblütig ermordet.

Hass keimte in Peter auf und genau das war das Schlimmste, was ihm widerfahren konnte. Hass machte blind und unvorsichtig. Diesen Gemütszustand konnte er jetzt überhaupt nicht gebrauchen. Er musste ganz schnell versuchen, seinen Kopf wieder frei zu bekommen, damit er sich so rasch wie möglich in die Gedankengänge seiner Gegner versetzen konnte. Dies war für ihn überlebenswichtig.

„Das wird noch ein heißer Tanz", sprach er vor sich hin, während er vorsichtig auf die Fähre rollte. Zwanzig Minuten später fuhr Peter auf portugiesischen Boden. Im nächsten Supermarkt deckte er sich mit reichlich Mineralwasser und einigen Päckchen Keksen ein. Im Stehcafe des Continente-Marktes schlürfte er noch zwei Bicas, die portugiesische Espressoversion. Dann fuhr er weiter. Um schneller voran zu kommen fuhr er auf die Autobahn Richtung Lagos auf und gab Gas. Ob die Autobahngebühr irgendwann von seinem Arbeitgeber oder der Mietwagenfirma erstattet werden würde, war ihm jetzt völlig schnuppe. Was ihn störte war die Tatsache, dass dieser iranische Killer wahrscheinlich schon vor Ort war und seelenruhig auf ihn wartete.

Nach der Hälfte der Strecke etwa in Höhe von Portimao fielen ihm immer wieder die Augen zu. Auch wenn die vorgeschriebene Höchstgeschwindigkeit auf Portugals Autobahnen nur Tempo 120 km/h erlaubte, würden diese völlig ausreichen, um bei einem Sekundenschlaf in die Leitplanken zu rasen und womöglich sein Leben dabei zu lassen.

In Alvor fuhr er auf einen Rastplatz und schaltete den Motor ab. Er begann zu rechnen. Jetzt lagen noch etwa 90 Kilometer vor ihm, die ab Lagos nur noch über Landstraßen führten. Bei gehobener Fahrweise, wie er seinen Fahrstil zu nennen pflegte, wenn er ständig über dem Limit fuhr, betrug seine Fahrzeit sicher gut und gerne noch eineinhalb Stunden. Das würde bedeuten, dass er gegen 18:30 Uhr in Aljezur eintreffen müsste. Staus zum Feierabendverkehr dabei nicht berücksichtigt.

Wenn er jetzt jedoch eine Stunde schlafend im Auto verbringen würde, verzögerte sich seine Ankunft um mindestens diese Zeitspanne. Also ging wertvolle Zeit verloren. Die Alternative waren zwei kleine Tabletten, die er mit ein wenig Flüssigkeit in sich hineinschütten konnte. Die Folge war, dass er nach etwa zehn Minuten den

Begriff Schlaf für mehrere Stunden schlichtweg abhaken konnte. Sofort traf er seine Entscheidung.

Er fingerte den Kunststoffstreifen mit den schwarzen Tabletten aus dem Seitenfach seiner Sporttasche. Ohne Zögern warf er zwei der Wachmacher in sich hinein. Wenige Minuten später waren seine Müdigkeit und die ständig zufallenden Augen Geschichte. So musste sich Asterix fühlen, wenn er vom Druiden einen frisch aufgebrühten Zaubertrank erhielt.

Peter drückte den Startknopf und weiter ging es auf der Autobahn, die er hinter Lagos Richtung Bensafrim und Sagres verlassen musste. Zwar fühlte er sich jetzt wie neu geboren, doch sorgte das Medikament auch für eine erhöhte Risikobereitschaft. Entsprechend flott bewegte er sich fort.

Bereits um 18:12 Uhr rollte Peters Range Rover in eine Parklücke auf dem Marktplatz von Aljezur, einem Ort, der nicht nach seinem Geschmack erbaut war. Doch entlockte ihm der ganze Einsatz nicht unbedingt eine besondere Euphorie.

Er hatte den letzten Angriff in Syrien noch nicht ganz überwunden. Dann der Mord an Mina und jetzt dieses gottverlassene Kaff, wo hinter jeder Gardine sein Mörder mit einem Gewehr auf ihn warten konnte. Oder Olga, die ihm jederzeit und ohne Skrupel ein Messer zwischen die Rippen stoßen würde. Wie Katie und ihr Lover reagieren würden, wenn er bei ihnen aufkreuzte, musste sich auch erst noch herausstellen. Schließlich begleitete deren Flucht auch eine Blutspur. Gerade als er sein Fahrzeug verlassen wollte, summte erneut sein Telefon. Wieder handelte es sich um die besonders gesicherte Leitung.

„Ich bin es noch einmal, Peter, und das mit aktuellen Informationen. Laut unserem Büro in Portimao fand gestern in einem Ausflugsrestaurant während einer Polizeiaktion der Guardia Civil eine Schiesserei statt, bei der Niko Riccione und einige seiner Bodyguards ums Leben gekommen sind.

Wie es heißt, wollte der Clanchef der Mafia die beiden Betreiber des Restaurants, eine Italienerin und einen Italiener, zu seinen Drogen- und Waffenkurieren rekrutieren. Nach den mir vorliegenden Fotos handelt es sich bei der Frau eindeutig um Katie Burton. Vielleicht hilft ihnen diese Information etwas weiter."

„Ja, danke, Chief, ich kämpfe gerade medikamentös ein wenig gegen meine Müdigkeit an. Ich bin jetzt am Zielort und werde mich hier nach dem Restaurant erkundigen."

„Viel Glück, Peter."

„Danke, Sir."

Er stieg aus dem Wagen und holte erst einmal tief Luft. Die Hitze des Tages hatte sich bereits in eine angenehme Kühle verwandelt. Langsam schlenderte er einem Hostal entgegen und fragte nach einem Zimmer. Die blitzsaubere Unterkunft für jugendliche Surfer lud ihn förmlich zum Verweilen ein.

„Guten Abend, ich suche ein Zimmer für drei Übernachtungen. Haben Sie noch etwas frei?"

Der ältere Patron musterte Peter von oben bis unten. Obwohl es mit Peters portugiesisch nicht sehr weit her war, verstand er ihn.

„Ich habe in Zimmer vier noch ein Bett für dich frei. Kostet die Nacht 15 Euro. Dusche und Toilette findest du auf dem Gang. Frühstück kostet 5 Euro zusätzlich.

Wenn du das Bett haben möchtest, bekomme ich Vorkasse in Höhe von 45 Euro. Ich kassiere immer im Voraus. Liegt nicht an dir persönlich. Aber viele meiner Gäste fahren sich mit ihren Surfbrettern tot und dann bekomme ich mein Geld nicht."

Peter lächelte. „Ok, ich nehme es."

Sofort zählte er dem Patron die geforderte Summe auf den Tresen.

„Die Vier findest du hier rechts am Ende des Ganges. Du brauchst keinen Schlüssel. Hier kommt nichts weg."

„Warten wir es ab."

Peter nahm seine Reisetasche. Rasch hatte er das Zimmer mit der Nummer vier gefunden. Die Räumlichkeit war für vier Personen ausreichend geräumig, picobello sauber, jedoch äußerst spartanisch mit zwei Etagenbetten, vier Metall-spinden und einem Holztisch mit vier Stühlen eingerichtet. Das untere Bett links am Fenster schien verwaist, woraufhin Peter sich kurz darauf legte und die Augen schloss.

26

Er musste wohl völlig übermüdet eingenickt sein. Irgendwann vernahm er Stimmen und erwachte. „Hi, haben wir dich geweckt? Entschuldige bitte, aber wir kommen gerade vom Surfen. Wir gehen jetzt unter die Dusche und wollen dann etwas essen gehen. Kommst du mit uns?"
Peter setzte sich leicht verschlafen auf die Bettkante. Der Duft eines Weichspülers hatte sich in seiner Nase breitgemacht, nachdem er seinen Kopf vom Kissen hob.
„Ich bin übrigens Biggi, das ist Max und das Sarah, Max' Freundin. Wir sind leidenschaftliche Surfer und vor einer Woche angekommen. Surfst du auch?"

„Ich heiße Peter und bin nur für drei Tage hier. Ich muss, wenn ich meine Arbeit erledigt habe, zurück nach England."

Er bemerkte gerade noch rechtzeitig, dass ihm seine Pistole mit dem Innenbundholster aus der Hose gerutscht war. Mit dieser Erklärung gaben sich die Studenten zufrieden. Biggi studierte Sport. Entsprechend rasant war sie von Statur. Max und Sarah studierten Medizin und standen in ihrer körperlichen Verfassung ihrer Freundin Biggi in nichts nach.

„Kommst du mit duschen? Ein Handtuch findest du in deinem Spind."

Ohne dass es die jungen Leute bemerkten, ließ er seine Waffe in der Reisetasche verschwinden und folgte ihnen zur Nasszelle. Es empfing ihn ein sauber gefliester Raum mit gepflegten Armaturen, der in zwei Abteilungen getrennt war. Die Mädels duschten im linken Bereich und die Jungs rechts. Peter fühlte sich ein wenig in die Zeit seines Studiums und die während seiner Ausbildung in der Kaserne zurückversetzt.

„Hast du Lust mit uns zum Essen zu fahren?", fragte Biggi, während sie, zurück in ihrem Zimmer, gerade in ihren Slip stieg.

Auch die beiden anderen jungen Leute standen splitternackt vor ihren Spinden und zogen sich an.

Peter hatte ebenfalls keine Probleme damit, sich völlig nackt zu präsentieren.

„Gern, ich kenne mich hier überhaupt nicht aus."

„Wer hat dir denn deinen Körper so verschandelt?", fragte Biggi, als sie Peter von hinten ungeniert betrachte.

„Ich war länger Soldat und an verschiedenen Kriegsschauplätzen im Einsatz."

Peter hatte jetzt keinesfalls gelogen, jedoch fanden seine Einsätze zumeist hinter den Linien statt.

„Da kannst du ja fast froh sein, dass du noch lebst."

„Bin ich auch."

„Und wie hat deine Freundin auf deine Narben reagiert?"

„Ich habe keine Freundin. Wo gehen wir denn essen?"

Peter hatte mit dieser Aussage einen kleinen Fehler begangen. Er konnte sehen, wie es in Biggis Kopf zu arbeiten begann.

„Wir fahren auf die Klippen zu einem kleinen Gartenrestaurant, das von einer Italienerin und ihrem Partner bewirtschaftet wird. Das Essen ist phänomenal gut und die Preise dafür sehr moderat."

Peter wurde hellhörig. Manchmal half eben auch schon mal der Zufall aus. „Ja, ich bin dabei."

„Super, dann wollen wir mal los. Ich habe einen Riesenhunger."

Das kleine Restaurant besaß eine geniale Lage auf den Klippen und wie es schien wurde es ordentlich frequentiert. Nur noch zwei Tische standen leer, wobei auf einem der Tische ein Schild mit der Aufschrift ‚reserviert' stand. Peter setzte sich so an den freien Tisch, dass er hinter sich die Mauer des Restaurants wusste.

Schon von weitem erkannte er, dass die weibliche Person, die hier bediente, nur Katie Burton sein konnte. Sie trug die Haare kürzer als auf seinem Foto. Außerdem hatte Katie die Haare dunkelbraun gefärbt, was sehr gut mit der natürlichen Bräune ihrer Haut harmonierte.

Als sie an den Tisch trat, um die Bestellung aufzunehmen, erstarrte sie kurz in ihren Bewegungen, als sie Peter sah. Doch sie ließ sich nichts anmerken. Sie bestellten alle gegrillte Doraden mit Salat, Brot und reichlich weißen Landwein dazu. Oliven, Aioli und Weißbrot stellte das Haus.

Noch bevor das Essen serviert wurde, verschwand Peter im Restaurant und fing Katie ab.

„Kann ich etwas für Sie tun, junger Mann?" Katie schaute Peter etwas ängstlich an.

„Mein Name ist Peter McCord. Simon Sharp schickt mich, um Sie hier rauszuholen. Sie sollen für eine kurze Zeit zurück nach England kommen, wo Ihnen die Company eine neue Identität verschafft."

„Du bist also mein Nachfolger. Hallo Peter."

„Hallo Katie. Ich muss leider etwas auf das Tempo drücken. Olga Metjedwa ist unterwegs hierher und laut meinen Informationen nicht mehr weit von hier entfernt. Sie wählt wohl wie gewohnt den direkten Weg. Noch weiß sie nicht, wo du lebst. Doch das wird nicht mehr lange auf sich warten lassen. Der KGB hat, genau wie wir, überall seine Augen und Ohren."

Katie zog Peter in die Küche. „Paolo, das ist Peter McCord, mein Nachfolger beim MI6. Er hat vom Chef des MI6 den Auftrag erhalten, uns hier rauszuholen. Kommst du mit mir, Paolo?"

„Hi Peter. Nehmt ihr mich denn auch mit?"

„Das werde ich natürlich veranlassen."

„Ok, dann bin ich dabei. Wann soll es losgehen?"

„Ich werde jetzt gleich Kontakt mit dem MI6 aufnehmen und nachhören, wann ihr abgeholt werden könnt und auf welchem Weg."

„Danke, Peter, sag uns einfach Bescheid. Ich kann nicht mehr und bin froh, wenn wir hier aus der Schusslinie kommen."

„Das war gut formuliert. Olga Metjedwa fackelt nicht lange, wenn es um die Erledigung ihrer Aufträge geht und schießen kann sie hervorragend."

Peter setzte sich im hinteren Teil des leeren Raumes an einen Tisch und zog sein Telefon aus der Hemdtasche. Er gab sofort eine spezielle Nummer ein.

„Hallo, Peter, Sie können frei sprechen. Das Gespräch ist abhörgesichert. Was kann ich für Sie tun?"

„Ich habe Katie Burton und ihren Lebensgefährten aufgespürt. Sie sind gemeinsam bereit für die sofortige Flucht. Sie können frei verfügen. Ich bleibe zum Schutz der beiden vor Ort, bis die Abholung erfolgt ist."

„Roger, Peter, ich melde mich gleich. Wo können wir sie abholen?"

„Im Raum Aljezur."

„Ok, ich bin gleich wieder bei Ihnen."

Katie trat zu Peter an den Tisch. „Und was sagt Sharp?"

„Er setzt jetzt alle Hebel in Bewegung und ruft mich gleich zurück wegen des Zeitpunktes und des Ortes. Ich setze mich solange wieder nach draußen, damit hier niemand etwas bemerkt."

„Ok, mach das. Bis später und guten Appetit."

Peter schlenderte wieder auf die Terrasse und setzte sich zurück auf seinen Platz neben Biggi, die schon das dritte Glas Wein zu sich genommen hatte.

„Da bist du ja wieder, Peter. Wir haben dir schon alle Oliven weggegessen."

„Das war aber nicht nett von euch."

„Hier trink auch ein Glas Wein."

„Danke nein, ich trinke nicht gern Alkohol."

Diese Information an Biggi entsprach nicht ganz der Wahrheit. Jedoch während eines Einsatzes war Alkohol für ihn grundsätzlich tabu und er war sich sicher, dass es diese Nacht noch in sich haben würde.

Die Doraden schmeckten einfach köstlich und der knackige Salat mit dem herben Kräuterdressing rundete das Menü ab. Als sich nur noch Gräten auf ihren Tellern befanden, orderten sie jede Menge Bicas. Der kleine, schwarze Kaffee weckte alle Lebensgeister auf. Plötzlich spürte Peter, wie sein Smartphone seine Brust massierte. Er zog es heraus und verschwand sofort im Innenbereich des Restaurants.

„Hallo Peter, Sharp hier. Wir haben entschieden, die Portugiesen nicht in die Sache einzuweihen und können deshalb auch nicht auf Support hoffen. Die Möglichkeit, einen Helikopter zu schicken, gestaltet sich schwierig. Lediglich unser Hubschrauberträger, die HMS Ocean, dümpelt zurzeit vor Lampedusa im Mittelmeer und unterstützt die Italiener bei der Flüchtlingsrettung. Admiral Stone hat auf meine Anfrage hin sofort seine Bereitschaft erklärt einzugreifen und schickt

morgen in der Frühe einen Seaking Transporthubschrauber und zwei Apaches an die Algarve.

Den Portugiesen wird dieser Einsatz als Hub-
schraubernachtflugübung verkauft, sodass wir
nicht mit ihren Aufklärungsjets rechnen müssen.
Die Helis werden mit Zusatztanks ausgerüstet
sein, damit sie den Hin- und Rückflug ohne Nach-
tanken schaffen. Acht SAS-Soldaten werden nach
der Landung das Gelände sichern und die
Apaches tun ihr übriges aus der Luft. Wir können
Sie aber nicht mitnehmen, Peter, weil Sie alle
Spuren beseitigen müssen.
Punkt fünf Uhr in der Früh landet der Seaking
oberhalb des Strandabschnittes vom Praja da
Cordoama. Kurz zur Orientierung, unterhalb des
Plateaus liegt das Restaurante Casteljo. Sie müssen
dafür sorgen, dass unsere Zielobjekte pünktlich
vor Ort sind. Die Einsatztruppe wartet maximal 10
Minuten. Wenn sie dann nicht vor Ort sind,
fliegen die Helikopter zurück zum Schiff.
Wenn alles zeitlich klappt, werden unsere Ziel-
objekte zur HMS Ocean geflogen. Dort verbringen
sie eine Nacht. Am nächsten Morgen werden
unsere Zielpersonen dann nach Italien weiter zum
Militärflughafen Cameri gebracht. Von dort aus
fliegen wir sie nach Stansted. Alles angekommen,
Peter?"

„Roger, Chief, ich werde alles vorbereiten."

„Ach, Peter: Seien Sie vorsichtig. Wir haben Amanjani vom Schirm verloren. Niemand weiß, wo er sich gerade aufhält und auch Olga Metjedwa dürfte mittlerweile im Bilde sein, wo sich Katie und ihr Freund versteckt haben."

„Das sind ja mal wieder traumhafte Aussichten. Ist ja beinahe wie Urlaub."

„Ein Glück, dass Sie Ihren Humor nicht verlieren, Peter."

„Das ist wohl eher Galgenhumor, Chief. Ich sehe zu, dass ich den Einsatz erfolgreich über die Bühne bringen kann."

Nach dem Telefonat informierte Peter Katie Burton. Auch Paolo stürmte aus der Küche. Mit wenigen Worten setzte Peter auch Paolo Ceveci in Kenntnis.

„Hier sind die Koordinaten für unseren Treffpunkt. Ich bin um vier Uhr bei euch. Wir fahren mit beiden Autos, falls eines davon verloren geht. Ich setze mich jetzt wieder zu den Studenten."

„Peter?" Katie hielt ihren Nachfolger am Ärmel seines Hemdes fest.

„Vielen Dank. Du riskierst dein Leben für mich und Paolo."

„Ist schon ok. Hättest du ganz sicher auch für mich getan."

27

Um sich nichts anmerken zu lassen, gesellte Peter sich zurück zu den Studenten. Sarah und Biggi hatten ordentlich an ihrem Alkoholpegel gearbeitet, während Max nur Wasser trank. Entsprechend ungehemmt alberten die beiden Frauen herum.

Peter unterhielt sich mit Max über sein Studium und dass er in Kürze sein Examen machen wollte, bis Biggi sich ganz nah an Peter drängte und ihm ihren Arm um seine Hüften legte. Plötzlich spürte sie seine Waffe im Holster. Schlagartig schaute sie Peter von der Seite an, der ihr Entsetzen bemerkte. „Ich bin Mitarbeiter der britischen Streitkräfte und habe eine Erlaubnis dafür."
Sie schien Peters Antwort als nachvollziehbar einzuordnen und fragte nicht weiter. Vielleicht hatte aber auch der Alkohol ihre Auffassungsgabe getrübt.
Irgendwann erhob sich Max. „Lasst uns jetzt zurückfahren. Ich bin total kaputt."

Peter winkte Katie noch zu, bevor er die Lokalität verließ. Die beiden Mädels ließen sich ebenfalls nicht lange bitten und folgten ebenso ihrem Fahrer. In einem unaufmerksamen Moment stolperte Peter in der Dunkelheit über einen Stein. Er knickte um und fiel auf sein Knie. Ein heftiger, wenn auch lautloser Windzug über seinem Kopf hinweg ließ ihn aufmerksam werden. Sofort rollte er zur Seite ab und dies keine Sekunde zu spät. Ein weiteres Projektil schlug haarscharf neben ihn in den Granitboden.

„Was machst du, Peter?", erkundigte sich Biggi.

„Ist schon ok. Ich bin über einen Stein gestolpert."

Max hatte bereits die Schiebetüre des VW-Busses geöffnet. Mit einem Satz verschwand Peter im Fahrzeug. Jetzt war er für einen Schützen nicht mehr erkennbar. Glücklicherweise hatte keiner der Studenten den Angriff auf ihn bemerkt. Der Schütze bediente sich augenscheinlich eines schallgedämpften Sniper-Gewehrs.

Auch wenn Peter für solche Momente ausgebildet war, ging ein solcher Angriff auf sein Leben nicht ganz so spurlos an ihm vorüber. Mit Atemübungen brachte er seinen Herzschlag wieder in den Normalbereich. Schnell fand er zu seiner gewohnten Ruhe zurück.

Im Hostal putzten sich alle noch die Zähne, bevor sie in ihren Kojen verschwanden. Sarah hatte sich nicht in den oberen Teil des Etagenbettes verzogen. Sie war zu Max ins untere Bett unter dessen Decke gekrabbelt. Bereits nach wenigen Minuten deuteten leichte Quietschgeräusche des Bettgestells sowie das Stöhnen von zwei

Menschen auf eine zwischenmenschliche Vereinigung hin. Peter musste grinsen. Er dachte an frühere Zeiten zurück und was er so alles während seiner Studienzeit gemacht hatte.

Bevor er einschlief, programmierte er die Weckfunktion seines Smartphones auf 3:20 Uhr. Wie lange er jetzt wirklich geschlafen hatte, konnte er nicht sagen. Er fühlte eine warme Hand, die sich im vorderen Teil seiner Shorts an seinen edelsten Teilen zu schaffen machte. Erst beim zweiten Hinsehen fand er die Ursache. Biggi hatte sich ganz nah an Peter geschmiegt. Ihre Hand knetete Peters Genitalien.

„Ich bin so geil auf dich, Peter. Ich wollte nur warten, bis Sarah und Max eingeschlafen sind. Ich kann nicht mit dir schlafen, während mir andere dabei zuschauen und hören."

Biggi war völlig nackt. Ihre frechen, festen Brustwarzen spürte Peter in seinem Rücken und ihre manuelle Behandlung zeigte bereits Wirkung.

„Du, Biggi, ich möchte jetzt nicht mir dir schlafen. Sei mir nicht böse."

„Bist zu kaputt nicht wahr?"

„So ist es."

„Ich bin aber total heiß auf dich." Ihr stark alkoholisierter Atem wehte Peter in die Nase.

„Ich möchte aber jetzt gern schlafen, Biggi. Und das alleine."

Etwas beleidigt trat sie den Rückzug an. "Dann schlaf gut." Biggi drückte Peter einen Kuss auf die Wange und kletterte nach oben in ihr Bett.
Schon sehr bald vernahm er typische Schlafgeräusche über sich.

Punkt 3:20 Uhr weckte Peter die Vibrationsfunktion des Handys auf. Er schlich ins Bad, um sich ein wenig frisch zu machen. Seine Shorts sowie die Zahnbürste und sein Waschzeug flogen gleich in seine Reisetasche. Blitzschnell kleidete er sich an. Die 9mm schob er griffbereit in seinen Holster.
Peter nahm die Reisetasche und verließ das Hostal durch den Hintereingang. Sein Weg führte ihn auf die Straße zu seinem Mietwagen. Rasch prüfte er, ob irgendwo eine Sprengladung angebracht oder die Radmuttern manipuliert wurden. Doch wie es schien war sein Wagen clean. Der Diesel sprang sofort an.

Langsam und ohne Lärm zu machen rollte Peter aus der Parklücke. Außerhalb der Ortschaft trat er aufs Gaspedal. Sofort nahm der Range Rover Speed auf. Zehn Minuten vor der vereinbarten Zeit erkannte Peter die Silhouette des hübsch gelegenen Restaurants auf dem Vorsprung der Klippe natürlich angestrahlt vom Mond. Er hielt an und parkte seinen Wagen etwa einen Kilometer weit vom Anwesen entfernt etwas abseits in einem Versorgungsweg. Langsam und vorsichtig ließ er den Range Rover rückwärts in den Weg rollen, damit er bei Gefahr rasch losfahren konnte.

Im Restaurant brannte kein einziges Licht. Langsam und vorsichtig pirschte sich Peter heran. Er bewegte sich zum Seiteneingang hin und drückte die Klinke herunter. Doch die Tür war verschlossen. Auch die Vordertüre machte keinerlei Anstalten, sich öffnen zu lassen. Peter sah sich um. Nirgends war das Auto von Katie und Paolo zu sehen. Er umrundete das Anwesen, bis er plötzlich ein Geräusch vernahm.

„Psssst, Peter? Wir sind hier."

„Morgen. Was war los?"

„Vor etwa zwei Stunden fuhr hier ein Mietwagen mit portugiesischem Kennzeichen auf den Parkplatz. Ein Mann stieg aus, vermutlich arabischer Herkunft. Er umrundete mehrfach das Restaurant und versuchte, sich Zugang zu verschaffen. Doch wir hatten alle Türen gut verschlossen und mit Stühlen zusätzlich verbarrikadiert."

Katie wie auch Paolo trugen dunkle Hosen und T-Shirts. So waren sie nur schwer auszumachen. Auch Peter hatte sich eine schwarze Jeans und ein gleichfarbiges Polo angezogen.

„Wo steht euer Wagen?"

„Hier in der Garage."

„Ok, Katie, haut jetzt ab."

Peter zog einen ziemlich zerknitterten Karten-
ausschnitt aus seiner Hosentasche.

„Hier ist das Felsplateau, wo euer Taxi landet.
Wisst ihr, wo das ist?"

„Ja, Peter, oberhalb des Restaurante Casteljo."

„So ist es. Ich warte hier, ob der Araber, er ist
Iraner, noch mal nach mir schaut. Er hat den
Auftrag, mich auszuschalten."

Plötzlich fiel ein Schuss, der nur ganz knapp
Peters Kopf verfehlte. Sofort warf er sich flach hin.

„Er ist nur hinter mir her. Ein unnachgiebiger
Mensch, nur weil ich seinem Staat ein paar
Zeichnungen und Skizzen entwendet habe."

Katie lächelte. „Wie oft habe ich das erlebt."

„Agentenschicksal eben. So und jetzt haut ab."

Das ließen sich die beiden nicht zweimal sagen.
Mit Wucht rissen sie die beiden Flügel des
Garagentores auf und nur einen Augenblick
später rasten Paolo und Katie vom Gelände.

„Ich wünsche euch was", flüsterte Peter dem
davon fahrenden Kombi hinterher. Weil er bisher
seinen Kopf noch nicht aus der Deckung
genommen hatte, verhielt sich Amanjani offensichtlich ruhig. Vielleicht wollte er auch seine
Position nicht verraten oder er versuchte bereits,
sich näher an ihn heranzupirschen. Peter griff

nach dem alten Holzeimer, der ohne Griff neben der Garageneinfahrt lag.

Er fingerte danach und hielt ihn mit einem Stock ein wenig hoch. Sofort peitschte ein Schuss durch das modrige Holz. Getroffen ließ Peter den Eimer nach vorn fallen. Wenn er viel Glück hatte, fiel Amanjani auf diesen uralten Trick herein.

Lautlos zog Peter seine 9mm aus dem Holster. Jetzt hieß es warten. Fast zehn Minuten lag er so da. Die Zeit lief ihm davon. Unruhig schaute er ständig auf seine Armbanduhr, bis er das Geräusch vernahm, das Sohlen verursachten, die über trockenes Laub liefen. Vorsichtig schaute er sich um. Doch wegen der Dunkelheit konnte er kaum die Hand vor seinen Augen erkennen.

Plötzlich traf ihn der Strahl einer hellen Stablampe mitten in seine Augen. Völlig blind fiel er in sich zusammen.

„Hab ich dich doch gefunden, McCord. Jetzt werde ich dich in den Himmel der Ungläubigen schicken."

„Hallo, Abdullah, bist ja richtig gut. Hast mich glatt überrumpelt. Tja, irgendwann endet jedes Leben, das eine früher und das andere später. Du willst mich jetzt doch sicher töten, oder?"

Peter versuchte mit seinen Sprüchen Zeit zu gewinnen, um wieder sehen zu können.

„Sei still, McCord. Natürlich werde ich dich jetzt umlegen. Du hast unserem Staat schon mehr als genug Schaden zugefügt und jetzt bist du dran."

Peter blinzelte und wie erhofft konnte er seinen Gegner jetzt erkennen. Amanjani war sicher zehn Jahre jünger als er, groß gewachsen und trug einen Vollbart. Doch das alles sollte Peter jetzt überhaupt nicht interessieren, denn der iranische Auslandsagent zog ein großes Kampfmesser aus der Scheide unter seinem Hemd heraus.
In einer Blitzaktion überrumpelte er Peter, sprang hinter ihn und packte mit seiner linken Hand in Peters Haare. Er riss seinen Kopf zurück und legte die äußerst scharfe Klinge an seinen Hals.
„Verabschiede dich von dieser Welt, McCord."

In Bruchteilen von Sekunden lief ein Film vor Peters inneren Augen ab. Er hörte die Stimme von Joshua Ben Gurion, seinem Ausbilder im Krav Maga Zentrum des Mossad, wo er einst drei Monate lang ausgebildet wurde. „Schlag niemals blindlings zu, sondern bündelte deine Kräfte, bevor du handelst."
Der für seinen Gegner völlig unerwartete und sehr heftige Ellbogenstoß in seine rechte Niere ließ Amanjani zusammensinken. Wie bei einem defekten Luftballon wich Atemluft aus seinem Gegner heraus.

Mit einem Satz war Peter auf den Beinen. Durch einen gezielten Tritt gegen das Sternum seines Gegners fiel Amanjami zur Seite. Gerade als er zu einem weiteren Tritt ausholen wollte erkannte Peter, dass sich unter dem Körper des Iraners eine Blutlache ausbreitete, die stetig zunahm. Peter ging in die Knie und drehte den Körper von Amanjani zur Seite. Anscheinend war er in sein eigenes Kampfmesser gefallen, das sich tief und halb schräg in sein Herz gebohrt hatte.

Der starre Blick des Iraners signalisierte Peter, dass er mal wieder Glück hatte. Sofort sprang er auf und rannte seinem Fahrzeug entgegen, als er ein Motorengeräusch vernahm.

28

In der schwarzen Mercedes S-Klasse, die nur noch eine Kehre entfernt dem Parkplatz des Restaurants entgegenraste, saßen ganz sicher keine Gäste, die heute Morgen als erste ihr Frühstück auf der Terrasse einnehmen wollten. Peters Verdacht wurde bestätigt, als er das Mündungsfeuer aus einer Maschinenpistole aus dem Seitenfenster des Wagens vor sich aufblitzen sah, dass jedoch wirkungslos verpuffte. Doch die Limousine war schneller als er und schnitt ihm den Weg zu seinem Auto ab. Keine Sekunde zu früh warf sich Peter zu Boden. So traf die ganze Salve den alten, vermoderten Baumstumpf, der hinter ihm stand. Hart bremste die S-Klasse ab. Sofort öffnete sich die Fahrertüre und ein Mann sprang heraus. Er verbarg sich hinter der Autotüre.

Doch um die Umgebung absuchen zu können erschien sein Kopf in der Seitenscheibe. Die extrem hellen LED-Scheinwerfer im Fernlichtmodus sorgten für ein gespenstisches Szenario.

Peter zog seine 9mm aus dem Holster. Die Lichtquelle der S-Klasse erzeugte bestes Büchsenlicht. Dann hatte auch der Fahrer des Wagens Peter erblickt. Er ließ die Seitenscheibe herunterfahren.

Noch bevor er seine Waffe in Stellung bringen konnte, hatte Peter über Kimme und Korn seinen Gegner anvisiert. Mit sattem, tiefdunklem Knall löste sich gezielt ein Projektil aus Peters 9mm Pistole, das sich schnell und lautlos seinen Weg suchte und mit Vehemenz in der Stirn des Fahrers einschlug. Der Aufprall war so heftig, dass dessen Körper einen halben Meter zurückgeschleudert wurde. Den Aufschlag auf den Boden bemerkte der Fahrer schon nicht mehr, da das Geschoss seine Lebenszeit mit einmal beendet hatte.

Peter war kurz abgelenkt und so bemerkte er nicht, dass die Beifahrerin ihm eine Nebelhandgranate vor die Füße geworfen hatte, die mit dem Aufprall detonierte. Der ohrenbetäubende Lärm raubte Peter jegliche Fähigkeit zu hören. Nur ein Piepton wurde subjektiv noch vernehmbar.

Innerhalb kürzester Zeit war das gesamte Plateau in eine Nebelwolke gehüllt. Peter zog ein Papiertaschentuch aus seiner Jeans und hielt sich dies vor Nase und Mund.

„Jetzt kriege ich dich, McCord. Bevor ich deinen Körper die Klippen herunterstoße, werde ich dich bei lebendigem Leib kastrieren."

„Hört sich interessant an, Olga. Ich habe ein Faible für ausgefallene Sexspielchen."

Dank ihres Zurufes, den Peter noch recht gedämpft ob des Knalltraumas vernahm, schätzte er, dass sie im Fahrzeug verblieben war. Peter nutzte diesen Vorteil und rannte um das nur schemenhaft wahrnehmbare Heck des Mercedes herum zu seinem Wagen.

Wenn er jetzt Glück hatte und gut vorankam, würde er das Rendezvous von Katie, Paolo und den SAS Jungs noch mitbekommen. Sofort startete er den Range Rover. Die Flüche, die Olga ausstieß, hörte er zum Glück nicht mehr.

Peter trat das Gaspedal des Diesels voll durch und sofort nahm der Range Rover Evoque richtig Fahrt auf. Immer wieder schleuderte in den engen Kehren der Küstenstraße das Heck des Wagens herum. Dank seiner Fahrerausbildung wusste er den Wagen geschickt abzufangen. Er fuhr am Limit und doch meinte er im Rückspiegel erkannt zu haben, dass ihm das tanzende Licht extrem heller Scheinwerfer folgte. „Ich wusste gar nicht, wie anhänglich du doch bist, Olga, mein Zuckerschnäuzchen", sprach er laut vor sich hin und gab noch einmal richtig Gas.

Plötzlich tauchte vor ihm ein Straßenschild mit der Aufschrift 8 km Praia da Cordoama auf. Ein Blick auf die Fahrzeuguhr signalisierte ihm, dass er die Aufnahme von Katie und Paolo in den Seaking wohl noch mit absichern konnte, falls Olga nicht noch fliegen lernte.

Aus der asphaltierten Küstenstraße wurde rasch ein mit sehr engen Kehren und viel Schotter und Geröll verschmutzter Versorgungsweg. Das Heck seines Wagens schrappte häufig am seitlich wachsenden Geäst der Sträucher entlang und seine Hoffnung schwand, dem Autovermieter den Wagen mit nur leichten Schrammen zurückgeben zu können.

Peter war es einfach schleierhaft, wie sehr Olga mit der S-Klasse aufholte. Der Wagen schien eine Allradversion zu sein. Plötzlich wirbelten Massen an Sand und Staub über ihn hinweg. Peter konnte sich nur noch an den seitlichen weißen Streifen auf der Fahrbahn orientieren, bis er endlich das

Plateau erreichte. Gleich vor ihm setzte ein schwerer Hubschrauber auf dem Gelände auf.

Jetzt erkannte Peter auch den Kombi von Paolo, der rechts neben einem Felsen parkte. Er sprang aus dem Auto und winkte den Soldaten zu, die aus dem Bauch des Hubschraubers sprangen. Über ihn hinweg kreischten die Triebwerke der beiden Apache Kampfhubschrauber, jederzeit bereit mit ihren tödlichen Waffen sichernd ins Geschehen eingreifen zu können.

„Mayor McCord?" Peter nickte.

„Captain Bales, ich komme um die beiden Personen aufzunehmen."

Katie und Paolo liefen jetzt auch auf die Soldaten zu.

„Vielen Dank und dir weiterhin viel Glück", schrie Katie Peter noch zu, während sie von den Soldaten eskortiert zum Seaking lief.

Nur Minuten später schlossen sich die Schiebetüren des schweren Transporthubschraubers. Noch einmal wurde es extrem ungemütlich, als die Rotoren alles, was ihnen an Staub und Sand unter die Blätter kam, blind durch die Gegend wirbelten.

Langsam wurde es wieder still auf dem Felsplateau. Peter hatte sein Gehör allmählich wiedergefunden, eine Flasche Mineralwasser aus seinem Auto geholt und sich an einen Felsen gesetzt.

Nur wenige Minuten später rollte die schwarze S-Klasse neben seinen Range Rover. Die Fahrertüre öffnete sich und Olga entstieg der Luxuslimousine.

„Wo bist du, McCord?"

„Hier, mein Zuckerhase. Steck die Kanone weg und setz dich zu mir."

Olga hatte Peter neben dem Findling entdeckt.

„Du hast gewonnen, Peter. Ich bin eine Auffahrt zu früh abgebogen und musste erst wenden, um hierher zu gelangen."

„Ist das jetzt so schlimm?"

„Finde ich schon. Ich habe meinen Auftrag nicht erfüllt und du lebst auch immer noch, obwohl ich dich eben beinahe erwischt hätte. Dafür hast du Iwan erledigt. Nun ja, Kollateralschaden. Er hätte es ohnehin nie in die erste Reihe unserer Gilde geschafft. Weichei."

„Komm, setz dich her, Olga. Hier, nimm einen Schluck Wasser."

„Ich denke gerade darüber nach, ob ich dich nicht doch noch umlegen soll, McCord."

„Und was würde dir das bringen?"

„Das ist ja genau das, was ich mich gerade frage. Wahrscheinlich nichts. Ganz sicher würde mir für meinen nächsten Einsatz, egal wo in dieser Welt, ein echter Gegner fehlen und damit der Spaß."

Peter reichte Olga die Mineralwasserflasche. „Trink du zuerst, Peter."
„Bist ja schon ein wenig ängstlich, Tante Olga. Mir wird auch langweilig werden, wenn mir der KGB zukünftig anstatt deiner Person so einen Typen wie diesen Iwan schickt."
Olga grinste und setzte sich neben Peter. „Was ist das für ein beschissenes Leben, Peter? Wir könnten jetzt zusammen in einem Fünf Sterne Hotelbett liegen, eisgekühlten Champagner in unseren Gläsern prickeln lassen, Kaviar und Blinis dazu naschen und uns hinterher das Hirn aus den Köpfen vögeln. Und was machen wir?"
„Wir sitzen hier auf einem verstaubten Felsplateau, weit ab von jeglichem Luxus und trinken zusammen mein warmes Mineralwasser aus der Flasche."
„Da fällt mir ein, Peter, wir haben zwar keinen Champus, keinen Kaviar und auch keine Blinis hier, aber den Rest haben wir immer bei uns. Was sagt uns das jetzt?"
Olga ging auf die Knie und beugte sich zu Peter. Sie drückte ihm ihre Lippen auf seinen Mund, während ihre rechte Hand in seinen Schritt griff. Peter ließ derweil seine Hände unter ihr T-Shirt gleiten. Rasch fand er auf dem Rücken den kleinen

Haken ihres BHs. Nachdem er sie von ihrem Wäschestück und ihrem T-Shirt befreit hatte, liebkoste er mit seinen Lippen ihre Nippel, die zu platzen drohten. Bereits stöhnend riss sie ihm sein Hemd vom Körper. Schnell sorgte sie mit ihren Händen dafür, dass Peter in seinen Lenden nicht mehr durch Textilien gestört wurde. Er zog ihr im Gegenzug die Jeans und den Slip herunter. Langsam ließ sich Olga herabgleiten. Mit einer geringfügigen Korrektur ihrer rechten Hand sorgte sie dafür, dass Peter in einem Zug tief in sie hineingleiten konnte. Olga schrie leicht auf, als sie ihn ganz in sich fühlte.

Weil sie es liebte, in jeder Situation den Ton und die Schlagzahl anzugeben, bewegte sie sich ganz nach ihrem Gusto auf und ab, bis sie selbst und wenig später Peter es nicht mehr schafften, ihre Lust zu bremsen. Doch nur ein paar Möwen über ihren Köpfen nahmen Kenntnis von ihrem wilden Liebesspiel.

„Werden wir wirklich irgendwann einmal gezwungen sein, uns gegenseitig zu töten, Peter?"
„Ich hoffe es nicht. Aber wenn ich daran denke, wie nah wir eben noch daran waren, dies zu tun, denke ich, dass dies irgendwann wohl der Fall sein wird."
„So wie wir es gerade gemacht haben, gefällt es mir aber um Längen besser."

Peter grinste. „Ja, wenn es immer so ausgehen kann, bin ich gern dabei."

„Hat es dir etwa mit mir gefallen?"

„Ich habe es schon schlechter erlebt."

Olga verzog ihre stahlblauen Augen zu Schlitzen. Mit einem Griff hatte sie ihre 9mm Makarow in der rechten Hand.

„Für diese Aussage sollte ich dich jetzt umlegen, Agent 001 McCord. Ich bin die Beste im Bett."

Da sie immer noch auf seinen Händen saß, massierte er kurz ihre Pobäckchen und ließ seine Finger in sie hineingleiten. Olga legte sofort wollüstig ihren Kopf zurück. Sie legte die Makarow zur Seite und sich selbst rücklings auf Peters Hemd. Auch diesmal übertrafen ihre Lustschreie nicht das Gekreische der Möwen.

„Fährst du jetzt zurück nach Florenz?"

„Ja, wieso?"

„Nun, ich muss nach Rom zur russischen Botschaft. Ich werde nicht in einem Stück durchfahren. Vielleicht treffen wir uns ja durch Zufall in einem Motel wieder?"

„Wer weiß, wer weiß, Olga."

„Du machst mir jetzt aber wegen der beiden Nummern keinen Heiratsantrag, oder?"

„Wieso? Wolltest du nach London ziehen?"

„Keineswegs, ich liebe meine Penthousewohnung in Sotschi."

„Dann wirst du auf ewig auf mich als Ehemann verzichten müssen."

„Komm doch zu mir nach Russland."

„Lieber nicht, Olga. Ich habe mich so an unseren Nebel und den Nieselregen in London gewöhnt. Beides würde mir fehlen."

„Dann leb bis auf weiteres wohl, Agent 001, und mach' niemals den Fehler und komm' der Metjedwa zu nahe."

Sie streichelte noch einmal sanft über seine rechte Wange. Hastig zog sie sich an. Dann nahm sie hinter dem Volant der S-Klasse Platz und rauschte davon. Peter schaute ihr nachdenklich nach. Olga war eine wirklich schöne Frau. Sie besaß Eleganz und Klasse. Sie war sportlich und sehr gebildet. Doch sie würde ganz sicher nicht einmal mit einem Auge zucken, wenn sie ihn bei einem ihrer nächsten Aufträge töten müsste wenn es hieß: Sie oder er.

29

„Guten Tag, Sir, Katie und Paolo wurden erfolgreich abgeholt. Ich fahre jetzt zurück nach Florenz und fliege von dort so schnell wie möglich nach London."

„Glückwunsch, Peter! Ich hörte schon von Admiral Stone, dass die beiden sicher auf der

HMS Ocean gelandet sind. Wie ist es mit dem Iraner abgegangen, Peter?"

„Letal, Sir."

„Das ist unser aller Berufsrisiko, Peter."

„Ich weiß, Sir."

„Gut, dann sehen Sie zu, dass Sie so rasch wie möglich nach London zurückfinden. Melden Sie sich bei mir, wenn Sie wieder im Lande sind."

„Mach ich, Sir."

„Gute Fahrt, Peter."

Peter war froh darüber, dass sein Chef ihn nicht nach dem Verbleib von Olga gefragt hatte. Er tankte den Range Rover in Lagos randvoll und fädelte sich wenig später auf die Autobahn in Richtung spanische Grenze ein. Er schaffte es noch so gerade bis Sevilla, wo er in einem kleinen Hotel abstieg und nächtigte.

Gleich am nächsten Morgen saß er gegen acht wieder hinter dem Lenkrad des Range Rovers, der mittlerweile während der Fahrt einige undefinierbare Geräusche verursachte. Auch seine Optik war weit von seiner Prospektbeschreibung ‚sehr geschmackvoll gestylter SUV' entfernt.

In der Nähe von Cannes hielt er an einem Motel, um zu tanken und zu übernachten. Als er jedoch den schwarzen Mercedes mit dem Botschaftskennzeichen erblickte, tankte er nur und fuhr noch ein Rasthaus weiter.

Mit Olga zu spielen war wirklich eine tolle Erfahrung gewesen. Aber jetzt wollte er nur noch nach Hause. Und wer wusste schon, ob sie nicht bereits den Auftrag erhalten hatte, nun speziell ihn auszuschalten. In seinem Metier änderten sich die Positionen von jetzt auf gleich. Schon von einem Tag auf den anderen konnten sich tags zuvor geknüpfte Verbindungen als lebensgefährlich entpuppen.

Am nächsten Mittag rollte Peter mit dem Range Rover bei der Rücknahmestation der Autovermietung am Flughafen Florenz vor. Er drückte dem jungen Mann die Schlüssel und die Unterlagen in die Hand, der den Wagen nur kopfschüttelnd entgegennahm, während er zum Office schlenderte.

Als Peter an der Reihe war, bat ihn die freundliche Mitarbeiterin des Autovermieters ins Büro ihres Chefs.

„Guten Tag, Mister McCord. Was haben Sie mit unserem Wagen angestellt? Nehmen Sie doch bitte Platz."

„Wieso, er ist doch anständig gelaufen. Ich habe mich nicht beschwert."

„Nun, Sir, dies war ganz sicher anfangs der Fall. Das Fahrzeug hatte 584 Kilometer auf dem Tacho und war zwei Monate alt. Jetzt steht die Anzeige auf 6.012 km. Die beiden hinteren Reifen wurden so stark belastet, dass sie ausgetauscht werden müssen. Das Fahrzeug weist im Heckbereich derart viele Lackschäden auf, dass eine Teillackierung fällig wird. Die Bremsbeläge hinten sind ebenfalls runter und müssen ersetzt werden und das alles nach gerade mal 6.000 Kilometern."

„Nun, wenn Sie das sagen. Ich verstehe nichts von Autos. Aber ich habe immerhin eine Vollkaskoversicherung gebucht, welche die Lackschäden zu übernehmen hat, die nicht durch einen selbstverschuldeten Unfall herbeigeführt wurden. Außerdem bin ich VIP-Kunde. Machen Sie zwei neue Reifen drauf und wechseln Sie in Gottes Namen die hinteren Bremsbeläge auf meine Kosten. Damit ist für mich der Drops gelutscht."

„Einverstanden, dann macht das 899 Euro."

Peter ließ sich eine Rechnung geben und zahlte per Kreditkarte. Jetzt musste er sich schon beeilen, um seine Maschine nach Heathrow zu erreichen. Unerwartet summte sein Smartphone.

„Hallo Peter, Simon Sharp hier."

„Sir, ich muss mich beeilen, damit ich die Maschine nach Heathrow noch bekomme. Was liegt an?"

„Hören Sie, Peter, vor etwa einer Stunde ist erneut ein Destroyer in Heathrow gelandet. Die Agentin reiste als Handelsattaché aus Saudi Arabien kommend ein und besitzt einen Diplomatenpass des Iran. Wir erhielten von den Saudis einen Hinweis, dass sie auf Sie persönlich angesetzt wurde.

Bisher ist sie noch nicht in einer unserer Datenbanken erfasst worden, weshalb wir weder ein Bild noch sonstige Angaben von ihr besitzen. Laut den Saudis ist sie A-Agentin und dafür ausgebildet zu töten. Seien Sie deshalb auf der Hut. Ich schicke einige Leute von Scotland Yard nach Heathrow, die dort die Augen aufhalten sollen. Leider dauert so etwas immer, bis die Kompetenzen abgeklärt sind. Also seien Sie vorsichtig."

„Danke, Sir, ich tue mein Bestes."

Mit etwa zehn Minuten Verspätung hob die Boing 737-800 mit Flugziel London ab. Peter fühlte sich total ausgebrannt und müde. Da halfen auch die zwei Stunden Schlaf nicht, die er sich im Flugzeug gegönnt hatte. Seine pharmazeutischen Wachmacher hatte er in seine Reisetasche verbannt, die er ohnehin nur im Notfall verwendete.

Peter hatte noch vor dem Start in Florenz die Fahrbereitschaft angerufen und um einen Wagen gebeten, der ihn abholen sollte. Helen war on duty und hatte den Dienstwagen ordnungsgemäß abgestellt und ein Parkticket gezogen. Sie hatte sich vor dem Ankunftsbereich der British Airways so positioniert, dass Peter sie nicht verfehlen konnte. Noch während sie nach ihm Ausschau hielt, rutschte etwa einhundert Meter von ihr entfernt eine gutaussehende und elegant gekleidete Frau im Businessdress von ihrem Barhocker.

Sie trug ihr pechschwarzes Haar wie zu einer Rolle zusammengedreht. Ihre Pumps sowie ihr Kleid waren Ton in Ton in der Farbe beige gehalten, die sehr harmonisch mit der dunklen Hautfarbe der Trägerin wirkte. Eine gewaltige Sonnenbrille verdeckte nicht nur ihre Augen, sondern auch den größten Teil ihres Gesichts. Sie legte sich den Tragebügel ihrer ebenfalls farblich zum Kleid passenden Handtasche über ihre Schulter und den Trenchcoat über den rechten Arm.

Nach einem kurzen Griff in ihre Handtasche ging sie los. Dabei bewegte sie sich weder schnell noch irgendwie auffällig. Ihr Weg allerdings führte sie genau zur Arrival Area.

Peter hatte Helen sofort erkannt und marschierte, seine Reisetasche schwenkend, direkt auf sie zu. Doch Helen trat nicht wie erwartet lächelnd auf ihn zu, sondern schaute sich permanent nach allen Seiten um. Peter bemerkte natürlich sofort, dass etwas nicht stimmte und hörte wieder die Worte von Simon Sharp in seinem Ohr.

Nur auf die elegant gekleidete Frau, deren Outfit sich nicht von den vielen anderen Businessfrauen in der Umgebung unterschied, die schnurgerade auf Peter zulief, achtete niemand.

„Hallo, Peter. lass uns hier schnell verschwinden."

„Hallo, Helen, schön das du da bist. Dann lass uns losfahren."

Noch während Peter sich zu Helen umdrehte, streifte ihn die durchgestylte Frau. Helen erkannte die Gefahr nicht rechtzeitig genug. Zwar schubste sie Peter noch beiseite, doch es war bereits zu spät. Die Frau war umgehend im Gedränge der Fluggäste und Besucher abgetaucht.

Peter fiel wie ein Stein zu Boden. Blitzschnell bildete sich eine Blutlache unter seinem Körper. Helen rief sofort den Notarzt, der nur wenige Minuten benötigte, bis er bei Peter eintraf. Unter den gierigen Blicken vieler Gaffer trugen zwei Sanitäter Peter in einen Rettungswagen. Helen informierte die Zentrale, während der RTW den Unikliniken Londons entgegen raste.

Helen hatte sich Peters Tasche und seine Waffe gegriffen und in den Kofferraum des 5er BMWs geworfen, bevor sie zur Notaufnahme der Unikliniken raste. Sie parkte den Dienstwagen im Tiefgeschoss und rannte die Treppen hoch zur Notaufnahme, wo sie auf den persönlichen Referenten von Simon Sharp traf.

„Hallo, Harry, gibt es schon Neuigkeiten?"

„Leider nicht, Helen. Peter schwebt in absoluter Lebensgefahr und keiner weiß warum. Der Messerstich hat zwar den Darm verletzt, jedoch ohne weitere Organe in Mitleidenschaft zu ziehen. Sie operieren ihn gerade."

Helen ließ sich auf einen der Kunststoffstühle fallen. Harry Bley pflanzte sich neben sie. Plötzlich summte Bleys Telefon.

„Sharp hier, hallo Harry. Was haben Sie bisher unternommen?"

„Nun, Sir, ich befinde mich gerade in der Uniklinik vor der Notaufnahme und warte auf Neuigkeiten aus dem OP."

„Dafür werden Sie nicht bezahlt, Harry. Haben Sie eine Ringfahndung eingeleitet und wurden Sicherheitskräfte bereitgestellt, die im Klinikum McCords Räumlichkeiten bewachen?"

„Ich bin noch dabei, Sir."

„Wenn McCord wegen Ihrer Schlamperei etwas zustößt, können Sie in Zukunft Strafzettel an die Windschutzscheiben falsch geparkter Autos heften."

„Ich dachte, Scotland Yard würde den Flughafen abriegeln, Sir."

„Da sehen Sie mal, was Ihre Gedankengänge für Fehlleistungen produzieren. Die Kollegen vom Yard rühren nur ungern einen Finger, wenn es um unsere Belange geht. Das müsste Ihnen aber bekannt sein. Und jetzt bewegen Sie Ihren Arsch und tun Sie Ihre Arbeit, Harry."

Sharp hatte aufgelegt und wie es schien nahm er die Fahndung jetzt selbst in die Hand.

„Wie es aussieht hat dich der Chef soeben ordentlich zusammengefaltet, Harry. Mich wundert allerdings auch, wie wenig du bisher unternommen hast."

Zornig sprang Harry Bley von seinem Stuhl auf und verließ die Klinik. Wenige Minuten später trafen vier besonders ausgebildete Sicherheitsbeamte des MI6 ein, die alle Zugänge zu den Räumen sicherten, die zu Peter führten.

Weil Helen weder verwandt noch verschwägert mit Peter war, erhielt sie vom Klinikpersonal keinerlei Auskünfte über Peters Gesundheitszustand.

Unruhig und mit einem schlechten Gewissen fuhr sie zurück in die Zentrale. Derweil hatte ihr höchster Chef zum Telefon gegriffen.

„Hallo, Professor Dreyfuss, Simon Sharp hier. Wie geht es meinem Mitarbeiter Peter McCord?"

„Nun, Mr. Sharp, wir haben die Verletzung des Darms operativ versorgt. McCord hat viel Blut verloren, aber auch eine Menge Glück gehabt, dass ihn seine Fahrerin beiseite gedrückt hat, als der Täter zustach. Wenigstens berichtete mir das der Kollege Notarzt. Was wir nicht verstehen ist, dass sich sein Zustand nicht stabilisiert. Die Blutgerinnung verschlechtert sich zusehends und sein Atemzentrum inklusive seiner Herztätigkeit ist völlig durcheinander geraten. So wie es aussieht verlieren wir Mr. McCord."

„Hört sich für mich nach Vergiftungs-erscheinungen an. Vielleicht war die Waffe mit irgendeinem Gift kontaminiert."

„Sie lesen zu viele Krimis, Mr. Sharp."

„Ganz sicher nicht, Professor. Ich werde nur tag-täglich mit der Heimtücke unserer Gegner kon-frontiert."

„Ich ordne sofort eine Blutanalyse auf Gifte aller Art an."

„Tun Sie das, Professor. Ich melde mich später wieder." Sharp warf den Hörer auf die Gabel.

„Was für ein Scharlatan! Eine solche Kontami-nation muss man doch bei der Diagnose mit einbeziehen. Wer weiß, was an dem Messer klebte. Vielleicht sogar Uranstaub.

Jetzt schau mich nicht so an, Helen. Du hast keinen Fehler gemacht. Ich wünschte, alle meine Leute wären so zuverlässig wie du. Jetzt fahr mich bitte ins Innenministerium. Die nationale Sicher-heit ist gefährdet. Solange wir die Täterin nicht ermittelt und verhaftet haben, besteht für alle unsere Leute höchste Alarmstufe. Ich hab gleich einen Termin beim Innenminister."

30

Helen durfte Simon Sharp mit ihrem Dienstwagen wegen fehlender Sicherheitseinrichtungen nicht chauffieren. Deshalb holte sie sich den Schlüssel von Sharps Panzer.

Die zweieinhalb Tonnen schwere Jaguarlimousine parkte in einer besonders gesicherten Parkbox, die permanent überwacht wurde. Helen erhielt sofort die Freigabe, den Wagen fahren zu dürfen, da sie immer noch als 1A-Agentin geführt wurde. Sharp verzichtete auf das unnötige Höflichkeitsgetue mit dem Aufhalten des Schlages und ließ sich gleich ins feine Ledergestühl der Rücksitzbank gleiten.

„Fahr zu, Helen. Wir haben es eilig."

Noch bevor sie das Innenministerium erreichten, summte Sharps Telefon. „Sharp? Ja, Professor Dreyfuss, was gibt es Neues?"

„Nun, Mr. Sharp, Sie hatten recht. Die Klinge der Stichwaffe, die in McCords Körper eingedrungen ist, wurde mit dem Gift der Walterinnesia aegyptia kontaminiert."

„Man, Dreyfuss, ich habe das letzte Mal Latein gesprochen, als ich Eaton verlassen habe. Wer oder was ist das?"

„Es handelt sich um das Gift der schwarzen Wüstenkobra und wenn wir die Symptome abgleichen, die den Heilungsverlauf des Patienten stören, wird dies bestätigt."

„Und was haben Sie unternommen?"

„Wir haben mit dem Reptilienhaus des Londoner Zoos telefoniert. Doch der Zoo besitzt keine schwarze Wüstenkobra und damit auch kein Antiserum."

„Was für eine Scheiße? Und was jetzt?"

„Unsere Giftnotrufzentrale hat festgestellt, dass in keinem europäischen Land Antiserum verfügbar ist."

„Verdammt, das wussten die Attentäter ganz sicher. Wo lebt diese Schlange eigentlich?"

„Syrien, Iran, Irak, Arabien und Ägypten."

„Ok, Professor. Versuchen Sie McCord zu stabilisieren. Ich kümmere mich um das Antiserum."

Helen fuhr derweil auf den Parkplatz des Innenministeriums, nachdem sie alle Sicherheitskontrollen hinter sich gelassen hatte. Simon Sharp hing wieder am Telefon.

„Anne? Sharp hier. Machen Sie mir bitte eine Verbindung zum Chefarzt der Uniklinik in Kairo und stellen Sie sofort durch."

Es dauerte kaum eine Minute, bis sein Apparat wieder summte.

„Sharp?"

„Professor Nasari, Sir."

„Danke Anne. Hallo, Professor, ich habe ein lebensbedrohliches Problem."

Sharp setzte den Professor kurz in Kenntnis."

„Wir haben genügend Antiserum im Hause, Mr. Sharp, obwohl die Behandlung eines Bisses einer Wüstenkobra recht selten ist. Wer in der Wüste von dieser Schlange gebissen wird, schafft es nicht mehr lebend bis zu uns. Nur Patienten, die am Stadtrand von Kairo gebissen werden, haben eine Chance, doch bis dorthin verirren sich nur sehr wenige Tiere. Sie sind in der Regel sehr scheu und überhaupt nicht aggressiv."

„Was für eine gute Nachricht, Professor. Stellen Sie bitte eine so große Menge an Antiserum zusammen, dass damit ein erwachsener Mann mit ca. 80 Kilogramm Körpergewicht behandelt werden kann. Ich melde mich gleich bei Ihnen, wie wir den Transport organisieren."

„Kein Problem, Mr. Sharp, ich fordere sofort Sicherheitskräfte an, damit gewährleistet ist, dass unserem Antiserum nichts geschehen kann."

„Sehr gut, Professor, und vielen Dank."

„Keine Ursache, Sir."

Sharp rief direkt die Flugbereitschaft an und ließ sich mit dem Leiter verbinden.

„Simon Sharp hier, hallo Ben. Wie lange braucht eine Maschine aus deinem Fuhrpark von London bis nach Kairo und wieder zurück?"

„Hallo Simon. Ich denke mal etwa 14 Stunden."

„Schneller geht das nicht?"

„Nein, unsere Learjets fliegen einfach nicht schneller."

„Dann muss ich mir einen anderen Transportweg überlegen."

„Danke dir, Ben."

Simon Sharps Gesichtshaut hatte jetzt die Farbe von Mehl angenommen. Er dachte angestrengt nach. Nachdem auch ein Telefonat mit dem Verteidigungsminister keine Unterstützung brachte, ging er einen ganzen unkonventionellen Weg. Er wählte eine Geheimnummer aus seinem speziellen Telefonregister.

„Simon Sharp, hallo Admiral. Ich habe folgendes Problem. Kannst du mir helfen?"

Sharp kannte den Chef der amerikanischen Mittelmeerflotte von diversen Konferenzen her sehr gut. So manch heikle Aktion wurde unter vier Augen unbürokratisch gelöst und nicht umsonst waren die Amerikaner die besten Verbündeten der Briten.

„Simon, lange nichts von dir gehört. Natürlich helfe ich dir. Ich habe mehrere Abfangrotten F16 Maschinen auf der US Airbase nahe dem Kairoer Flughafen in Alarmbereitschaft. Wenn ich den Jungs auf der Base erzähle, dass ein englischer Kamerad in Not ist, werden die verdammt schnell. Schick das Serum her. Ich versetze Staffel 2 in höchste Alarmbereitschaft. Den Knopf habe ich gerade gedrückt. Jetzt springen zwei meiner Kampfflieger in ihre Maschinen und lassen die Triebwerke an. Betankung erfolgt in der Luft. Zwei Tanker kreisen über Portugal. Rendezvous ist in einer Stunde und achtzehn Minuten. Jetzt schaff mir das Zeug her, Simon."

„Danke, Horatio, du hast etwas gut bei mir."

„Ja, komm mich bald besuchen und bring mir von dem köstlichen Scottish Highland Whisky eine Kiste mit, den McCords Vater brennt. Aber nicht den von letzter Woche, sondern den aus der Zeit, als McCord Junior noch in die Windeln geschissen hat. Du kannst den alten McCord auch mitbringen. Wir sind alte Freunde." Admiral Convay lachte laut.

„Mache ich. Du hast mein Wort als Offizier, Horatio."

Die Gesichtsfarbe von Simon Sharp war wieder in ein leichtes rose übergegangen. Er telefonierte kurz mit Professor Nasari, der bereits alles bereitgestellt hatte. Ein Krankenwagen mit der Kühlbox, gesichert durch mehrere Militärfahrzeuge, raste bereits Richtung US Airbase.

Auf Mc Arthurs Airbase nahe Kairo leuchteten plötzlich rote Alarmlampen und die Sirene riss die Kampfpiloten aus ihrem Trott. Captain Smith und Major Hamilton spurteten zu ihren F16 Kampfflugzeugen. Ihre Helfer zurrten rasch die Sicherheitsgurte an den Schleudersitzen fest.

Die Hauben über den Köpfen der Piloten schlossen sich. Major Hamilton gab das Zeichen zum Anlassen der Triebwerke, während die Helfer bereits die Bremsklötze wegzogen. Die beiden Kampfjets waren voll aufmunitioniert und warteten auf ihr Clearing.

Wenig später raste ein Krankenwagen auf die Maschinen zu. Der Fahrer nahm die Kühlbox und übergab sie einem Soldaten, der bei den Maschinen stand und Wache hielt. Nach kurzem Check des Inhaltes wurde die Box in den äußerst begrenzten Cargobereich der F16 von Captain Smith verladen. Der Krankenwagen war bereits zurück nach Kairo unterwegs, als Major Hamilton krächzend aus dem Kopfhörer vernahm. „Rotte Falcon 2 hat Starterlaubnis. Einsatzziel und Koordinaten zum Tanken erhalten Sie aus Sicherheitsgründen während des Fluges. Good Luck."

„Roger, Falcon 2 hat verstanden."

Hamilton gab seine Infos noch an Captain Smith weiter, bevor er den Gasschieber bis zum Anschlag durchdrückte. Mit Nachbrenner hoben die beiden F16 von der Kairo Mc Arthur Airbase ab. Die Rettung des Lebens von Peter McCord hatte begonnen.

Simon Sharp befand sich bereits auf dem Rückweg in sein Office. Das Gespräch mit dem Innenminister zur Lage hatte nicht viel gebracht.

Politikergewäsch eben, wie er dachte. Der MI6 war für die Inlandsbelange ohnehin nicht zuständig und doch zeigte sich der Innenminister mehr als dankbar für Sharps Informationen.

Da jedoch niemand die Unbekannte gesehen hatte und keinerlei Informationen zu ihr existierten, gestaltete sich ein Aufspüren mehr als schwierig. Zwar wurden binnen einer Stunde alle Sicherheitskräfte bis zum einfachen Straßenpolizisten hin informiert, doch ohne Personenbeschreibung waren diese Infos eher unwirksam.

„Du hast längst Feierabend, Helen. Wenn wir im Büro ankommen, fährst du bitte gleich nach Hause. Sonst bekomme ich wieder Ärger mit der Gewerkschaft, dass wir zu viele Überstunden aufbauen."

„Ach, Chef, auf mich wartet keiner zu Hause. Das Leben von Peter liegt mir sehr am Herzen."

„Weil er dich damals aus der Ukraine rausgeholt hat?"

„Ja, und auch sonst. Ich kann den Jungen sehr gut leiden. Immerhin sind wir beide schottischen Ursprungs."

Simon Sharp musste lachen. „Ja, ihr Schotten seid schon so ein Völkchen für sich."

Nachdem Helen den Jaguar auf seinem Stellplatz abgestellt hatte, stieg sie in ihren Mini um und fuhr in die Uniklinik.

31

Die beiden Kampfpiloten verloren keine Zeit. Das Tankrendezvous gelang beim ersten Versuch und mit vollen Tanks jagten sie mit Mach 2 dem Flughafen Stansted entgegen.

Gute fünf Stunden später setzten die beiden Jets in London auf. Damit kein Aufsehen erzeugt wurde, rollten die Maschinen gleich in den Hangar des MI6, wo sie betankt und von den britischen Kollegen mit großem Gejohle empfangen wurden.

Peter McCord galt, bedingt durch seinen Offiziersdienstgrad, unter den Soldaten als Kamerad und den ließ man schließlich nicht im Stich.

Der Krankenwagen, der die Kühlbox zum Hospital bringen sollte, wurde von 10 Polizeimotorrädern eskortiert und erreichte nach zwanzig Minuten Fahrt sein Ziel.

Die Professoren Dreyfuss und Nasari hatten sich bereits bezüglich der Applikation des Antiserums abgestimmt. Alles stand für die Infusion bereit, als das Serum endlich eintraf.

Helen hätte jetzt liebend gern bei Peter am Bett gesessen und seine Hand gehalten, während das Antigift den Weg in seinen Körper suchte. Doch als nicht Verwandte blieb ihr dies verwehrt. Nach einer Stunde war auch der letzte Tropfen durch die Leitung in Peter McCords Körper gelaufen. Jetzt hieß es nur noch warten. Niemand wusste, wie hoch der Vergiftungsgrad wirklich war, da das Reptil nicht selbst zugebissen hatte. Eine Messung der Giftkonzentration war den Ärzten leider nicht möglich.

24 Stunden später schlug Peter die Augen auf. Er fühlte sich noch sehr schwach, sein Mund war trocken und sein Unterbauch schmerzte. Nach eingehender Untersuchung entschieden die Ärzte, dass Peter auf die Chirurgie 2 in ein Zimmer verlegt wurde, dass einem Hochsicherheitstrakt glich.

Helen nutzte gleich die Gunst der Stunde und akkreditierte sich bei Peter als Besucher mit MI6 Ausweis. Als sie Peter völlig geschafft in seinem Bett liegen sah, liefen ihr die Tränen die Wangen herunter.

„Hallo, Helen, schön, dass du da bist."

„Ach, Peter, ich würde immer für dich da sein, wenn du nur wolltest."

„Was willst du denn mit einem Freund, der ständig beschossen, zusammengeschlagen oder mit einem Messer verletzt wird, Helen? Mit mir hast du doch nur Sorgen."

„Na und? Ich war lange genug im Geschäft, um zu wissen, wie es läuft. Ich bin dir einfach zu alt, Peter, nicht wahr? Und dann noch meine Behinderung."

„Das ist alles völliger Quatsch, Helen. Du weißt doch, dass ich mich nicht binden möchte, eben weil ich nie weiß, ob, wann und in welchem Zustand ich zurückkomme."

„Das wäre mit völlig egal, Peter. Ich warte auf dich, jedes Mal wenn du im Einsatz bist und pflege dich, wenn es nötig ist. Jetzt schau mich nicht so an und werde erst einmal wieder gesund."

„Ich gebe mir die größte Mühe."

„Dann werde ich mal wieder los, Peter. Ich muss nämlich für mein Geld arbeiten und kann mich nicht tagelang in ein Krankenbett legen."

Sie mussten beide lachen. Gerade als Helen von seinem Bett aufstehen wollte, griff Peter nach ihrer rechten Hand. „Ich danke dir für alles, Helen."

„Ach, Peter, ich bin doch froh, dass ich auch mal etwas für dich tun konnte. Bis morgen."

Ein paar Tage später besuchte ihn auch Simon Sharp am Krankenbett und berichtete Peter, wie schwierig sich seine Rettung gestaltet hatte. „Ich hoffe, Sie waren das auch wert, Peter", gab Sharp zum Schluss seiner Ausführung noch von sich.

Peter und sein Chef lachten.
„Ich telefoniere nachher noch mit Vater in Schottland. Eine Kiste Malt Scottish Highland Thirty Years old? Nun, Vater wird sagen, dass ich ihm schon immer auf der Tasche gelegen habe. Aber diesmal bin ich doch verdammt teuer geworden."
Sharp und Peter lachten wieder.

Doch schon zwei Tage später verließen acht neutral verpackte Kartons die Destille von McCords Manor, Peter McCords elterlichem Anwesen, und suchten den Weg nach London zu Simon Sharp.

Jane Rendsey, die sportliche Schwester, die er vor einigen Wochen auf seinem Motorrad nach Hause gefahren hatte, ließ auch kein Auge von Peter und besah sich argwöhnisch jeden Besucher von oben bis unten. Vor allem dann, wenn es sich um Vertreterinnen ihrer Geschlechtsgruppe handelte.
Helen hielt sie jedoch ob ihres fortgeschrittenen Alters für eher ungefährlich. Jane sah täglich nach Peter und nutzte darüber hinaus noch jede Pause dazu. Obwohl sie eigentlich Dienst auf der Intensivstation tat, ließ sie es sich auch nicht nehmen,

nachdem Peter täglich auf Anraten seiner Ärzte mit Franzbranntwein eingerieben werden sollte, dies selbst auszuführen, was von ihren Schwesternkolleginnen stets mit einem Lächeln kommentiert wurde.

Einen Tag vor seiner Entlassung betrat Simon Sharp Peters Krankenzimmer. „Na, Peter, wie fühlen Sie sich?"

„Nun, Sir ich würde nicht gleich morgen wieder in einen Einsatz starten wollen, aber es geht bergauf."

„Wunderbar. Sie werden sich jetzt eine Woche lang zu Hause weiter erholen und dann zwei Wochen Urlaub machen."

Weil Simon Sharp sah, wie Peter sein Gesicht verzog, ließ er noch folgen: „Das ist ein Befehl, McCord."

„Yes, Sir", entgegnete Peter grinsend. „Was machen eigentlich Katie und Paolo?"

„Die beiden befinden sich zurzeit in Ihrem Heimatland irgendwo in den Highlands, wo sie sich auf ihre neue Identität vorbereiten. Sie werden bald wieder auf die Menschheit losgelassen. Der KGB hat nach einem Telefonat mit mir die Suche nach ihnen beendet. Ich musste dafür zwei in Haft befindliche Agenten freilassen."

„Das könnte Ihnen hoffentlich eine ruhige Zukunft sichern."

„Das hoffe ich auch. Trotzdem erhalten beide eine neue Identität."

„Verständlich, Sir."

„Ihre Gesundheit bereitet mir da eher Kopfzerbrechen, Peter. Die iranische Agentin ist nach wie vor auf der Flucht. Wir haben alle Mitarbeiter hier im Krankenhaus hinsichtlich einer eventuellen Tätigkeit für einen ausländischen Geheimdienst überprüft und sogar einen Pfleger festgenommen, der als Schläfer hier arbeitete. Ob er allerdings Kontakt zu der Agentin hatte, konnten wir nicht ermitteln. Also halten Sie ab morgen wieder die Augen offen. Um 10 Uhr kommt Helen Sie hier abholen."

„Danke, Sir, für alles."

„Nun, ich wurde fürstlich von Ihrem Herrn Vater entlohnt, was nicht heißen soll, dass ich keine Kosten hatte. Eine Kiste muss ich an Admiral Convay abgeben."

Wieder lachten die beiden Männer.

Peter fühlte sich wieder richtig fit. Eine hübsche Physiotherapeutin sowie das komplette Ärzteteam und Pflegepersonal hatten ganze Arbeit geleistet. Mehrfach ging Peter mit zweien der Sicherheitsleute in die Kantine, um einen Kaffee zu trinken oder eine Zeitung zu holen.

Am nächsten Morgen stand pünktlich um 10 Uhr Helen mit seiner Reisetasche und seiner Waffe vor seinem verwaisten Bett. Peter hatte sich nach dem Frühstück noch eine Dusche gegönnt. Nur mit einem knappen Slip bekleidet betrat er sein Zimmer. Helen schnalzte mit der Zunge, als sie Peter so dastehen sah.

„Ein wenig ramponiert, aber das heilt ja wieder", gab sie lächelnd von sich.

„Ich habe alle deine Sachen gewaschen und in die Tasche gepackt."

„Du bist ein Engel, Helen."

Peter brauchte nicht lange, bis er fertig angezogen war. Bevor er das Krankenhaus verließ, steckte er noch einige Pfund in die Kaffeekasse der Schwestern.

„Der Wagen steht im Parkhaus, Peter."

Seine Reisetasche schwenkend folgte er Helen ins Tiefgeschoss. Sie öffnete gleich den Kofferraum. Peter verabschiedete sich noch per Handschlag von den beiden Sicherheitsleuten, die ihnen bis ins Parkhaus gefolgt waren. Er legte bereits seine Hand auf den hinteren Türgriff der Limousine, als zwei Fahrzeuge weiter rechts eine Frau aus dem Schatten eines Pfeilers heraustrat. Sie hielt eine schwere Pistole in ihren Händen. Ohne zu zögern drückte sie ab. Helen sprang sofort aus dem Wagen. Auch sie hielt ihre Dienstwaffe im Anschlag.

Die Situation wurde plötzlich völlig undurch-
sichtig. Aufmerksam geworden durch den Schuss-
knall raste der Wagen der Sicherheitsleute auf sie
zu. Jetzt schoss Helen. Auch Peter hatte seine
Waffe in der Hand.

Die Frau versuchte, ihr Magazin leer zu schießen,
doch Peter hatte sie im Visier und drückte ab. Der
Kopf der Agentin wurde nach hinten geschleu-
dert, nachdem ein Projektil aus Peters Waffe ihr in
die Stirn eingedrungen war. Auch die beiden
Sicherheitsbeamten hatten noch geschossen.

Als es endlich wieder ruhig wurde im Parkgeschoss, schaute Peter sich um. Helen war nicht zu
sehen. Ihm schwante Furchtbares. Er steckte seine
Waffe zurück in das Holster und rannte gleich um
den 5er BMW herum. Da sah er Helen auf dem
Boden liegen. Aus einer Wunde in ihrer Brust
blutete sie stark. Er rannte zu ihr hin und hob sie
auf.

„Bleib ganz ruhig, Helen, der Notarzt ist gleich
hier."

„Na, Cowboy, jetzt ist es beinahe wieder so wie
damals in der Ukraine. Doch diesmal schaffe ich
es nicht mehr. Mir wird ganz kalt, Peter."

Einer der Wachleute hatte bereits den First Aid
Kasten aus dem Dienstwagen gerissen und nach
einer Kompresse gesucht, die er Helen auf die

klaffende Wunde drücken konnte. Peter übernahm die Kompresse und drückte sie ihr auf die Wunde in der Brust.

„Es ist schön, deine Hand auf meiner Brust zu spüren, Peter." Helen sprach jetzt kaum noch hörbar. Blut sickerte aus ihrem Mund.

„Wenn du wieder gesund bist, Helen, kommst du mich besuchen. Dann habe ich beide Hände für deine Brüste frei."

Helen lächelte ihn an, während sie langsam in eine andere Welt überging. Der eintreffende Notarzt versuchte alles, um sie zu reanimieren, doch Helen schaffte es nicht mehr zurückzukommen. Sie starb, während Peter ihre Hand hielt.

Peter setzte sich auf den Boden, den Rücken gegen den Pfeiler gestützt. Seine Wunde schmerzte, weil er doch eigentlich gar nichts Schweres heben durfte. Aber das spielte jetzt keine Rolle.

Er begann, seinen Job zu hassen. All die Menschen, die er hatte töten müssen oder die um ihn herum gestorben waren. Machte das alles noch Sinn? Er dachte darüber nach, seinen Beruf aufzugeben und wieder zu seinen Eltern nach Schottland zu ziehen. Eine gut bezahlte Anstellung auf dem riesigen Anwesen von McCords Manor war ihm jederzeit sicher und die eine oder andere Nachbarstochter würde ihm bestimmt zusagen, mit der er eine Familie gründen konnte.

Eine ganze Weile saß er so da, bis er eine ihm wohl bekannte Stimme vernahm.

„Hallo, Peter, komm, ich fahre dich nach Hause." Willy hatte den Jaguar vor den BMW gestellt, was Peter überhaupt nicht bemerkt hatte. Willy half Peter auf die Beine. Als er stand, sah er die Blutflecke auf dem hellgrauen Betonboden, die bereits langsam zu verblassen begannen. Er nahm seine Tasche aus dem Kofferraum und warf sich mit seinem Gepäck auf die Rücksitzbank.

Willy wusste genau, wann ein Fahrgast reden und wann er lieber schweigend im Heck sitzen wollte. Er ließ Peter einfach in Ruhe.

32

Seine Wohnung bedurfte dringend einer ordentlichen Lüftung. Er öffnete einige Fenster und ließ Frischluft hineinwehen. Immer wenn er hinausschaute, beeindruckte ihn das Panorama von London mit dem Blick auf die Towerbridge und die Themse. Eine ganze Weile stand er so am Fenster und schaute den Schiffen nach, die bedächtig den Fluss hinauf oder hinunter schipperten.

Irgendwann ging er ins Schlafzimmer und schüttete seine Reisetasche aus. Mutter hätte mir die Ohren langgezogen, dachte er, wenn sie sehen würde, wie ich die mühsam von Helen gebügelten

Kleidungsstücke auf das Bett fallen lasse. Er fand einen Brief zwischen seinen Sachen. Er griff nach dem Kuvert und öffnete es. Eine handgeschriebene und gefaltete Seite fiel ihm entgegen.

Peter begann zu lesen. „Mein lieber Peter, an deiner Seite hält es keine Frau lange aus. Ich bin vielleicht die Einzige, die für deinen Job Verständnis aufbringt. Ich liebe dich, seit du mich gerettet hast. Für mich war es jetzt an der Zeit, dir das zu sagen. Auch wenn ich vierzehn Jahre älter bin als du und nur noch eine funktionstüchtige Hand besitze, möchte ich alles für dich tun und dir stets eine gute Begleiterin sein. In Liebe, deine Helen."

Peter war ganz sicher kein Weichling. Vor zwei Stunden erst hatte er eine Frau durch Kopfschuss getötet und wie viele Menschen er bereits ins Jenseits befördert hatte, wusste er gar nicht. Doch Helens Worte warfen ihn einfach um. Heulend fiel er aufs Bett. Wie lange er so dagelegen hatte, wusste er nicht, obwohl es mittlerweile dämmerte.

Plötzlich summte sein Festnetzanschluss. Er legte sich auf den Rücken und nahm den Anruf entgegen.
„Hallo Peter."

„Hi Mama, schön, dass du anrufst. Wie geht es euch?"

„Gut, aber diese Frage wollte ich dir stellen. Du hast im Krankenhaus gelegen, nicht wahr?"

„Ja, Mama."

„Und warum hast du dich nicht mal gemeldet? Ein Flug nach London wäre sicher noch im Budget gewesen."

„Ach, Mama, das sind alles dienstliche Sachen. Es hätte dir doch wieder nur das Herz gebrochen."

„Komm doch zurück zu uns, Peter. Die Destille, das Gestüt und die Ländereien könnten deine Arbeitskraft gut brauchen. Du könntest Vater ordentlich unterstützen.

Ach, bevor ich es vergesse, Sarah McCormick ist aus Amerika zurück. Sie hat ihren Job in der großen Anwaltskanzlei in New York geschmissen und wird jetzt bei ihren Eltern arbeiten. Sie hat nach dir gefragt. Sarah ist sehr hübsch geworden. Kannst du dich noch an sie erinnern? Sie wäre sicher die richtige Frau für dich. Ihr beiden seit am gleichen Tag zur Welt gekommen."

„Ich weiß, Mama. Du weißt aber auch, dass ich einen anderen Job habe, der mir gefällt."

„Ja, mein Junge, nur was nutzt das, wenn du ihn irgendwann nicht mehr ausüben kannst, weil du tot bist. Denk mal in Ruhe drüber nach. Wann kommst du uns mal wieder besuchen?"

„Wenn ich Zeit dazu finde, Mama."

„Ok, dann bis bald und pass auf dich auf."

Vier Tage später stand Peter vor Helens Sarg. Die Beerdigung fand im kleinsten Familienkreis statt. Peter hatte einen großen Strauß schwarzer Rosen mit einer Schleife am Grab abgelegt.

Simon Sharp nahm ihn auf dem Rückweg vom Grab zur Seite. „Sie hat wohl sehr an Ihnen gehangen, Peter."

„Ja, ich weiß. Sie hat mir kurz vor ihrem Tod einen Brief geschrieben und mir ihre Liebe gestanden."

„Es ist ein Trauerspiel. Aber wie Sie sehen wird jede auch nur minimale Unachtsamkeit ausgenutzt. Unsere Jungs hätten die Umgebung absuchen müssen, bevor ihr zum Wagen gegangen seid. Sie machen jetzt zwei Wochen Urlaub, Peter, und dann plane ich Sie wieder ein. Sagen Sie mir bitte nur vor Reiseantritt Bescheid, wohin Sie fahren."

„Ja, Sir, mache ich."

Peter war mit Bus und Underground zur Beerdigung von Helen gefahren. Er fühlte sich jetzt irgendwie frei, auch wenn diese Art der Beförderung nicht gern von seinem Arbeitgeber gesehen wurde. Zu Hause loggte er sich in den Rechner von Britisch Airways ein und buchte für den kommenden Tag einen Flug nach Florenz. Er nahm seine Reisetasche und packte ein paar

Sachen zusammen, um zwei Wochen Urlaub genießen zu können.

In der Frühmaschine um 09:10 Uhr hatte Peter noch einen Platz ergattert. Obwohl er in den Urlaub flog, verzichtete er nicht auf seinen stählernen Begleiter, den er wie gewohnt beim Piloten abgab. Noch vor Mittag setzte der Airbus 319 planmäßig auf der Landebahn des Flughafens in Florenz auf. Peter holte seine Tasche, die er diesmal nicht als Handgepäck mitführen konnte, vom Kofferband ab.

Als er jedoch das Büro der Mitwagenfirma betrat, hätte man ihn wohl am liebsten wieder heraus komplimentiert.

„Hallo, Mr. McCord, wieder im Lande? Wir haben wegen der Spätsaison nur noch wenige Fahrzeuge im Bestand. Da ist sicher keines bei, das Ihnen zusagen wird."

„Oh, der Ferrari da vorn könnte mir gefallen."

„Oh nein, Sir. Der Wagen ist erst gestern ausgeliefert worden Wir müssen ihn noch für den Verleih vorbereiten."

„Ok, dann machen wir das eben anders. Ich bin VIP-Kunde Ihres Hauses. Wenn ich nicht binnen dreißig Minuten ein adäquates Fahrzeug ausge- händigt bekomme, kündige ich fristlos meine Mitgliedschaft."

Der Geschäftsführer begann zu schwitzen. „Ich habe da noch einen Mercedes E-Klasse Kombi mit Vollausstattung. Das Fahrzeug hat 347 Kilometer gelaufen."

„Den nehme ich. Ich bin ohnehin zum Urlaub machen hier."

Sofort übernahm er den Wagen. Er warf seine Tasche ins Gepäckfach und loggte sein Smartphone ins Fahrzeugsystem ein. Nach nur zwanzig Kilometer Fahrstrecke summte sein Handy.

„Hallo, Peter, Sie sind nach Italien aufgebrochen? Wollen Sie dort zusammenfegen?"

Peter hörte, wie Simon Sharp lachte.

„Nein, Sir, ich möchte eine Bekannte besuchen."

„Katie und Paolo haben England ebenfalls mit unbekanntem Ziel verlassen. Hoffen wir mal, dass ihr Inkognito diesmal länger hält. Vor den Russen haben sie jedenfalls erstmal Ruhe. Ach, Peter, noch ein Wort. Laut CIA wurde wieder ein Auslandsagent auf Sie angesetzt. Zwar weiß niemand, wo sie sich gerade aufhalten, aber halten Sie auf jeden Fall die Augen auf."

„Ja, mache ich. Danke, Sir."

„Schönen Urlaub, Peter", und schon hatte Simon Sharp aufgelegt.

Der Sechszylinder Diesel lief wie ein Uhrwerk. Nach gut einer Stunde Fahrzeit rollte seine silberne Familienkutsche in Brama durch das kleine Tor von Marias Anwesen. Er sah, dass Maria und die Kinder auf der Terrasse saßen und zu Mittag aßen. Sofort schauten alle Köpfe auf, als der flammneue Mercedes vor dem Anbau parkte.

„Onkel Peter", schrie der kleine Roberto gleich los, als er Peter erkannte. Auch für seine Schwester Michaela wurde ihr Essen plötzlich zweitrangig. Sie fielen Peter um den Hals und drückten ihn. Langsam trottete er zur Terrasse und postierte sich im Türrahmen.

„Hallo, schöne Frau, da draußen steht auf einem Schild angeschlagen, dass man hier ein Häuschen zum Urlaub machen mieten kann. Ist das noch frei?"

„Nein, leider nicht. Tut mir leid, junger Mann. Aber wie wäre es hier?"

Maria sprang jetzt auch auf und fiel Peter um den Hals.

„Nicht so stürmisch. Ich bin noch nicht wieder gesundgeschrieben."

„Bist du etwa schon wieder gefallen, Peter?", erkundigte sich Roberto.

„So was in der Richtung, Kumpel."

An diesem Abend konnte es Maria kaum erwarten, dass die Kinder im Bett verschwanden. Als es dunkel wurde, holte sie eine Flasche

Rotwein aus dem Keller, den sie sofort öffnete. Dann schwang sie sich rittlings auf Peter. Sie nahm seinen Kopf in beide Hände und küsste ihn ausgiebig. Nach dem Genuss von zwei Gläsern Rotwein zog sie Peter hinter sich her in ihr Schlafzimmer. Blitzschnell war sie aus ihrem langen Kleid und der Unterwäsche gestiegen. Mit Vehemenz befreite sie auch Peter von all seinen Kleidungsstücken und warf ihn aufs Bett. Was dann folgte war eine gewaltige Liebesnacht, während der Peter mehrfach Sorge hatte, dass Maria durch ihre Lustschreie die Kinder aufweckte und eventuell sogar seine Wunde Schaden nahm.

Am Morgen des zweiten Tages, als die Familie beim Frühstück auf der Terrasse saß, rollte langsam eine dunkle Alfa Romeo Limousine auf das Tor des Anwesens zu. Peter beobachtete den Wagen. Die Anwesenheit des Fahrzeuges bereitete ihm Unbehagen. Er sprang auf und holte seine Waffe aus dem Schlafzimmer. Als er wieder auf seinem Stuhl saß, hielt der Alfa direkt vor der Haustüre an. Wegen der extrem dunkel getönten Scheiben konnte er jedoch nicht erkennen, wer im Wagen saß. Als sich dann jedoch die Türen öffneten, lösten sich alle Ängste in Wohlgefallen auf. Paolo und die wieder erblondete Katie stiegen aus dem Wagen. Entsprechend riesig war die

Freude aller. Nach einer Orgie an Tränen und Begrüßungsritualen nahmen sie am großen Tisch auf der Terrasse Platz.

„Wir haben beschlossen, uns hier anzusiedeln und das kleine Bistro von Paolo in neuem Glanz auferstehen zu lassen."

Katie und Paolo bezogen das alte Häuschen und stürzten sich bereits am nächsten Tag in die Arbeit. Peter blieb zwei Wochen, von denen er keinen Tag mehr in seinem Leben missen wollte. Entsprechend schwer fiel der Abschied. Aber er hatte Maria von Anfang an erklärt, dass er nicht bleiben konnte. Er versprach jedoch, sich zu melden. Der Geschäftsführer der Autovermietung war diesmal hellauf begeistert, als Peter den Wagen zurückgab. Man entschuldigte sich für die anfänglichen Unannehmlichkeiten und wünschte guten Heimflug. Als Peter das Office der Autovermietung verließ, fiel ihm ein Mann auf, der nur wenige Meter entfernt auf einer Bank saß und ihn zu beobachten schien.

„Dann kann der Tanz ja wieder beginnen. Ein Glück, dass der Kerl nicht in Brama eingefallen ist", sprach Peter vor sich hin, während er zur Flugabfertigung marschierte.